UNE NUIT AVEC UN PRINCE

Sabrina Jeffries

Une nuit avec un prince

Traduit de l'américain par Viviane Ascain

J'ai lu
pour elle

Titre original :
One Night with a Prince
A Pocket Book published by Pocket Books,
a division of Simon & Schuster, Inc.

À Rexanne Becnel, la meilleure critique et partenaire
dont on puisse rêver.
Que deviendrais-je sans toi ?

1

Londres, automne 1815

Quand je prends un amant, je m'assure au préalable que nous sommes bien d'accord sur les conditions de notre liaison, afin de ne pas susciter de rancune par la suite.

Mémoires d'une maîtresse, anonyme

Avoir des frères pouvait parfois être un fléau.

Gavin Byrne les considéra tous les deux. Le plus jeune d'abord, Alexandre Black, comte d'Iversley. C'était le seul d'entre eux dont la mère avait attendu qu'il soit adulte pour lui révéler l'identité de son véritable géniteur, le prince de Galles. Le cadet ensuite, Marcus North, vicomte Draker, à qui sa carrure de géant et son passé tumultueux avaient valu le surnom de vicomte Dragon. Lui avait toujours su qui était son père, mais il n'avait jamais considéré cette filiation comme un privilège.

Ils étaient tous les trois réunis dans le bureau du vicomte. C'était d'ailleurs lui qui avait eu cette idée absurde.

— Qu'est-ce que vous voulez que je fasse ? s'écria Gavin.

— Notre aîné devient dur d'oreille, lança Draker avec un sourire à l'adresse du comte.

— C'est la perspective d'être anobli, rétorqua Iversley d'un ton railleur.

— Méfiez-vous, mes chers petits, je pourrais vous donner la fessée ! soupira Byrne. Et si vous vous imaginez me faire passer par le chas d'une aiguille en titillant ma vanité, c'est que vous ne savez pas à qui vous avez affaire ! J'en matais de plus coriaces que vous quand vous n'aviez pas encore de poil au menton. Et puis, poursuivit-il en choisissant un cigare, pourquoi voulez-vous rendre service à Prinny ?

— Parce que tu seras largement récompensé, expliqua le Dragon. Le régent t'offre une baronnie.

À cette perspective, le cœur de Gavin bondit dans sa poitrine, mais il n'en laissa rien paraître. Un titre, si prestigieux fût-il, n'effacerait pas l'humiliation de ses vingt premières années, quand on l'appelait ouvertement Byrne le Bâtard, ni la honte des quinze suivantes, où on continuait à l'insulter dans son dos. Il resterait toujours le fils illégitime que le prince de Galles n'avait jamais reconnu.

Et puis, il avait tout ce qu'il pouvait désirer. Le club qu'il avait fondé l'avait rendu plus riche qu'il n'aurait jamais osé l'espérer, les femmes se disputaient pour entrer dans son lit, et ses amis appartenaient à la meilleure société.

Bien sûr, la sincérité et la fidélité des amis en question n'étaient peut-être pas à toute épreuve, et ils n'étaient sans doute pas désintéressés. Et, il en avait bien conscience, la barrière invisible de sa bâtardise les séparait irrémédiablement. Mais il avait depuis longtemps appris à ne plus y attacher d'importance.

— Que voulez-vous que je fasse d'une baronnie ?

— Pense à tes futurs enfants, répondit Iversley. Ton fils aîné héritera du titre.

— Je n'ai pas l'intention de me marier, encore moins d'avoir des enfants, rétorqua Byrne.

— Les titres de noblesse sont accordés par le régent en personne devant les deux chambres du Parlement réunies, insista Draker. Cela équivaut pratiquement à une reconnaissance publique de la part du prince.

L'argument méritait réflexion. Voir le prince de Galles anoblir publiquement le bâtard qu'il n'avait jamais voulu reconnaître était extrêmement tentant.

— Il s'y est engagé ? s'enquit Byrne, sceptique.

— Il m'a donné sa parole ! assura le vicomte.

— Rien ne dit qu'il la tiendra.

— Il ne se dédira pas, ne t'inquiète pas ! affirma Alexandre.

— Ce ne serait pourtant pas la première fois qu'il reviendrait sur sa parole, remarqua Gavin.

Ses demi-frères ne pouvaient pas lui reprocher sa méfiance. Ils savaient de quelle façon indigne le prince avait traité la mère de Byrne.

— Je veillerai à ce qu'il respecte sa promesse, déclara Draker.

— Même si vous êtes devenus les meilleurs amis du monde, tu crois que cela te donne tant d'influence sur lui ?

— Nous ne sommes pas amis et nous ne le serons jamais, répliqua le vicomte, mais il commence à regretter ses fautes passées. Et, c'est vrai, j'ai acquis un peu d'influence sur lui.

— Vous vous ramollissez, tous les deux, depuis que vous êtes mariés. Vous avez une vision idyllique du monde.

Gavin fut surpris d'entendre une note d'amertume percer dans sa voix. Il n'enviait pas les vies rangées de ses frères et leur préférait sa liberté et les plaisirs sans engagement que lui offraient ses maîtresses, toutes des femmes mariées. Il n'avait aucune envie de s'attacher ni de se passer la corde au cou.

— Et que faut-il faire pour gagner cette douteuse récompense ?

— Pas grand-chose, à vrai dire. Convaincre lord Stokely d'inviter certaine jeune veuve au tournoi qu'il donne tous les ans dans sa maison de campagne.

— Cette jeune veuve serait-elle l'une des maîtresses de Prinny ? s'enquit Gavin en secouant la cendre de son cigare. À moins qu'elle ne fasse partie de son escouade d'espions ?

— Certainement pas ! protesta Iversley. Je l'ai rencontrée, et je doute fort qu'elle soit une espionne.

— Stokely choisit soigneusement ses invités. Ils doivent être passés maîtres au whist, ignorer le sens du mot pruderie et toujours rester discrets. Est-ce qu'elle remplit toutes ces conditions ?

— Je me porte garant de sa discrétion, surtout dans de telles circonstances, affirma Draker. Je pense qu'elle peut paraître délurée si elle veut s'en donner la peine, mais j'ignore si lady Haversham joue aux cartes.

— Vous voulez parler de la marquise de Haversham ? C'est elle que vous me demandez de faire inviter à ce tournoi ? Vous êtes devenus fous ?

— Ce n'est pas une aristocrate ordinaire, protesta Draker, quelque peu désarçonné par cette sortie inattendue. C'est la fille du général Lyon.

— Oh, elle est fille de général ? Je comprends mieux pourquoi ce démon a failli me faire sauter la cervelle l'année dernière !

— Tu la connais ? s'étonna le vicomte.

— Si l'on peut dire. J'étais allé voir son mari dans leur maison de campagne pour lui parler de ses dettes, et elle a troué la capote de mon cabriolet. Mon chapeau aussi, d'ailleurs, expliqua Gavin, se remémorant cette petite femme aux cheveux de jais cachée derrière un énorme tromblon.

— Comment ? s'écria Alexandre en riant. Tu ne l'as pas séduite au premier coup d'œil, comme toutes les autres ?

— Apparemment, cette chère marquise n'approuvait pas le penchant de son mari pour le jeu. Elle rechargeait déjà son fusil quand il l'a fait rentrer de force. Sinon, à l'heure qu'il est, il me manquerait sans doute une partie essentielle de mon anatomie. Même si Stokely l'invite, cette virago ne tiendra pas deux heures chez lui, poursuivit Gavin. Elle trouve visiblement le jeu immoral, et elle doit être plutôt collet monté. Elle ne vous a pas parlé de notre première rencontre ?

— Non, admit Draker. Mais si votre entrevue a été tellement désastreuse, pourquoi t'a-t-elle désigné dans la liste des invités que Prinny lui a soumise ?

— Elle veut peut-être se rapprocher pour ne pas manquer sa cible, cette fois-ci. Comment Haversham est-il mort, au fait ? Elle l'a tué d'une balle en plein cœur ?

— Je te jure que non ! assura Marcus en éclatant de rire.

— En tout cas, ce n'est pas moi qui l'ai tué ! Il a payé ses dettes rubis sur l'ongle, je n'avais aucune raison de lui en vouloir.

— Ne t'inquiète pas, elle le sait parfaitement. Il s'est brisé le cou en tombant de cheval, expliqua le vicomte en se servant un cognac. De toute façon, cela n'a aucun rapport avec l'affaire qui nous occupe.

— Pourquoi désire-t-elle participer à ce tournoi ?

— Le prince n'a pas voulu en dire plus. Tu devras le demander toi-même à la dame. À moins qu'elle ne te fasse peur, ajouta Marcus avec malice.

— Je serai ravi d'écouter ses explications, déclara Gavin, à condition qu'elle vienne sans arme.

— Tu t'occupes de fouiller lady Haversham, ou faut-il que je m'en charge ? demanda en riant Iversley.

— Parce qu'elle est ici ? J'espère que ton fusil est sous clé, Marcus ! lança Byrne d'un ton sec.

— Il fallait organiser une rencontre entre vous sans éveiller les soupçons, et un dîner offrait l'occasion idéale, plaida Draker. Mais lady Haversham me paraît tout à fait respectable, même si elle est un peu…

— Folle ?

— Nature.

— On peut dire ça comme ça, grommela Gavin. Très bien, allez la chercher. Quand elle m'aura expliqué pourquoi elle tient tant à se faire inviter chez Stokely, je vous donnerai ma réponse.

Ses deux frères n'avaient pas quitté la pièce depuis deux minutes que la marquise fit son entrée. Elle était beaucoup plus jolie que dans son souvenir, en dépit de ses horribles vêtements de deuil et de sa coiffure de guingois. Mais cette petite boule de feu, qui lui arrivait à peine au menton, avait une expression bien farouche, avec ses yeux de jade qui lançaient des éclairs.

Gavin éteignit son cigare. Même si elle avait tout d'un soldat en jupons, il s'agissait d'une dame, et il était un homme du monde.

— Bonsoir, cher monsieur. Je crois que nous nous sommes déjà rencontrés, susurra-t-elle en lui tendant sa main gantée de noir, comme l'aurait fait un homme.

Il lui serra la main sans sourciller, puis il la fit pivoter de façon à l'immobiliser tandis que, de sa main libre, il palpait vivement la robe de lainage grossier.

— Mais enfin... protesta-t-elle.

— Je préfère m'assurer que vous ne cachez pas de pistolet sous vos vêtements.

— Je vous en prie ! Mon pistolet est dans mon sac, et je l'ai laissé au salon !

Décidément, ce n'était pas une femme, mais un arsenal ambulant ! Byrne la lâcha, non parce que l'explication le satisfaisait mais parce que, malgré sa petite taille, la marquise était généreusement pourvue des attributs qui font le charme de la gent féminine et qu'il ne tenait pas à ce qu'elle se rende compte qu'elle le troublait. Elle était capable, d'une balle bien placée, de supprimer ce qui lui permettait de rendre hommage à cette féminité !

— Alors, vous acceptez de m'aider ? demanda-t-elle en croisant les bras.

Après tout, pourquoi s'embarrasser des politesses et des circonlocutions qu'imposaient les usages du monde ? Autant aller droit au but...

— Pourquoi vous adresser à moi ? Lors de notre première et dernière rencontre, vous ne m'avez pas semblé particulièrement bien disposée à mon égard, ironisa-t-il.

Elle eut un sourire modeste.

— Je suppose que je vous dois des excuses...

— Ce serait effectivement un bon début.

— Je voulais empêcher que mon mari ne soit ruiné, déclara-t-elle en relevant le menton d'un air de défi.

— Évitons les grands mots, voulez-vous ? Votre époux a payé ses dettes sans difficulté particulière, il me semble.

— Je le sais, admit-elle tristement. Et pour trouver l'argent nécessaire, il a vendu à lord Stokely ce qui appartenait à ma famille.

Enfin, les pièces du puzzle commençaient à trouver leur place.

— C'est donc pour cela que vous voulez vous faire inviter chez Stokely... Pour reprendre ce qui vous appartient. Ou plutôt, pour le voler...

— Si je pouvais le racheter, je le ferais bien volontiers, mais le baron refuse.

— Vous le lui avez demandé ?

— Le régent s'en est chargé. Au nom de ma famille, s'empressa-t-elle de préciser devant l'air soupçonneux de Gavin.

Vraiment ? Depuis quand le prince montrait-il des penchants charitables ? S'il souhaitait aider la jeune femme, c'est qu'il y trouvait un intérêt personnel. Sinon, il n'aurait pas offert un titre de noblesse au fils qu'il avait toujours renié.

— Comment pouvez-vous être sûre que Stokely garde... cet objet dans sa maison de campagne ? Il possède une résidence en ville, et il peut avoir un ou plusieurs coffres dans des banques.

— Parce qu'il veut l'avoir sous la main. En son absence, sa maison de Mayfair n'est habitée que par un couple de vieux gardiens. Ce serait facile de s'y introduire pour la cambrioler. Il ne prendrait jamais un tel risque.

— Et vous croyez qu'il prendra celui de vous inviter, sachant que vous voulez récupérer ce qu'il refuse justement de vous vendre ?

— Il ignore que je sais qu'il a ce que je cherche.

— Pardon ?

— Mon mari lui a dit qu'il tenait cette... chose de mon père, alors qu'en réalité, c'est à moi que papa l'a remise. Philip me l'a dérobée sans que je m'en rende compte. Je ne m'étais même pas aperçue de sa disparition avant que lord Stokely écrive à Son Altesse et que le régent me convoque à Londres.

— Pourquoi le baron a-t-il écrit au prince de Galles ?

— Je... je n'en sais rien, balbutia-t-elle, se rendant compte qu'elle en avait trop dit.

— Et en quoi cette affaire compliquée me concerne-t-elle ?

— Cela me paraît évident !

— Vous avez décidé que, puisque votre défunt mari avait vendu cet objet pour me rembourser, il allait de soi que je devais vous aider à le voler ?

— S'il n'avait pas joué avec vous...

— Il aurait joué avec un autre ! Je ne suis pas responsable des vices de votre époux, chère marquise.

— J'aurais dû me douter qu'un libertin de votre espèce n'avait aucune morale.

— Effectivement, vous auriez pu le deviner et vous éviter toute cette peine. De toute façon, même si j'acceptais de vous aider, cette entreprise serait vouée à l'échec.

— Pourquoi donc ?

— Stokely n'inviterait pas une femme comme vous.

— Vous croyez que je ne sais pas jouer ?

— Vous n'êtes pas son type. Évidemment, vous pourriez me confier la tâche de récupérer l'objet qui vous appartient...

— Il n'en est pas question ! répliqua-t-elle. Je tiens à m'en occuper moi-même.

— Dites-moi de quoi il s'agit, je me ferai plus facilement une idée de la stratégie à adopter.

— C'est impossible. Et si vous insistez, je devrai m'adresser à quelqu'un d'autre, rétorqua-t-elle sèchement.

— Rien ne vous empêche d'essayer, mais si je n'arrive pas à vous faire inviter, personne d'autre ne le pourra.

— Lord Draker ne vous a pas expliqué que vous seriez récompensé par un titre de baron ? demanda-t-elle, incrédule.

— Je n'ai pas trop mal réussi dans la vie sans titre de noblesse. Je peux très bien continuer.

— Et si je vous disais qu'en m'aidant, vous servirez votre pays ?

— Ce ne serait pas non plus une motivation suffisante. Mon pays ne s'est pas montré particulièrement tendre avec moi, et je ne me sens aucun devoir envers lui.

— Enfin, je ne vous demande pourtant pas grand-chose ! s'exclama-t-elle, exaspérée. Il vous suffit de persuader votre hôte de m'inviter chez lui ! Vous n'avez qu'à lui raconter que je suis votre partenaire de jeu, ou quelque chose de ce genre.

— Vous savez bien jouer au whist ?

— Honorablement.

Elle mentait, de toute évidence, et là non plus, elle n'était pas experte.

— Stokely est mon partenaire de jeu habituel. Et puis, ses invités ont des mœurs très libres. Vous seriez choquée.

— Je ne me choque pas si facilement. J'ai longtemps vécu à l'étranger, et j'ai l'esprit plus large que la plupart des femmes de notre milieu.

Gavin aurait mis sa tête à couper que, même à l'autre bout du monde, elle n'avait jamais assisté à une réception comme celles qu'organisait Stokely.

— Le baron n'invite que des joueurs confirmés, qu'il connaît de longue date.

— Il y a pourtant parmi ses hôtes des gens qui ne jouent pas. Le capitaine Jones, par exemple.

— C'est exact, mais sa maîtresse, lady Hungate, est une excellente joueuse. Le seul moyen d'être convié, si vous n'êtes pas un joueur expérimenté, c'est d'avoir une liaison avec un participant.

— Pourquoi ne l'avez-vous pas dit plus tôt ? s'écria-t-elle tandis que son visage s'illuminait. Vous n'avez qu'à me faire passer pour votre bonne amie !

Byrne ne se laissait pas facilement démonter, mais pour la deuxième fois, cette petite femme sans prétention le stupéfiait. Jamais encore on ne lui avait fait une offre aussi incongrue !

Et, bizarrement, aussi excitante.

Il parcourut du regard la silhouette parfaitement proportionnée de lady Haversham, sa poitrine généreuse, sa taille de guêpe et l'arrondi de ses hanches, que dissimulait mal l'ample robe de deuil. Il faillit éclater de rire en la voyant rougir. Cette femme était la décence et la respectabilité incarnées. Pourquoi donc lui faire pareille proposition ?

— Vous n'avez pas déjà prévu d'emmener quelqu'un, j'espère ? On m'a dit que lady Jenner et vous…

— C'est une vieille histoire, coupa-t-il. Je n'ai pas de liaison officielle en ce moment. Mais vous ne parlez pas sérieusement ?

— Je sais bien que je ne suis pas votre type de femme…

— Vous voulez dire que mon type, ce serait plutôt les femmes qui ne me tirent pas dessus ?

— Je parle des grandes blondes marmoréennes que vous exhibez à votre bras dans toutes les occasions.

— Vous me paraissez très bien informée sur ma vie. Mieux que moi sur le vôtre.

— Tout le monde sait quel genre de beauté vous plaît. Je ne peux pas changer de taille ni de couleur de cheveux, ni perdre l'habitude d'utiliser ma cervelle, et non ma poitrine, pour obtenir ce que je veux, mais avec quelques leçons, je pourrais faire une maîtresse acceptable.

— Il vous faudra effectivement quelques leçons, remarqua-t-il en arrachant le fichu noir qui recouvrait les épaules de la marquise. Pour commencer, vous devrez jeter aux orties ces oripeaux de deuil. Personne ne voudra me croire épris d'un corbeau.

— Devrai-je aussi me faire couper une frange et la friser, comme le veut la mode ?

— Ce ne sera pas nécessaire, mais votre femme de chambre pourrait vous aider à vous coiffer.

— Ma camériste n'est pas très douée pour la coiffure.

— Une femme de chambre qui ne sait pas coiffer ? J'aurais dû m'en douter. Je suppose que c'est elle qui choisit vos toilettes ? poursuivit-il en suivant du doigt la ligne très sage de son décolleté.

— Je peux me constituer une garde-robe à la dernière mode, si c'est ce que vous voulez, rétorqua-t-elle en écartant la main de Gavin.

— Et il faudra aussi vous accommoder de mes caresses.

— Je suis sûre de pouvoir jouer sans peine la femelle enamourée. Ce n'est pas un rôle bien difficile.

— Parce que vous comptez uniquement faire semblant ?

— Bien entendu ! Que vous imaginiez-vous ?

— Si vous êtes prête à affronter le scandale en tenant le rôle de ma maîtresse, autant en avoir les avantages et le devenir vraiment, plaida-t-il, sans bien s'expliquer sa déception.

— Quels avantages ? s'enquit-elle, visiblement alarmée.

— Vous distraire, ne pas être seule... Le plaisir, en un mot. Vous n'avez pas à protéger votre vertu : une veuve peut faire ce qu'elle veut.

Jusqu'où était-elle prête à aller pour atteindre son but ?

Byrne se pencha sur sa compagne pour mieux s'imprégner de son parfum épicé aux notes ambrées. De sa part, il se serait plutôt attendu à une eau de Cologne rustique. Peut-être ces vêtements sans grâce et cette coiffure négligée cachaient-ils une femme plus sophistiquée qu'il n'y paraissait ?

— La perspective d'une liaison avec vous pourrait me décider à vous aider, murmura-t-il de sa voix la plus enjôleuse.

— Mais je ne suis pas du tout votre type ! s'exclama-t-elle en éclatant de rire.

— Surtout quand vous me tirez dessus, répondit-il en lui caressant négligemment la joue, ravi de constater qu'elle paraissait troublée. Mais si vous consacriez cette farouche énergie à satisfaire les désirs d'un homme...

— Je n'ai pas la moindre idée de ce qu'il faudrait faire ! Je suis une femme respectable, figurez-vous ! protesta-t-elle d'une voix moins assurée.

— Toutes mes maîtresses sont des femmes respectables. Cela ne les empêche pas de goûter aux plaisirs de ma chambre à coucher.

— Puis-je être franche avec vous ?

— Il me semblait que vous l'étiez déjà, fit-il avec un sourire.

— Je préférerais faire semblant, si vous n'y voyez pas d'inconvénient.

— Mais je n'ai pas besoin d'une prétendue maîtresse, alors que je peux en avoir une vraie dès que cela me chante.

— Vous voulez dire que vous refusez de m'aider si je ne partage pas votre lit ?

— Vous m'avez parfaitement compris.

Il était à moitié sérieux. L'idée d'attirer la marquise dans son lit commençait à lui paraître amusante.

Là n'était pas l'essentiel, pourtant. Désirer la jeune veuve était une chose, mais il ne fallait pas oublier cet objet auquel Prinny tenait tant. Il n'avait pas l'intention de se contenter d'un titre de baron. Ce qu'il voulait, c'étaient des excuses publiques pour le mal que le régent avait fait à sa mère.

Et tant pis si le prince ne pouvait pas se permettre pareil scandale. Il était grand temps de régler leurs comptes, et lady Haversham pouvait lui en offrir le moyen.

— Très bien, soupira-t-elle. Après tout, ce n'est pas si terrible. C'est juste un mauvais moment à passer.

— Je vous demande pardon ?

— Je l'ai bien supporté avec mon mari, alors quelques séances supplémentaires avec vous ne me tueront pas.

Elle en faisait un peu trop, avec ses airs de sainte-nitouche et de martyre.

— Oh, mais avec moi...

— Ce sera le septième ciel, je n'en doute pas !

— Eh bien, nous sommes d'accord.

— Je ne trouve pas très honnête de votre part de demander une récompense supplémentaire alors que Son Altesse vous a déjà promis une baronnie. Mais j'accepte vos conditions, puisque je n'ai pas le choix, ajouta-t-elle aussitôt devant son air sévère.

Voilà qu'elle essayait de le blesser en faisant passer leur accord pour une simple transaction dénuée d'émotion, mais le tremblement convulsif de ses mains la trahissait. Décidément, cette affaire devait être d'une importance primordiale pour elle et pour ce cher Prinny.

Ce que Byrne aimait avant tout, c'était la séduction. Quel plaisir y aurait-il à mettre une femme dans son lit contre sa volonté ? Il allait donc accepter qu'elle joue la comédie. Il aurait tout le temps de gagner ses faveurs, et la victoire n'en serait que plus enivrante...

— Voulez-vous conclure notre marché tout de suite ? En général, les messieurs sautent les dames rapidement. Nous avons le temps avant de passer à table.

— Je vous en prie, chère madame ! s'exclama Gavin. Où avez-vous entendu l'expression « sauter » ?

— Je suis fille de militaire, et j'ai passé la plus grande partie de ma vie au milieu des soldats.

C'était sans doute là qu'elle avait appris à tenter une manœuvre de contournement lorsqu'elle se trouvait acculée. Elle ne savait pas qu'il aurait fallu toute une armée de filles de généraux pour amener Gavin Byrne à la capitulation.

— C'est entendu, j'accepte que vous fassiez semblant d'être ma maîtresse... Pour le moment, ajouta-t-il, vexé par le soulagement visible de la jeune femme.

— Vous êtes sûr de vous ? Sinon, nous pouvons toujours...

— Écoutez, ma belle, murmura-t-il de cette voix coupante comme l'acier dont ceux qui le connaissaient avaient appris à se méfier, je vous conseille d'abandonner le jeu pendant que vous avez une belle main. Cela ne se reproduira peut-être plus.

Il se dirigea vers la porte et l'ouvrit en grand.

— Maintenant, allez rejoindre les dames au salon, et laissez les messieurs parler affaires. Mon accord dépend de l'acceptation de mes conditions par Son Altesse, et celles-ci ne vous regardent pas.

C'était une manière de la congédier plutôt brutale, mais elle ravala son humiliation et se dirigea sans broncher vers la porte.

— Merci de votre aide, cher monsieur.

— Oublions les salamalecs. Si nous nous faisons passer pour des amants, il vaut mieux que vous m'appeliez Byrne, comme tout le monde. À moins que vous ne préfériez « chéri ».

— Dans ce cas, vous pouvez m'appeler Cristabel.

— C'est votre soldat de père qui vous a trouvé un prénom aussi romantique ?

— J'avais aussi une mère, figurez-vous ! lança-t-elle avant de s'éloigner de sa démarche ondulante.

Le balancement de ses hanches l'émut d'une façon peu appropriée à une discussion d'affaires. Elle avait une mère ? Sans doute quelque farouche Amazone, ou un démon échappé de l'enfer. Aucune Anglaise respectable n'avait pu donner naissance à cette diablesse virevoltante.

Une diablesse qui s'imaginait le décourager en laissant entendre que faire l'amour avec lui constituerait une corvée. Il aurait tôt fait de la ramener à de meilleures dispositions. Avant qu'elle ait eu le temps de comprendre ce qui lui arrivait, la jeune veuve viendrait le supplier de la rejoindre dans sa chambre.

Il avait bâti sa fortune sur son talent pour marier affaires et plaisir, et même si, pour le moment, il entrait dans son jeu, il comptait bien s'approprier le mystérieux objet qu'elle désirait tant récupérer, prendre sa revanche sur le prince et mettre dans son lit une Cristabel enamourée et docile.

— Eh bien ?

La voix d'Iversley le tira de ses réflexions.

— C'est entendu, dit Gavin en refermant soigneusement la porte derrière ses frères.

— Je savais que nous pouvions compter sur toi, déclara Draker, ravi.

— Laisse-moi finir. J'accepte, mais à une condition. Quand tout sera terminé, je veux une audience privée avec Prinny.

— Pourquoi ? s'inquiéta le vicomte.

— J'ai mes raisons.

— Je ferai de mon mieux pour te l'obtenir, soupira Marcus, visiblement inquiet.

— Je lui conseille d'accepter, s'il veut aider Cristabel.

— Cristabel ? s'étonna Alexandre.

Puisqu'ils l'apprendraient de toute façon, il préférait expliquer lui-même son plan à ses frères.

— Stokely n'invitera jamais votre chère petite veuve, à moins qu'elle ne soit ma maîtresse. Elle va donc le devenir.

— Tu n'as quand même pas fait chanter cette pauvre femme ! s'exclama le vicomte, indigné.

— Elle feindra d'être ma maîtresse, comme tu as fait semblant de courtiser Regina.

— Nous n'avons pas fait semblant longtemps, grommela Draker.

— Je le sais bien, fit Gavin, amusé.

— Mais je croyais que lady Haversham ne te plaisait pas ?

Byrne se remémora les hanches voluptueuses de la marquise, son souffle précipité dès qu'il l'avait touchée. Quel plaisir il éprouverait à plier à la sienne cette volonté farouche !

— On se fait à son charme, rétorqua-t-il.

Iversley éclata de rire tandis que, visiblement, le désormais très convenable Draker ne goûtait pas du tout le sous-entendu.

— Qu'y a-t-il de si drôle ? s'enquit Gavin.

— Tu n'as pas peur de finir comme Marcus et Regina ?

— Ne t'inquiète pas ! Le mariage n'est pas fait pour moi.

Il y avait bien pensé une fois, mais à l'époque, il n'était qu'un blanc-bec de vingt-deux ans, et Anna Bingham l'en avait guéri à jamais.

— Les femmes ont le don de vous faire changer d'avis, ironisa Alexandre.

— Je suis trop coriace, elles se cassent les dents sur moi. De toute façon, j'ai l'impression que lady Haversham est parfaitement satisfaite de son veuvage.

— Elle aussi peut changer d'avis, dit Draker.

— Tu es bien comme ta chère et tendre ! s'écria Gavin. Elle ne jure plus que par la félicité conjugale et ne rêve que de fiancer la terre entière. Contrairement à ce que prétend Regina, il y a des célibataires heureux !

Sa déception avec Anna lui avait appris que même l'amour ne permettait pas d'abattre certaines barrières et que son goût pour les femmes du monde ne pouvait être satisfait que par des liaisons illicites. Aucune dame de condition respectable ne l'épouserait jamais, à moins d'en vouloir à son argent, et il n'était pas homme à se contenter d'un mariage de convenance.

Ses nombreuses liaisons avec des femmes mariées lui avaient donné une vision particulièrement cynique de l'hymen. La gent féminine convolait parce qu'elle trouvait dans le mariage un avantage financier ou social. Katherine et Regina auraient-elles épousé ses frères s'ils n'avaient pas été nobles ?

Il préféra ne pas approfondir la question. Cela n'aurait fait que lui rappeler la différence douloureuse qui existait entre ses demi-frères et lui. Leurs mères étaient mariées, et leurs époux respectifs avaient reconnu Marcus et Alexandre comme leurs fils légitimes. Mais lui n'avait pas eu cette chance. Jusqu'à la fin de ses jours, il resterait Byrne le Bâtard.

À moins de devenir le baron Byrne.

L'idée lui plaisait beaucoup, surtout si Prinny le reconnaissait publiquement, même de façon implicite, et si, en prime, la fascinante marquise de Haversham devenait sa maîtresse.

— C'est donc entendu ! s'écria-t-il, prêt à changer de sujet. Je m'arrangerai pour que Stokely invite Cristabel, et en contrepartie, notre cher prince me fera baron.

— Je suis heureux que tu aies accepté, déclara le comte. Il est grand temps que tu retires de notre alliance quelque chose de tangible.

— Ne t'inquiète pas. Cette affaire me rapportera beaucoup plus que tu ne le crois. Buvons au succès de notre entreprise, s'empressa-t-il d'ajouter devant la mine intriguée d'Alexandre. À la Fraternité des bâtards royaux !

Draker et Iversley trinquèrent avec lui et vidèrent leurs verres, mais lorsque Gavin fit mine de les remplir de nouveau, ils refusèrent d'un geste.

— Vous vous ramollissez vraiment ! grommela-t-il. Je lève mon verre à notre royal géniteur. Puisse-t-il rôtir en enfer !

2

Les hommes ont plus d'un tour dans leur sac. Ne vous laissez jamais prendre à leurs belles paroles.

Mémoires d'une maîtresse, anonyme

Quelle idée absurde ! Dans quelle mascarade s'était-elle laissé entraîner ? Cristabel regarda un à un les convives attablés à la longue table présidée par lady Draker. Passer pour la maîtresse de ce M. Byrne ? Assister avec lui à toutes sortes de rendez-vous mondains comme ce dîner avec ces dames élégantes et ces beaux messieurs ? Quelle folie l'avait saisie ?

Elle avait tout de même eu de la chance que le joueur ne l'ait pas prise au mot et n'ait pas exigé d'elle qu'elle entre vraiment dans son lit. Qu'aurait-elle fait, dans ce cas ?

Elle réprima un accès de fou rire hystérique. Comme si elle était capable de satisfaire les goûts scandaleux d'un tel homme ! Si elle avait su s'y prendre, son bien-aimé Philip n'aurait jamais eu de liaison.

La vieille douleur enfouie au fond d'elle-même se réveilla soudain, mais elle s'empressa de l'étouffer. Tout ceci n'avait plus aucune importance, maintenant. À côté de l'autre trahison de Philip, il s'agissait d'une vétille. Mais malgré ses efforts, le sujet continua de la tourmenter.

C'était sans doute à cause de ce M. Byrne et de son libertinage à peine dissimulé. Il avait réveillé en elle toutes sortes de... de sentiments troubles qui auraient dû disparaître avec son mari.

Qui plus est, ce libertin n'était sans doute pas le moins du monde attiré par elle. Flirter était dans sa nature, tout simplement ! S'il avait accepté de l'aider, c'était donc qu'il avait une autre motivation. Mais laquelle ? Elle ne pouvait qu'être inavouable, de toute façon. Elle s'était préparée à rencontrer un débauché sans scrupule, et leur entrevue ne l'avait pas fait changer d'avis. Ses manières raffinées, sa faconde et surtout son charme viril ne lui inspiraient que méfiance et réprobation. Cet homme devait être le Prince de la Débauche en personne.

En tout cas, il en avait le charme fascinant.

Elle avait toujours été attirée par les vauriens. C'était d'ailleurs la raison pour laquelle elle se retrouvait dans une telle situation.

— Prenez un peu de galantine, ma chère, lui suggéra lady Draker. C'est une spécialité de notre cuisinier.

Cristabel sourit poliment à sa blonde hôtesse. Elle était bien incapable d'identifier la galantine parmi les innombrables plats disposés devant elle. C'était pour cette raison qu'elle détestait les mondanités : elle s'emmêlait toujours dans les règles compliquées du protocole, confondait les noms français des vins et des plats et, en règle générale, se conduisait comme une pauvre petite provinciale et non comme une marquise.

— Vous permettez ? demanda M. Byrne en lui présentant un plat de volaille en gelée.

— Cela me paraît délicieux, dit-elle en se servant.

C'était effectivement exquis, mais elle espérait tout de même que lord Stokely n'avait pas un cuisinier français, sinon elle ne tiendrait jamais une semaine.

Dans ce domaine aussi, son cavalier pourrait peut-être l'aider. Pour un joueur professionnel, il semblait maîtriser parfaitement les usages du monde et leurs subtilités.

La rumeur voulait qu'il soit le fils naturel du prince de Galles, comme lord Draker, d'ailleurs. Les deux hommes étaient-ils demi-frères ? Cela aurait expliqué que le régent ait pensé à eux pour l'aider.

Le régent ! Seigneur ! Il n'aimerait certainement pas le tour imprévu qu'avait pris leur plan. Il voulait simplement que le joueur serve d'intermédiaire et n'avait jamais eu l'intention de le voir jouer un rôle actif dans cette entreprise.

Comme si elle avait le choix ! Lord Stokely avait menacé de faire publier les lettres si le prince ne satisfaisait pas ses exigences. Et le régent avait été très clair sur le sort qui serait réservé au père de Cristabel si elle ne récupérait pas ces lettres.

— Puis-je vous servir, lady Haversham ?

La voix de Byrne la tira de ses pensées, et elle fut soulagée de reconnaître les coquillages disposés sur le grand plat d'argent qu'il lui désignait.

— Avec plaisir ! J'adore les huîtres.

— Vraiment ? Aimez-vous aussi les mouches cantharides ? s'enquit-il avec une ironie inquiétante.

— Qu'appelez-vous des mouches cantharides ? demanda-t-elle, tandis que leur hôtesse et lady Iversley viraient à l'écarlate et que leurs maris fronçaient les sourcils.

— Ne te moque pas de notre amie ! lança lord Draker à Byrne. Tu vois bien qu'elle ne sait pas de quoi tu parles.

Le vicomte voulait lui venir en aide, mais sa sollicitude vexa Cristabel. Même si elle ne comprenait pas les sous-entendus du joueur, elle n'était pas complètement idiote.

— Je me doute qu'il s'agit de quelque chose d'immoral. M. Byrne semble convaincu que les femmes trouvent l'immoralité attirante chez un homme, ajouta-t-elle avec un regard entendu à son voisin de table.

— Beaucoup m'en ont donné la preuve, je vous assure, rétorqua-t-il d'une voix suave.

— Les femmes légères que vous fréquentez habituellement, je n'en doute pas ! En dehors de l'aimable assistance de ce soir, bien entendu, s'empressa-t-elle de préciser en voyant sursauter Regina Draker.

— Ne vous inquiétez pas, dit en souriant lady Iversley. Nous partageons votre avis sur les fréquentations féminines de Byrne.

— Tu vois, lança Gavin au vicomte, tu n'as pas besoin de protéger lady Haversham. Elle est parfaitement capable de se défendre toute seule.

— C'est une fine gâchette, d'après ce qu'on nous a raconté, intervint lady Draker.

Cristabel aurait volontiers disparu sous terre. Le récit de sa première rencontre avec le joueur aurait amusé son père et ses amis officiers, mais à cette table raffinée, il allait certainement choquer ces convives distingués.

— Tu as raconté cette histoire à Regina ? s'exclama Byrne, visiblement offusqué.

— Je n'ai pas pu résister à la tentation. Que veux-tu ? Ce n'est pas tous les jours qu'une dame te tire dessus, fit le maître de maison en souriant, avant de se resservir de faisan.

— Tu l'avais certainement mérité, renchérit sa femme à l'adresse de Byrne.

— Sans aucun doute ! s'exclama Cristabel.

— Effectivement, fit Byrne. J'avais eu l'insolence de venir réclamer mon dû après que votre mari avait donné l'ordre à son banquier de ne pas honorer l'effet qu'il m'avait remis. Où avais-je la tête ?

— Philip m'a toujours dit que vous lui aviez accordé un prêt et que vous vous étiez rétracté ensuite ! protesta Cristabel, indignée autant par le ton sarcastique de Byrne que par ce qu'elle considérait comme un mensonge.

— Haversham vous a menti.

— Il n'aurait jamais fait quelque chose d'aussi bas !

— Avez-vous oublié la raison de votre présence ici ?

Il avait raison, bien entendu. Pour payer ses dettes de jeu, Philip avait vendu les lettres que son père lui avait confiées. Après sa mort, elle avait découvert la véritable personnalité de son mari.

— J'aurais dû vous abattre quand je vous tenais au bout de mon fusil, marmonna-t-elle.

— C'est donc vrai ? Vous avez vraiment tiré sur Byrne ? s'écria lady Iversley, les yeux brillants de curiosité.

— Elle a fait un trou dans la capote de mon cabriolet, et un autre dans mon chapeau, expliqua Gavin.

— En pure perte ! s'exclama Cristabel. Il a continué à avancer jusqu'aux marches du perron, comme si de rien n'était. C'est à croire qu'on lui tire dessus tous les jours !

— Mais c'est le cas ! Londres fourmille de gens peu recommandables, ma chère. Enfin, cela ne m'a jamais empêché d'obtenir ce que je voulais, ajouta-t-il avec un sourire entendu.

Lorsque son regard bleu s'attarda nonchalamment sur sa bouche, la marquise se sentit parcourue d'un frisson exquis. Qu'il aille au diable ! Que pouvait-elle trouver de si séduisant à ce débauché impénitent ?

Elle le savait bien, pourtant. Elle comprenait sans peine pourquoi les femmes se disputaient pour entrer dans son lit. Il suffisait de le regarder. Il était fait pour l'amour, avec sa chevelure rebelle, ses yeux bleu sombre comme la nuit et son sourire narquois qui semblait vous promettre le paradis.

Mais les hommes promettaient toujours le paradis, et ils ne vous le donnaient jamais. Dans le meilleur des cas, ils vous le prêtaient brièvement.

Pourtant, tandis qu'elle dégustait les desserts tout aussi raffinés que les plats qui les avaient précédés, elle ne parvint pas à chasser de ses pensées cet agaçant dandy.

Si elle arrivait à le comprendre, sa mission s'en trouverait grandement facilitée. Mais il était si différent des rudes soldats, des officiers courtois ou des médecins militaires auprès de qui elle avait passé son enfance. Même à Rosevine, la propriété des Haversham, les hommes qu'elle rencontrait étaient faciles à cerner, leurs rôles clairement établis.

Tout ce qui touchait à M. Byrne la troublait. Elle s'était toujours efforcée d'être une femme respectable. Sans doute pas extrêmement sophistiquée, certainement plus directe qu'il n'était convenable, mais parfaitement honorable.

Et il lui faisait regretter de l'être.

Avec détermination, elle piqua sa fourchette dans un moka aérien. Elle était peut-être naïve, mais pas au point de tomber une seconde fois toute rôtie dans les bras d'un séduisant vaurien.

Un ange passa.

— Vous êtes en ville depuis longtemps, lady Haversham ? s'enquit lady Draker.

— Quelques jours.

Obéissant à la convocation du régent, elle était venue discuter avec lui de la conduite à tenir pour rentrer en possession des lettres compromettantes que Philip avait vendues à lord Stokely, ces lettres qui entraîneraient la ruine de sa famille si elle ne les reprenait pas.

— Katherine et moi pourrions vous montrer ce qu'il y a à voir en ce moment. Quand êtes-vous venue à Londres pour la dernière fois ?

— Oh ! Cela fait des années. J'ai perdu ma mère très jeune, expliqua-t-elle devant la surprise de son hôtesse, et j'ai suivi mon père et ses troupes pendant toute mon enfance et mon adolescence. C'est à l'armée que j'ai rencontré mon mari.

— Le marquis ? s'étonna lady Iversley.

— Il n'était qu'un jeune lieutenant à l'époque. Nous étions mariés depuis déjà six ans quand il a hérité du titre, à la mort de son frère aîné. C'est à ce moment-là que nous sommes rentrés en Angleterre.

— Et cela fait combien de temps ? demanda Regina.

— Quatre ans.

— Vous avez été mariée dix ans ! Mais c'est impossible ! s'exclama lord Draker. Vous ne pouvez pas avoir plus de vingt-cinq ans.

— Je me suis mariée jeune, c'est exact, mais pas à ce point ! s'exclama Cristabel, flattée malgré elle. Je vais sur mes trente ans.

— Une très jeune future trentenaire, commenta la voix caressante de M. Byrne, avec cette discrète pointe d'accent irlandais qui lui donnait tant de charme. Vous n'avez jamais accompagné votre époux pendant ses séjours londoniens, il me semble ?

Cristabel n'avait aucune envie d'étaler sa vie privée dans un dîner mondain, encore moins d'expliquer à ses hôtes que, les derniers temps de leur mariage, Philip et elle vivaient chacun de leur côté.

— Il y avait tellement à faire à Rosevine que cela me prenait tout mon temps. Mais depuis que le cousin de Philip a hérité du titre et du domaine, je ne suis plus chez moi là-bas. Même si le nouveau marquis de Haversham m'a très gentiment offert de rester, j'ai préféré ne pas m'imposer. Il a d'ailleurs eu la gentillesse de me proposer la maison de Londres pour la durée de mon séjour.

Elle était effectivement très reconnaissante au jeune homme de lui éviter une location trop onéreuse pour sa modeste pension de veuve d'officier.

— Mais sa générosité ne durera peut-être pas éternellement, insinua Gavin en lui jetant un regard inquisiteur. Quand la saison commencera, le nouveau marquis viendra chercher une épouse en ville, et il ne tiendra sans doute pas à avoir la veuve de son cousin dans les jambes.

Il avait vu juste, et sa perspicacité ennuya la jeune femme autant qu'elle l'étonna.

— Effectivement. Je pense que je louerai un cottage jusqu'au retour de mon père.

— Le général Lyon est encore en France ? Il pourchasse les derniers partisans de Bonaparte, je suppose.

Elle acquiesça en silence, le cœur gros. En fait, elle n'avait pas la moindre idée de l'endroit où se trouvait son père. La campagne finie, l'armée disséminée aux quatre coins de l'Europe se regroupait, et l'état-major ne pouvait pas, ou ne voulait pas, la renseigner avec précision.

— Il compte acheter une propriété à son retour, et j'irai vivre avec lui.

— Vous aimez la vie à la campagne ? s'enquit Regina.

Cristabel détestait jouer à la marquise et, en ville, il était impossible de se dispenser des obligations mondaines que lui imposait son rang.

— Oui, je m'y sens plus à l'aise qu'en ville, avoua-t-elle.

— Comme je vous comprends ! s'exclama lady Iversley. Si ce n'était pas pour voir nos amis, mon mari et moi ne quitterions jamais Edenmore.

« Mon mari et moi... »

Philip et elle n'avaient fait qu'un, au début, mais quand il avait quitté l'armée, il avait changé brusquement. Tous les prétextes lui étaient bons pour s'échapper en ville, et elle était trop soulagée qu'il ne lui demande pas de l'accompagner pour comprendre qu'il allait boire, jouer et, apparemment, retrouver une maîtresse.

Elle s'imaginait qu'il était heureux auprès d'elle... Comment avait-elle pu se montrer si naïve ?

— Si vous n'êtes pas venue depuis longtemps, vous ne connaissez pas le musée des Automates, reprit lady Draker. Marcus et moi partons quelques jours à la fin de la semaine, mais nous pourrions vous y emmener demain, si vous voulez.

— C'est impossible, intervint Gavin. Lady Haversham et moi avons prévu une promenade. Et puis, vous m'avez dit que vous deviez voir votre couturière avant, ajouta-t-il devant la mine stupéfaite de Cristabel.

Bien sûr, il lui fallait une garde-robe sophistiquée, digne de la maîtresse de M. Gavin Byrne.

— C'est vrai. C'est impossible demain, je suis désolée, reprit-elle en se tournant vers la vicomtesse.

— Ce sera pour une autre fois. Mais si vous changez d'avis... ajouta leur hôtesse, dont le regard inquisiteur passait de Gavin à la marquise.

— Elle ne changera pas d'avis, affirma Byrne d'un ton sans réplique.

— Eh bien, je crois qu'il est temps de laisser ces messieurs déguster leur porto et leurs cigares, reprit Regina. Quant à nous, mes amies, nous allons passer au salon, proposa-t-elle en se levant avec une grâce que Cristabel lui envia.

La jeune femme hésita. Comment faire bonne figure et soutenir une conversation avec l'élégante lady Draker et la spirituelle lady Iversley ?

— Ne vous inquiétez pas, vous vous en sortirez à merveille, lui chuchota Byrne, devinant son malaise. Vous m'avez bien dit que vous aviez laissé votre pistolet au salon ?

Elle le remercia d'un regard noir et suivit la maîtresse de maison à regret, luttant de son mieux contre l'angoisse qui lui serrait le cœur. Si elle voulait réussir sa mission, il lui fallait s'habituer à la haute société et aux mondanités.

Ce serait bien pire chez lord Stokely. Elle n'imaginait que trop bien le genre de dames qu'il recevait : des aristocrates en vogue, modèles de distinction, capables sans le moindre effort de recevoir vingt personnes à dîner avant de rejoindre leur amant dans un boudoir raffiné.

Elle n'avait jamais eu de boudoir, à moins de considérer comme tel le petit débarras où elle conservait ses souvenirs de voyage et ses catastrophiques tentatives de travaux d'aiguille. Elle savait charger une arme aussi vite qu'un soldat aguerri, pouvait rester en selle des heures et connaissait un certain nombre de plaisanteries de corps de garde, mais n'avait pas la moindre idée de ce qui pouvait animer une conversation de salon.

Enfin, ce n'était peut-être pas essentiel pour la maîtresse d'un joueur. Les histoires salaces, en revanche, pourraient se révéler utiles. L'ennui, c'était qu'elle ne saurait jamais jusqu'où elle pouvait aller.

Lorsqu'elle s'installa dans le salon raffiné, où ses deux compagnes paraissaient parfaitement dans leur élément, elle cherchait toujours une remarque spirituelle à faire.

Lady Draker lui évita cette peine.

— Lady Haversham, demanda-t-elle d'un ton fervent, il faut absolument que vous nous expliquiez ce qui se trame. Mon époux s'est montré étrangement taciturne, et je n'ai rien pu en tirer.

— Le mien aussi, renchérit lady Iversley. De quoi avez-vous donc parlé tout à l'heure avec Byrne ?

— Je ne peux pas vous le dire, rétorqua aussitôt Cristabel, surprise par ce feu nourri de questions. Il s'agit d'un secret.

— Un secret qui vous concerne tous les deux ? poursuivit Regina.

— Oui ! Je ne peux pas vous en dire plus, ajouta la jeune veuve, le plus fermement possible, en s'asseyant bien droite, les mains croisées sur les genoux, en véritable femme du monde.

— Il s'agit de votre domaine ? insista la comtesse. Ou peut-être d'une dette de votre défunt mari ?

Ces dames paraissaient dévorées de curiosité, et les airs de dignité offensée que Cristabel tentait de se donner ne semblaient pas les impressionner le moins du monde. Leur offrir un petit os à ronger serait peut-être un bon moyen de les calmer.

— Philip avait payé ses dettes avant sa mort, mais nous avons encore une très délicate... transaction à mener, M. Byrne et moi. Je ne peux vraiment pas vous en dire plus.

— Une transaction ? s'étonna lady Draker. Alors qu'il vous déshabille du regard, qu'il veut vous emmener en promenade et qu'il vous parle d'aphrodisiaques ?

— Pardon ?

— Des aliments susceptibles d'augmenter votre appétit sexuel, précisa obligeamment lady Iversley.

Cristabel se sentit rougir jusqu'à la racine des cheveux. La conversation prenait un tour de plus en plus embarrassant.

— Cela me paraît dépasser le cadre d'une relation d'affaires, reprit Regina.

— Je regrette, mais je ne peux pas vous en dire plus sur mes rapports avec M. Byrne.

— Pardonnez-nous, dit Katherine en lui prenant la main. Nous ne voulions pas nous montrer…

— Indiscrètes ? acheva impulsivement Cristabel, qui regretta immédiatement son impolitesse.

— Indiscrètes, exactement, acquiesça en riant la comtesse. Mais c'est parce que nous nous intéressons à vous, ne le prenez pas mal. Comprenez-nous. Byrne est un ami très cher, et nous l'aimons beaucoup, mais il n'est pas homme à chercher une épouse.

— Nous avons essayé à plusieurs reprises de lui en trouver une, croyez-moi, renchérit la maîtresse de maison.

— Le seul mot de mariage le fait éclater de rire, soupira lady Iversley. Mais cela n'empêche pas les dames de tomber amoureuses de lui, même quand il leur déclare sans prendre de gants que les amours légitimes ne l'intéressent pas.

— Je vous remercie, répondit Cristabel en retirant sa main de celle de la comtesse, mais je vous assure que je n'ai aucune envie de me remarier. Et je suis parfaitement capable de me défendre. Au contraire de beaucoup de dames, la rumeur qui attribue à M. Byrne une ascendance royale ne m'impressionne pas le moins du monde.

— Croyez-moi, objecta la comtesse, s'il séduit toutes les femmes, ce n'est pas à cause de sa filiation, mais en dépit d'elle. Son Altesse a publiquement refusé de le reconnaître, et elle a fait répandre toutes sortes de médisances sur sa pauvre mère. Byrne n'a jamais retiré et ne retirera jamais aucun bénéfice de cette filiation.

— Katherine ! lança lady Draker d'un ton sévère.

— C'est la stricte vérité, Regina, et tu le sais parfaitement ! Le prince a beau être ami avec ta famille, il s'est conduit avec Byrne et sa mère d'une façon inqualifiable !

Abandonner un enfant de dix ans à la rue et le laisser gagner sa vie comme il peut !

— Mais comment a-t-il survécu ? s'écria lady Haversham, horrifiée autant qu'intriguée.

Si le régent avait traité Byrne aussi mal, pourquoi avait-il accepté de l'aider ? La question méritait d'être approfondie.

— Il portait les messages des bookmakers. C'est comme cela qu'il est entré dans l'univers des jeux. À onze ans, il collectait les mises pour les paris clandestins sur les champs de courses.

Cristabel savait par Philip ce qu'était un bookmaker. Son mari lui avait également expliqué que les autorités n'avaient jamais pu éradiquer le système de paris clandestins, qui rencontrait un grand succès sur les champs de courses. Les escrocs qui les organisaient se gardaient bien d'apparaître, et les joueurs ne rencontraient que des sous-fifres, souvent des vieillards ou des enfants.

— Mon Dieu ! soupira-t-elle, le cœur serré à la pensée de ce petit garçon perdu dans un univers aussi brutal et grossier. Il tenait une officine de paris ?

— Pas avant mes douze ans, lança Byrne en jetant un regard noir aux deux compagnes de la marquise. Mais c'était après l'incendie.

Cristabel avait entendu dire que sa mère était morte dans un incendie, mais elle ne se doutait pas qu'il n'était encore qu'un petit garçon.

— Depuis quand écoutez-vous aux portes ? demanda nonchalamment lady Draker.

— Depuis toujours ! rétorqua Gavin avec une pointe d'agacement. En fait, je suis venu prendre congé. Je viens de recevoir un message, on me demande au *Cygne bleu*. Ne bougez pas, dit-il comme Regina faisait mine de se lever, je connais le chemin ! Je viendrai vous prendre à 14 heures, ajouta-t-il à l'adresse de la marquise.

— 14 heures ? s'exclama Cristabel.

— Je dirige un cercle de jeu. 14 heures, c'est pratiquement l'aurore pour moi. À demain, ma douce Cristabel, murmura-t-il en déposant sur sa main nue un long baiser.

La jeune veuve l'aurait volontiers envoyé au diable. Après les révélations de ses compagnes, elle l'avait pris en pitié, mais voilà que ce salut équivoque démentait sa version selon laquelle Byrne et elle n'entretenaient qu'une relation d'affaires.

— À demain. J'ai été enchantée de faire votre connaissance, cher monsieur.

S'il fut surpris par ses manières cérémonieuses, il n'en laissa rien paraître. Mais sur le seuil de la porte, il se retourna vers les deux dames.

— Inutile d'assommer lady Haversham avec mes exploits de jeunesse. Je déteste avoir des trous dans mes chapeaux !

— Je ne sais pas ce qu'il complote, dit lady Draker une fois que le bruit de ses pas se fut éloigné, mais cela ne me dit rien de bon. Si vous lui tirez dessus une seconde fois, ce n'est pas moi qui vous blâmerai.

— Ce serait difficile, j'ai oublié de prendre des balles, rétorqua posément Cristabel en montrant son réticule.

— Vous êtes venue armée ?

— Bien entendu. Londres est une ville dangereuse !

— Grands dieux ! Vous irez très bien ensemble, vous et Byrne ! s'écria Regina en éclatant de rire.

— À la perfection, renchérit lady Iversley. Vous avez du bon sens, vous êtes directe, et aussi méfiante que lui.

— Il ne fera pas le poids en face de vous, poursuivit la vicomtesse.

— J'ai toujours dit que ce qu'il lui fallait, c'était une femme qui puisse lui tenir tête !

— Quelqu'un qui n'ait pas froid aux yeux !

— C'est par calcul qu'il choisit des femmes insignifiantes. C'est plus facile pour lui de s'en débarrasser ensuite, expliqua la comtesse.

— Je vous en prie, protesta Cristabel, mes relations avec M. Byrne ne sont pas du tout de cet ordre-là !

— Voyons, ma chère, nous ne sommes pas tombées de la dernière pluie, rétorqua lady Iversley. Vous vous imaginez peut-être que votre relation est strictement commerciale, mais ce que Byrne cherche...

— Ce que Katherine essaie de vous dire, coupa lady Draker, c'est que vous devriez veiller à votre réputation. Si l'on vous voit vous promener seule avec Byrne, les gens croiront... Comment dire...

— Que je suis sa maîtresse ?

Cette franchise parut choquer les deux dames, mais il était vain de prétendre plus longtemps que sa relation avec Byrne était innocente. De toute façon, elles finiraient bien par entendre les commérages.

— Même si c'est le cas, qu'est-ce que cela peut bien faire ? Je n'attache aucune importance aux racontars.

— Nous tenions à nous assurer que vous mesuriez bien les conséquences de votre attitude, expliqua avec froideur lady Draker.

— Vous n'êtes pas... enfin, vous ne me paraissez pas être le genre de femme à... balbutia lady Iversley.

— À avoir des amants ? acheva Cristabel. Vous me trouvez trop ordinaire et trop provinciale pour un dandy comme M. Byrne, sans doute ?

— Certainement pas ! protesta vivement Katherine. Mais trop naïve, oui !

— Et trop convenable, ajouta Regina.

— Vous n'aviez jamais entendu parler d'aphrodisiaques, lui rappela la comtesse.

— Je ne connaissais pas le mot, admit lady Haversham, mais je comprends parfaitement de quoi il s'agit. J'ai passé la plus grande partie de ma vie avec des soldats, vous savez. Et maintenant que je suis veuve, je suis libre de disposer de ma personne.

Si elle avait cru de cette façon clore la discussion, elle s'était lourdement trompée.

— Justement, jusqu'ici, Byrne ne s'était jamais intéressé à une veuve. Il préfère les femmes qu'il peut rendre à leurs maris quand il en a assez.

— Tu penses qu'il pourrait avoir des intentions plus sérieuses ? demanda lady Draker à la comtesse. Emmener une dame en promenade, ce n'est pas dans ses habitudes.

— Excusez-moi, s'écria Cristabel en se levant brusquement.

Elle venait de se rappeler que le lendemain, elle était censée commander de nouvelles robes. Mais elle n'avait pas la moindre idée de l'endroit où s'adresser pour trouver sans se ruiner des toilettes suffisamment élégantes pour la maîtresse d'un dandy londonien.

Il fallait absolument qu'elle pose la question à Byrne avant qu'il parte. Ces dames pouvaient très bien continuer cette intéressante conversation sans elle.

— J'ai encore un renseignement à demander à M. Byrne. Je reviens tout de suite.

Elle se précipita hors du salon.

— Monsieur Byrne ! lança-t-elle en le voyant déjà sur le perron.

— Je vous ai dit de m'appeler Byrne tout court.

— Et pourquoi pas par votre prénom, puisque nous sommes censés être intimes ?

— Aucune femme ne m'a jamais appelé Gavin, hormis ma mère, répondit-il.

Sa malheureuse mère, qu'il avait perdue si jeune. Savoir un homme, même un joueur et un débauché comme lui, seul au monde lui serrait le cœur.

— Vous aviez quelque chose à me demander ?

— J'ai failli oublier ! Je ne sais pas où m'adresser pour me faire faire des robes neuves. Je ne connais personne qui fasse le genre de vêtements qui...

— Qui conviendraient à ma maîtresse ? acheva-t-il, une lueur amusée dansant dans ses prunelles bleues. Ne vous en faites pas. Je vous amènerai une couturière demain.

— J'espère qu'elle n'est pas trop chère, murmura la jeune femme.

— Je crois que vous serez contente de mon choix, assura-t-il. Et puis, si vous voulez me faire plaisir, Cristabel, ne portez pas de noir demain.

3

Une maîtresse doit retirer le plus d'avantages possible de chaque liaison. Qui sait combien de temps dureront ses charmes ?

Mémoires d'une maîtresse, anonyme

« Ne portez pas de noir… »

Cristabel soupira en examinant sa garde-robe. Une robe de mousseline noire garnie de dentelles, un ensemble de basin noir à brandebourgs, un manteau de laine noire avec des boutons de jais… Du noir, encore du noir. Tout était noir, même son costume d'amazone.

— Je vous l'avais dit, nous avons fait teindre tous vos vêtements ! s'écria Rosa, sa femme de chambre espagnole. C'est ce que vous aviez ordonné !

— Mais pourquoi m'as-tu écoutée ?

Rosa était au service de la marquise depuis son mariage. Elle l'avait suivie partout depuis Gibraltar, où Cristabel avait rencontré son mari. Elles avaient pratiquement le même âge et, pour sa maîtresse, elle était plus une amie qu'une servante. Cela permettait à Rosa d'exprimer ses opinions sans fard, ce dont elle ne se privait pas.

— Je n'ai pas l'habitude de vous contredire ! rétorqua Rosa d'un air innocent. Surtout quand vous êtes d'humeur… Comment dit-on en anglais ? Obstinée ? Vous aviez juré de porter le deuil de lord Haversham jusqu'à la fin de vos jours.

C'était vrai. À cette époque, Cristabel ignorait encore l'infamie de son époux. Maintenant, elle regrettait amèrement son impulsivité.

— Eh bien, dis-le ! lança-t-elle en se jetant sur son lit. J'ai été stupide ! Toi, tu aurais gardé au moins une robe de couleur !

— Je n'avais pas à faire d'objections. Ce n'est pas mon rôle !

— À quand remonte cette remarquable discrétion, s'il te plaît ?

— Si vous tenez tant à connaître mon avis, la vie est trop courte pour la passer à pleurer un homme.

— Surtout Philip, c'est ça ? ironisa sa maîtresse.

— Il ne vous méritait pas ! Et vous, vous méritez mieux, vous le savez bien ! Peut-être que ce M. Byrne...

— Mais qu'est-ce que tu vas imaginer ? s'écria la marquise avec véhémence. Ce n'est pas le genre d'homme qui fait un bon mari.

Cristabel s'était bien gardée de révéler à sa femme de chambre la véritable nature de son accord avec Byrne. Même les domestiques les plus loyaux bavardent, après tout, et laisser la fidèle servante croire à une liaison entre le joueur et elle était le meilleur moyen de donner du crédit à leur stratagème. Elle avait donc expliqué à Rosa qu'elle avait trouvé un protecteur, sûre d'obtenir l'approbation chaleureuse de la jeune Espagnole.

Depuis que son caporal de mari s'était fait tuer dans une maison de tolérance, celle-ci professait haut et fort que la vie était courte et qu'il fallait en profiter pour prendre du bon temps. Elle était également dotée d'un grand sens pratique et comprenait qu'une femme devait parfois faire des concessions pour vivre décemment.

— Je croyais que tu applaudirais si je prenais un amant, reprit Cristabel.

— Ce n'est pas à moi de...

— Ne fais pas l'imbécile ! Qu'est-ce qui te tracasse ?

— Je voudrais être sûre qu'il s'agit d'un monsieur comme il faut. En général, les hommes qui ne pensent pas au mariage, ce sont...

— Des libertins, je sais. Serais-tu rassurée si je te disais que c'est un charmant libertin ? Cela n'a pas d'importance, de toute façon. Je n'ai pas l'intention de me remarier, ajouta-t-elle devant l'air dubitatif de Rosa.

Après ce que le Tout-Londres allait considérer comme une liaison scandaleuse, aucun homme de son milieu ne voudrait d'elle pour épouse, et elle s'en moquait éperdument. Elle reprendrait sa vie errante avec son père, au milieu des soldats. Au moins, eux, ils étaient capables d'apprécier son habileté au tir. Quant à trouver un compagnon parmi eux, il ne fallait pas y songer. Il ne leur viendrait jamais à l'idée de courtiser la veuve d'un marquis.

Elle étouffa bien vite une pointe de regret. Si, en se remariant, elle avait eu l'espoir d'avoir des enfants, elle aurait agi différemment. Mais après dix ans d'union stérile, elle avait perdu tout espoir de cet ordre. Elle refoula les larmes qui lui montaient aux yeux. Aucun homme d'un certain rang ne voudrait d'une femme incapable de lui donner un héritier.

Alors, pourquoi se préoccuper de ce qu'elle allait porter pendant une promenade avec un débauché comme Byrne ? Si elle ressemblait à un corbeau, il n'aurait qu'à se faire une raison !

— Bien, finissons-en ! Quelle est la moins laide de ces robes ?

— Teintes en noir, elles sont toutes aussi hideuses. Heureusement que votre amoureux va vous en acheter d'autres !

— Il ne va pas me les acheter, il va m'aider à les choisir, corrigea-t-elle, irritée, en priant intérieurement pour que Byrne ne l'entraîne pas dans des dépenses inconsidérées.

— C'est vous qui allez payer tout ça ? s'exclama aussitôt Rosa. Mais vous n'en avez pas les moyens !

— Nous n'avons pas encore eu le temps de parler finances ! Au fait, je croyais que ce n'était pas ton rôle de faire des objections ?

Rosa préféra s'abstenir de répondre. Elle s'abstint également de donner à sa maîtresse le fichu dont elle recouvrait généralement ses épaules.

— Vous pourriez au moins montrer votre décolleté ! C'est un homme, tout de même !

Personne ne pouvait en douter, songea Cristabel en réprimant un soupir. Et après tout, lui montrer la naissance de ses seins le mettrait peut-être dans de bonnes dispositions envers elle.

— Tu pourrais me faire une coiffure un peu plus à la mode ?

— Je vais essayer, mais vous devriez vous couper les cheveux et les friser comme on le fait maintenant. C'est ça, la mode ! Regardez-moi !

Cristabel haussa les épaules. Sa femme de chambre frisait naturellement, elle n'était pas affublée comme elle de longs cheveux raides ! Et de toute façon, si elle s'imaginait que sa maîtresse allait la laisser jouer sur sa tête avec les ciseaux et le fer à friser, elle se trompait lourdement !

Lorsque Byrne et la couturière arrivèrent, la caméristе avait réussi à dompter l'épaisse chevelure de lady Haversham, qui arborait un chignon tout à fait présentable.

Elles se hâtèrent de descendre pour accueillir le visiteur, mais dès qu'elle aperçut Gavin, Rosa poussa du coude Cristabel.

— C'est le monsieur sur qui vous avez tiré l'année dernière ?

Encore ! Ce n'était pas possible ! C'était donc vraiment resté dans les annales ?

— Oui, c'est lui.

— Il vous oblige à devenir sa maîtresse à cause d'un malheureux coup de feu ! Ah, *Madre de Dios*, j'aurais dû m'en douter ! Vous n'auriez jamais pris un amant si on ne vous y avait forcée. Vous êtes bien trop anglaise pour ça ! Mais je ne le laisserai pas faire ! Je vais lui dire ma façon de penser !

— Tu vas te taire et te tenir tranquille ! Personne ne m'a jamais forcée à faire quoi que ce soit, et cela ne va pas commencer maintenant... Avec Philip, c'était différent ! ajouta-t-elle en voyant la mine sceptique de sa femme de chambre. C'était mon mari, je ne pouvais pas me refuser à lui ! Et puis, je trouve M. Byrne... intéressant. Et depuis le temps que tu me répètes que je suis trop sérieuse et que j'ai besoin de changement, tu devrais être contente !

— *¡ Si, señora !* Mais un joueur, ce n'est plus assez sérieux !

— Ce n'est pas un simple joueur. Il est propriétaire d'un cercle de jeu, *Le Cygne bleu*.

— J'en ai entendu parler, murmura Rosa, à qui l'information donnait à réfléchir. C'est un club très huppé. Il doit être riche... On l'appelle « le beau Byrne », ajouta-t-elle en se penchant par-dessus la rampe pour regarder le visiteur. C'est vrai qu'il est bel homme ! Et bien mis ! Vous avez vraiment eu tort de teindre toutes vos jolies robes !

— Elles n'étaient pas jolies, de toute façon !

Comment s'acheter des toilettes quand votre mari dépensait au jeu tout l'argent du ménage ?

— Allons, viens ! Je ne veux pas le faire attendre plus longtemps.

— La robe de mousseline aurait pu faire l'affaire, quand elle était rose, marmonna Rosa. Un homme comme lui mérite mieux !

Elle avait touché juste. Pourquoi fallait-il qu'il soit si séduisant ? Le vent avait dérangé la belle ordonnance de ses cheveux acajou, ajoutant une touche romantique à son élégance irréprochable.

Sa redingote de cachemire impeccablement coupée mettait parfaitement en valeur sa carrure avantageuse. Son visage n'était pas engoncé dans un de ces cols montants à la mode, et sa cravate nouée à la diable accentuait la ligne de sa mâchoire volontaire. À en juger par l'impressionnante musculature de ses cuisses, Gavin Byrne ne passait pas ses journées assis à des tables de jeu, et Cristabel connaissait beaucoup de cavaliers qui auraient envié sa virile silhouette.

Du palier du premier, elle voyait la couturière, une accorte matrone qui aurait pu être la mère de Gavin, lui décocher des œillades éloquentes. Comment la blâmer ?

Toutefois, elle avait beau chercher, elle ne lui trouvait aucune ressemblance avec le régent. Mais lorsque Byrne leva vers elle son regard insondable, elle n'eut plus aucun doute. C'étaient bien les mêmes yeux outremer que le prince.

Des yeux qui s'assombrirent en voyant la robe noire de la marquise.

— Je constate que vous persistez à porter vos vêtements de deuil, remarqua-t-il sèchement, après lui avoir présenté Mme Watts, la couturière.

— Le noir me va bien, répliqua-t-elle.

— Non, cela ne vous va pas du tout. Vous êtes faite pour l'or et la soie, murmura-t-il.

— L'or et la soie coûtent cher, monsieur ! lança Rosa.

La couturière faillit s'étrangler devant l'impertinence de la domestique, qui soutenait sans broncher le regard furibond de sa maîtresse.

— Excusez ma femme de chambre, dit Cristabel, les dents serrées. Elle est étrangère et elle a des opinions très tranchées.

— D'où venez-vous ? demanda Byrne en tournant son regard azur vers la soubrette.

— De Gibraltar, claironna Rosa, comme s'il s'agissait d'un titre de haute noblesse.

Il s'adressa alors à la camériste en espagnol et, pour la première fois de sa vie, lady Haversham vit sa femme de chambre rester sans voix.

— Vous parlez espagnol ? dit enfin Rosa.

— Dans mon métier, il est toujours utile de connaître les langues étrangères, répondit-il avec un sourire désarmant.

La femme de chambre se radoucit un peu, tout en restant sur la défensive, mais après un bref échange dans sa langue natale, elle éclata de rire. La conquête de la caméristе était achevée !

— Rosa, pourriez-vous conduire Mme Watts dans la pièce où nous allons faire les essayages ? Ses laquais attendent dehors avec les rouleaux de tissu.

Avant que Cristabel ait eu le temps d'ouvrir la bouche, Rosa s'était déjà éclipsée avec la couturière.

— Je croyais qu'il s'agissait de choisir des modèles...

— Mme Watts va aussi prendre vos mesures. Je veux qu'elle commence vos toilettes immédiatement et qu'elle vous donne la priorité sur ses autres clientes.

— Mais je ne peux pas me le permettre !

— Moi, si. Le meilleur moyen de faire croire que vous êtes ma maîtresse, c'est de vous offrir une garde-robe de prix et de le faire savoir.

C'était effectivement un argument de poids. Déchirée entre sa fierté et son sens pratique, Cristabel réfléchissait lorsqu'une file de valets, les bras chargés de rouleaux de mousseline, de satin et de velours, pénétra dans le hall.

— Vous devez avoir l'habitude, marmonna-t-elle enfin.

Gavin fit semblant de prendre cette remarque sarcastique pour un accord – ce qu'elle était.

— Qu'avez-vous dit à ma femme de chambre ? demanda Cristabel pour masquer son trouble.

— Je lui ai expliqué que j'avais les moyens de vous offrir ce qu'on fait de mieux. Je lui ai promis de vous traiter avec égard, et elle m'a répondu que si je manquais à ma parole, elle ferait frire mes parties viriles et me les servirait au petit déjeuner. Où trouvez-vous vos domestiques ? Sur les champs de bataille ?

— Rosa est fille et veuve de soldat. Elle n'est pas le genre de femme à se laisser faire.

— Comme sa maîtresse. Je plains le malheureux qui aurait l'idée saugrenue de s'attaquer à vous deux dans un coin sombre.

— Il faut bien qu'une femme se défende.

— De temps en temps, ma chère, elle devrait laisser ce soin à un homme.

— À condition que cet homme ne soit pas justement celui dont elle doit se protéger.

— Il y a d'autres moyens que de lui tirer dessus pour le mettre à genoux, remarqua-t-il avec un sourire en coin.

— Vous est-il déjà arrivé de vous mettre à genoux devant une femme ?

— Au lit, très souvent. Je ne demande qu'à le faire devant vous, chuchota-t-il en l'enveloppant d'un regard suggestif.

L'espace d'un instant, la vision de Byrne agenouillé entre ses cuisses offertes dansa devant les yeux de Cristabel.

— Vous pouvez attendre longtemps !

Cet homme avait toutes les audaces ! Apparemment, il ne pouvait pas s'empêcher d'essayer de séduire toutes les femmes qui passaient.

Eh bien, avec elle, il en serait pour ses frais ! Elle ne se laisserait pas entraîner dans son badinage, et elle refusait d'imaginer comment il se comportait au lit. Était-il doux ou brutal ? La laisserait-il vaguement insatisfaite, comme Philip ?

Seigneur, comment pouvait-elle avoir de telles pensées, alors que la tombe de son mari était à peine refermée ?

— C'est votre père ? demanda Gavin en désignant un portrait accroché au-dessus de la cheminée.

— Comment l'avez-vous deviné ?

— L'uniforme, bien sûr. Et la ressemblance… Vous avez le même regard farouche et la même expression entêtée.

— Merci !

Loin de la vexer, cette remarque l'enchantait. On lui avait toujours seriné qu'elle n'avait rien de son père adoré, un homme grand et sec à l'abondante chevelure bouclée. Tout le contraire de sa petite silhouette et de ses cheveux lisses.

— Vous l'avez mis au courant de vos intentions ?

— Comment l'aurais-je fait ? Il est à la guerre !

— Et Prinny ? Quand il a appris qu'on vous avait volée, pourquoi ne l'a-t-il pas contacté ?

Parce qu'il faudrait un mois au moins pour joindre le général et le ramener en Angleterre. Un mois durant lequel Stokely aurait largement le temps de mettre ses menaces à exécution. Il fallait l'arrêter avant.

Mais elle ne pouvait pas l'expliquer à Byrne. Cela n'aurait fait qu'éveiller sa méfiance et susciter d'autres questions embarrassantes.

— Je suppose que Son Altesse a choisi de s'adresser à moi parce que c'est mon mari qui a vendu cet objet.

— Si votre père connaissait votre plan, qu'en penserait-il ?

— Je n'en ai aucune idée, mentit-elle en évitant de regarder le tableau, comme si le général allait descendre du cadre pour la sermonner.

— Je ne le connais pas, mais je ne pense pas qu'il approuverait votre idée de compromettre votre réputation pour un objet, si précieux soit-il.

— Avec un peu de chance, il ne le saura jamais.

Il l'apprendrait certainement, et il la désapprouverait à coup sûr. Elle était toujours sa petite Belle adorée, son petit soldat chéri, et sa réputation lui tenait à cœur.

Mais sa réputation importait moins que le sort de son père. Pour rien au monde elle ne laisserait la presse livrer Randall le Lion à la vindicte publique.

Pire, si elle ne reprenait pas ces lettres, il risquait un procès et la potence pour trahison. Jamais il n'aurait dû garder ces lettres, alors qu'il avait reçu l'ordre de les détruire. Mais en bon stratège, il avait voulu ménager ses arrières et se protéger, au cas où le vent tournerait.

Et voilà qu'à cause de son mari, il risquait sa carrière et sa tête. Si seulement il l'avait empêchée d'épouser Haversham, ils n'en seraient pas là !

Évidemment, elle ne l'aurait pas écouté et se serait enfuie. Elle était amoureuse, et Philip, ce bel officier descendant d'une des plus anciennes familles d'Angleterre, lui semblait paré de toutes les vertus.

— M. Byrne ? Madame ? Tout est prêt pour l'essayage.

Ils suivirent Mme Watts dans le petit salon où la couturière avait disposé ses tissus et ses gravures de mode. Sous prétexte qu'il n'y avait pas assez de place, elle congédia Rosa.

— Je n'aime pas avoir les femmes de chambre dans les jambes, expliqua-t-elle quand la jeune Espagnole eut quitté la pièce. En matière de mode, il vaut mieux laisser faire les experts, vous ne croyez pas ?

— Certainement, approuva lady Haversham, effarée par l'arrogance de la couturière.

Mais lorsqu'elle leur apporta un gros livre de modèles, elle comprit que l'expert auquel elle faisait allusion était Byrne.

Il feuilleta rapidement le livre, puis donna ses instructions avec une autorité de général sur le champ de bataille, obligeant la couturière à prendre fébrilement des notes.

— Il nous faut au moins cinq chemises, sept robes du soir, trois de promenade, onze d'après-midi, avec les manteaux ou les paletots assortis, décréta-t-il.

— Mais c'est beaucoup trop ! protesta Cristabel.

— Nous allons passer une semaine entière à la campagne, et j'ai bien l'intention de vous voir changer de tenue souvent, rétorqua-t-il en posant une main possessive sur sa hanche.

Décidément, il prenait son rôle d'amant très au sérieux. Un peu trop au goût de Cristabel.

— Il faudra aussi de nouveaux jupons, en soie, de préférence, et quelques chemises de nuit, en batiste très fine, avec les déshabillés assortis.

— Et des châles, ajouta Cristabel.

— C'est inutile, dit Byrne avec un regard éloquent sur ses seins. Une femme doit mettre en valeur... ses avantages.

— Je pourrais peut-être me passer complètement de robes, ce serait plus simple, suggéra-t-elle d'un ton doucereux.

— C'est une excellente idée. Nous passerons nos journées dans ma chambre.

— Il me faut des châles ! Je ne tiens pas à prendre froid, insista-t-elle, bien décidée à ne pas lui laisser le dernier mot.

— Je vous tiendrai chaud, ne vous inquiétez pas.

— Écoutez...

— Oh, c'est bon. Un châle, dit-il à Mme Watts.

— Trois !

— Un, en soie ! Si vous en voulez d'autres, il faudra les payer vous-même.

Il savait parfaitement qu'elle n'en avait pas les moyens.

— Dans ce cas, j'emporterai ceux que j'ai déjà.

— Ils sont en laine, j'imagine.

— On ne peut rien vous cacher !

— Entendu... Trois châles en soie ! Mais n'allez pas vous imaginer que je vous laisserai vous emmailloter dedans comme une momie. Si vous ne voulez pas jouer votre rôle, poursuivit-il à voix basse, libre à vous, mais Stokely sera déjà suffisamment méfiant.

L'heure suivante, qu'ils occupèrent à choisir des tissus chatoyants aux couleurs ravissantes et des modèles d'une élégance exquise, passa comme un songe.

En temps normal, Cristabel n'accordait pas beaucoup d'importance aux vêtements, mais jamais encore elle n'avait vu ni touché des soies si fluides, des mousselines si délicates qu'elle craignait de les déchirer rien qu'en les effleurant. Quand ils s'étaient mariés, Philip n'était qu'un simple lieutenant et n'avait pas les moyens de lui offrir un tel luxe. Ensuite, avec son titre de marquis, il avait hérité d'un monceau de dettes qu'il avait grossi avec application.

Visiblement, Byrne, lui, avait les moyens de lui offrir ce luxe.

À moins qu'il ne soit fou, ce qui expliquerait ses choix de couleurs : des rouges éclatants, des bleus vifs, des verts profonds. Il voyait pourtant qu'elle n'avait rien de ces élégantes qui pouvaient se permettre d'attirer sur elles tous les regards.

— Fiez-vous à moi, ces teintes vous iront très bien.

— Je croyais que la mode était aux tons pastel.

C'était ce que son mari lui avait toujours dit. Il la préférait en rose pâle ou en crème.

— Pour les jeunes filles qui font leurs débuts dans le monde, pas pour les femmes mariées. Et surtout pas pour vous !

Elle comprit ce qu'il voulait dire lorsque Mme Watts leva devant elle un carré de soie incarnat qui lui donnait un teint éclatant et mettait en valeur sa chevelure de jais.

Elle avait toujours trouvé que le rose pâle lui donnait l'air souffreteux, mais constater que Byrne avait encore raison l'exaspéra.

— Comment êtes-vous devenu expert en mode féminine ?

— Je sais ce qui rend une femme désirable, rétorqua-t-il avec un sourire qui enflamma les sens de la jeune veuve.

Et il connaissait aussi les secrets qui rendaient un homme désirable, à n'en pas douter ! Ses sourires railleurs et son œil caressant, ses cadeaux somptueux et son ton impérieux avaient de quoi affoler une femme, lui faire tourner la tête et rendre les armes.

Eh bien, avec elle, c'était lui qui rendrait les armes ! Elle s'était déjà fait prendre une fois au charme d'un joli cœur, et cela l'avait menée à un mariage désastreux. Elle n'allait pas se laisser entraîner dans une liaison avec un séducteur qui plaçait son intérêt au-dessus de toute morale. À supposer qu'il en ait une !

— Voulez-vous venir par ici, madame, que je prenne vos mesures ? demanda la couturière en désignant une sorte de petite estrade, héritage d'un marquis de Haversham féru de tableaux vivants. Je vais vous demander de quitter votre robe. Il faut que je vous mesure en corset.

— Bien entendu.

En montant les petites marches, elle jeta à Gavin un regard éloquent, auquel celui-ci répondit en s'asseyant confortablement dans un fauteuil.

— Byrne ! Vous n'allez pas rester !

— Pourquoi ? Je ne découvrirai rien que je ne connaisse déjà.

Il poussait la comédie un peu loin, et il le savait. Son sourire diabolique le démontrait amplement.

— Justement, vous n'avez aucune raison de rester.

— Je veux m'assurer que mes instructions ont été comprises. Faites comme si je n'étais pas là, ajouta-t-il d'un ton nonchalant.

Ils ne pouvaient décemment pas se disputer devant la couturière et, après tout, c'était lui qui payait ces robes. Cristabel décida de faire comme si de rien n'était. Elle soutint avec bravade le regard amusé du joueur tandis que Mme Watts l'aidait à retirer sa robe. C'était une erreur : lorsqu'elle se retrouva à moitié nue, en chemise et corset, elle n'osait plus détourner les yeux, tandis qu'il la détaillait complaisamment des pieds à la tête.

Aucun homme ne l'avait jamais regardée de cette façon. Même au début de leur mariage, Philip ne s'attardait pas à l'admirer. En bon hussard, il montrait beaucoup de hâte à la rejoindre dans son lit, et presque autant à regagner le sien après leur brève étreinte.

Sans bien savoir pourquoi, elle aurait juré que Gavin Byrne ne montrerait pas tant de précipitation. À l'instar de la couturière, lui aussi semblait prendre ses mesures. Après avoir observé ses seins avec une attention soutenue, il examina longuement sa taille mince et ses hanches généreuses, avant de la dévisager de nouveau avec impudence.

Elle pouvait lire sur son visage à livre ouvert : il ne lui laisserait aucun répit avant de l'avoir mise dans son lit, quels que soient les termes de leur accord.

À cette idée, un frisson délicieux la parcourut des pieds à la tête, mais elle se reprit bien vite. Elle allait lui donner une leçon !

— J'espère que l'attitude de mon ami ne vous embarrasse pas. Il peut parfois se montrer insupportable, avec ses facéties. Je ne serais pas étonnée qu'après vous avoir commandé toutes ses robes, il change d'avis et refuse de les payer.

La couturière resta de marbre.

— Mme Watts et moi nous connaissons depuis longtemps, mon ange, intervint Byrne. Elle sait parfaitement que je paie mes factures avec une ponctualité digne de louanges. À propos de factures, je paierai ce qu'il faudra pour que tout soit prêt dans trois jours, poursuivit-il sans plus prêter attention à Cristabel.

— Ce sera beaucoup plus cher.

— Cela n'a aucune importance.

— Comme vous voudrez, monsieur. Pour les robes de soirée, ce décolleté vous conviendrait-il ? demanda-t-elle à Cristabel en abaissant l'encolure de sa chemise.

— Non, déclara Gavin avant que la jeune femme ait eu le temps d'ouvrir la bouche.

Docile, la couturière baissa l'encolure d'un cran.

— Plus bas.

Elle descendit encore d'un centimètre.

— Plus bas, répéta Byrne.

— Je peux peut-être laisser mes seins à l'air et les poser sur un plateau ? intervint lady Haversham.

— C'est très tentant, ma chère, mais en public, je vous conseille de les garder dans votre robe.

— Cela vous convient-il ainsi, monsieur ? demanda la couturière sans se préoccuper de l'avis de Cristabel.

— Cela devrait aller. Nous nous en assurerons au premier essayage.

— Ce sera tout ? demanda Mme Watts.

— Non. Lady Haversham n'a rien à se mettre dans les jours qui viennent. Si vous pouviez retoucher une de ses vieilles robes, de celles qu'elle portait avant son deuil...

— C'est impossible, coupa Cristabel. Je les ai toutes fait teindre.

— Au moins, maintenant, je comprends pourquoi vous vous obstinez à porter du noir ! Vous pourriez peut-être en arranger une ou deux pour qu'elles soient un peu moins sévères ? poursuivit-il à l'adresse de la couturière. Pensez-vous pouvoir en livrer une demain matin ?

— Mais certainement.

— Je vais demander à la femme de chambre de les apporter.

Lorsqu'il ouvrit la porte, Rosa faillit tomber. Sa maîtresse poussa un soupir excédé. Sa camériste ne perdait jamais une occasion d'écouter aux portes.

— Pardonnez-moi, monsieur, balbutia la jeune Espagnole, je venais dire à la *señora*...

— Il n'y a pas de mal, Rosa. Pouvez-vous nous apporter les deux plus jolies robes de lady Haversham ?

— Mais elles sont toutes affreuses !

— Vous me surprenez... Dans ce cas, emmenez Mme Watts. Elle verra celles qui peuvent être retouchées le plus facilement.

Cristabel n'eut pas le temps de protester. Gavin referma la porte derrière les deux femmes, et elle se retrouva seule, à moitié nue, avec ce libertin notoire.

Sans la moindre gêne, il l'examina de nouveau de la tête aux pieds, s'attardant à plaisir sur ses seins, ses hanches, sa bouche. Bien malgré elle, le pouls de Cristabel s'accéléra sous ce regard suggestif, mi-ironique, mi-admiratif.

— Je vous en prie, laissez-nous terminer tranquillement. Allez vous occuper de vos chevaux, ou faire quelques pas dans le jardin, je ne sais pas, mais laissez-nous tranquilles ! supplia-t-elle.

— Pas question ! Vous en profiteriez pour vous déguiser en bonne sœur.

— Je vous avertis, reprit Cristabel d'un ton qui se voulait menaçant, même si je supporte en public vos familiarités scandaleuses, cela ne signifie pas que je sois disposée à les accepter en privé. Et je ne manquerai pas de rapporter à Son Altesse la façon inqualifiable dont vous me traitez ! Quand votre père...

— Pardon ? coupa-t-il brutalement, la colère assombrissant ses yeux azur.

— J'ai dit que j'écrirai un rapport à... au... balbutia-t-elle, se remémorant trop tard les griefs qu'il nourrissait envers Prinny.

— Vous venez d'appeler le prince mon père. Écoutez-moi bien, lady Haversham, gronda-t-il en l'acculant contre le mur. Puisque vous allez vous faire passer pour ma maîtresse, il y a une ou deux petites choses que vous devez vous mettre dans la tête. Tout d'abord, le régent n'est pas mon père.

— On m'avait dit que...

— Il m'a engendré, c'est un fait, même s'il a clamé le contraire aux quatre vents, mais cela n'en fait pas mon père pour autant. Seule compte la personne qui m'a élevée. L'hypocrite de Carlton House n'a rien en commun avec moi, et je me moque éperdument de ce que vous pourrez lui raconter !

Effrayée par cette colère froide, Cristabel essaya de se dégager, mais, emprisonnée entre le mur et Byrne, elle n'avait aucune échappatoire.

— Encore un point important : je n'aime pas les menaces. C'est le meilleur moyen d'obtenir le contraire de ce que vous souhaitez. Vous trouvez peut-être mes familiarités scandaleuses, mais vous n'avez encore rien vu !

Profitant de son affolement, il écrasa ses lèvres sur celles de Cristabel. Avec une audace sans nom, il prit sa bouche, comme un maître dispose de son esclave. La jeune femme se sentit faiblir sous l'assaut, mais lorsqu'il se fit plus pressant, elle se dégagea.

— Mais qu'est-ce qui vous prend ? protesta-t-elle en tentant d'ignorer les battements désordonnés de son cœur.

— J'embrasse ma maîtresse.

— Les domestiques peuvent revenir d'un instant à l'autre.

— Et alors ? Ils colporteront des commérages, de toute façon. Autant leur donner de quoi bavarder.

Sur ce, il l'embrassa de nouveau. Mais cette fois-ci, il pénétra impérieusement sa bouche, en prit possession, mêlant sa langue à celle de Cristabel. Et elle ne fit rien pour l'arrêter.

Pire, elle y prit plaisir. Elle fit de son mieux pour ne pas comparer la lenteur envoûtante de son baiser avec la précipitation maladroite de Philip, mais comment ignorer la différence ? Les baisers de son mari constituaient un rapide prélude à de brèves étreintes. Celui de Byrne était chaud, enveloppant, affolant, profondément érotique. Il l'embrassait comme s'il avait attendu toute sa vie de goûter ses lèvres, de les savourer, de les dévorer. Elle crut perdre la tête.

La main de Gavin descendit lentement le long de son cou. Elle s'attendait, presque déçue, qu'il s'empare de ses seins pour les presser violemment, comme le faisait toujours Philip, mais il se contenta d'enserrer son cou et caressa doucement, du bout des doigts, sa gorge palpitante. Le souffle coupé, Cristabel sentit ses jambes se dérober sous elle.

De l'autre main, Byrne lui avait pris la taille, mais il ne faisait pas mine de lui écraser les seins, de pétrir son entrejambe, de malaxer brutalement ses fesses, comme Philip le faisait dès qu'il l'embrassait.

Et cette retenue inattendue la rendait folle. Byrne éveillait en elle une attente fébrile, un désir fiévreux auquel elle ne savait comment résister. Elle voulait plus, elle aurait tout donné pour sentir ses mains sur sa poitrine, ou plus bas encore...

Comme une courtisane...

Pantelante, elle s'arracha à ce baiser de feu.

— Ça suffit, réussit-elle à balbutier. Vous vous êtes très bien fait comprendre : si je vous menace, vous vous autoriserez certaines libertés.

Pour toute réponse, Gavin lui mordilla le lobe de l'oreille avant de presser ses lèvres sur son cou, et elle s'enflamma instantanément.

— Ce n'est pas la peine de continuer, je vous ai très bien compris.

— Et moi, j'ai très bien compris que vous me permettiez de prendre certaines libertés.

— Je n'ai jamais dit ça !

— Ce n'est pas nécessaire. Si je vous emmenais au lit maintenant, vous ne protesteriez pas.

Une telle arrogance mit la marquise hors d'elle. Rapide comme l'éclair, elle saisit ses parties intimes et serra juste ce qu'il fallait pour qu'il perde un peu de sa superbe.

— Moi non plus, je n'aime pas le chantage, figurez-vous. Nous avons conclu un accord. Vous en avez accepté les conditions, et il n'a jamais été question de baisers ni de privautés de ce genre. Alors, je vous conseille de ne pas recommencer...

— Qu'est-ce que vous ferez ? Vous me castrerez ?

Son ton sarcastique ne dénotait aucune émotion particulière. Pourtant, la plupart des hommes reculaient devant la menace physique.

Mais, bien entendu, Byrne n'était pas un homme ordinaire, comme le prouvait l'impressionnante érection qui durcissait de plus en plus sous les doigts de la jeune femme. Et son visage énergique ne trahissait aucune inquiétude.

Il se rapprocha même pour pousser son sexe plus loin dans la main de Cristabel.

— Eh bien, allez-y. Montrez-moi de quoi vous êtes capable !

Interdite, elle ne savait plus que faire.

La porte qui s'ouvrit sur la couturière la tira de son embarras, momentanément du moins.

— J'ai trouvé deux robes qui feront l'af... Ô mon Dieu ! Je vous demande pardon ! Je vous laisse...

— Mais non, restez !

Heureusement, Byrne tournait le dos à la porte. Cristabel le lâcha, mais il la retint par le poignet, le serrant comme un étau.

— La prochaine fois que vous toucherez mon sexe, je vous conseille de le faire dans de meilleures dispositions. Vous m'avez compris ? chuchota-t-il rageusement.

Quand il se retourna comme si de rien n'était vers Mme Watts, la jeune femme commençait à envisager sérieusement le meurtre. S'il s'imaginait que son sexe, si impressionnant fût-il, la tentait le moins du monde, il se leurrait. Il lui rappelait le diable des contes de son enfance, qui cachait sa nature perverse sous un visage d'ange.

Jamais, au grand jamais, elle ne partagerait le lit de ce cynique dépravé.

4

J'ai appris très tôt à garder mes secrets. Les hommes sont discrets tant qu'ils partagent votre lit, mais lorsqu'ils vous quittent, leur loyauté les quitte aussi.

Mémoires d'une maîtresse, anonyme

Cette harpie n'aurait pas hésité à le castrer ! Encore stupéfait, Gavin s'installa dans un fauteuil pour regarder Mme Watts planter ses épingles dans un des abominables sacs noirs qui servaient de robes à Cristabel.

Cette femme était une énigme. Elle commençait par répondre à son baiser comme si elle était prête à sauter dans son lit et, l'instant d'après, elle le repoussait en menaçant sa virilité.

Il s'était souvent querellé avec ses maîtresses, mais aucune, même la plus téméraire, ne s'était jamais risquée à le menacer, tandis que cela n'effrayait visiblement pas le colonel Cristabel.

Apparemment, elle aimait les paris risqués – et cela n'était pas pour lui déplaire, comme l'indiquait le renflement de son pantalon.

Du calme, mon grand. Il y a plus important que de séduire cette diablesse, si attirante soit-elle.

— Resserrez le corsage, s'il vous plaît, qu'il mette en valeur la silhouette, lança-t-il à la couturière.

Après tout, ennuyer la marquise constituait encore le meilleur moyen de se venger.

— Je ferai de mon mieux, mais il faut tout défaire, et cela va prendre du temps. Avec cette garniture, je ne peux pas simplement reprendre les coutures, ce serait trop épais.

— Comme le crâne de M. Byrne, marmonna Cristabel entre ses dents.

— Pour le moment, ma chère, ce n'est pas mon crâne qui épaissit.

Les joues en feu, la jeune femme détourna les yeux. Tant mieux. À son tour d'être mal à l'aise !

Cette érection était des plus malvenues, et il avait de toute façon mieux à faire que de se laisser aller au plaisir de l'embrasser. Essayer de découvrir ses secrets, par exemple.

Mais il fallait bien admettre qu'elle était très agréable à embrasser et qu'elle s'y prenait fort bien, même si elle ne s'en rendait pas compte. Elle ignorait les chatteries auxquelles ses maîtresses l'avaient habitué. Avec elle, pas de prétendue innocence, pas de fausse timidité ni de manières possessives, toutes censées stimuler son intérêt, et qui généralement l'agaçaient tant. S'il y avait un endroit où l'honnêteté était indispensable, c'était bien au lit.

Et personne ne pouvait douter de l'honnêteté de lady Haversham. Elle ne cherchait pas à acheter par ses baisers des bijoux et des colifichets. Elle n'avait pas non plus la duplicité de ces femmes du monde qui n'attendaient de lui qu'un instant de plaisir, avec un homme qui ne mettrait pas en péril leur mariage.

Cristabel ne s'intéressait pas aux étreintes de hasard, et elle ne cherchait pas à se faire entretenir. Pourtant, elle avait répondu à son baiser avec une ardeur inattendue. Et cela lui faisait désirer plus, beaucoup plus. Et vite...

— Monsieur Byrne !

La marquise le regardait d'un air impérieux. Mme Watts avait posé ses épingles et commençait à défaire l'affreuse robe noire.

— Si vous n'y voyez pas d'inconvénient... reprit Cristabel.

— Je n'y vois aucun inconvénient.

Il n'était pas homme à se laisser mettre dehors aussi facilement, et plus elle serait troublée, plus il y aurait de chances qu'elle se trahisse et lui donne les indications qu'il cherchait.

— Je vous ai déjà vue en corset, ma chère, ajouta-t-il en souriant.

— Mais j'aimerais un peu d'intimité.

— Et moi, je préfère rester. Et puis, poursuivit-il en faisant signe à la couturière de continuer, ce corset est tellement convenable que vous pourriez tout aussi bien porter une armure !

Il s'agissait quand même d'une armure particulièrement seyante, qui soulignait à merveille les formes voluptueuses de la jeune femme. Sous ses amples robes de veuve, lady Haversham cachait une silhouette admirablement proportionnée. Gavin avait toujours aimé les femmes à la féminité affirmée, dont la poitrine généreuse et les hanches épanouies, soulignées par une taille mince, lui rappelaient les statues antiques. La marquise n'était pas grande, mais elle était ravissante.

Quel dommage qu'elle soit obligée de s'enlaidir de nouveau avec son horrible robe noire ! Pour une fois, elle devait être du même avis que lui. Tandis qu'il donnait ses dernières instructions, il la vit du coin de l'œil passer voluptueusement la main sur une pièce de satin rose qui allait devenir une robe du soir.

— Combien cela coûterait-il d'avoir la robe rose prête pour demain soir ? chuchota-t-il en se penchant vers la couturière.

Il tenta de se persuader qu'il ne cherchait pas à faire plaisir à Cristabel, que ce n'était qu'un moyen de la surprendre, tandis que Mme Watts lui annonçait un chiffre exorbitant.

— Lady Haversham aura également besoin du manteau et des chaussures assortis...

— Il me faut l'ensemble, peu importe le prix.

Rayonnante, la couturière entreprit de rassembler ses notes et ses croquis, tandis que les laquais commençaient à remballer les rouleaux de tissu. Bientôt, ils quittèrent la pièce, laissant Byrne et Cristabel en tête à tête.

— Mme Watts a l'habitude de travailler avec une modiste et un cordonnier qui s'occuperont des chapeaux, des chaussures et de tous les accessoires nécessaires. Pour les sacs à main...

— Les miens feront l'affaire. Je n'ai pas besoin de tout ce luxe, soupira Cristabel. Vous allez déjà dépenser beaucoup trop.

— Laissez-moi en juger.

— Qu'attendrez-vous en retour ?

— Que vous portiez ces vêtements.

— Vous m'avez très bien comprise. Ces robes ne faisaient pas partie de notre accord.

L'idée qu'elle puisse se sentir obligée de céder à ses avances parce qu'il lui avait acheté quelques vêtements le contrariait. Cristabel, tout comme sa mère autrefois, n'avait rien d'une courtisane.

— Considérez ces robes comme un moyen de compenser ma responsabilité dans vos difficultés actuelles. Vous êtes rassurée ?

— Ce qui me rassurerait, c'est que vous ne dépensiez pas des sommes astronomiques que je ne pourrai jamais vous rembourser, à moins de...

— Partager mon lit ?

— Exactement.

— Cela n'a rien à voir. Si je dois convaincre Stokely de vous inviter, il faut que vous soyez élégante. Comme récompense pour mon aimable participation, je serai fait baron. Il faut bien que je gagne mon titre.

Visiblement, lady Haversham n'était toujours pas convaincue, et l'exaspération commençait à gagner Byrne.

— De toute façon, si je ne dépensais pas mon argent à vous acheter des fanfreluches, je le gaspillerais à boire et à m'amuser avec des femmes faciles. En acceptant ces robes, vous m'évitez de sombrer dans le vice. Et je sais à quel point les femmes respectables adorent sauver de la dépravation les débauchés de mon espèce, conclut-il en souriant.

— Pas toutes, figurez-vous ! La dernière fois que j'ai voulu sauver un homme du vice, j'ai échoué lamentablement. Je ne compte pas faire de nouvelle tentative.

Pourquoi l'amertume avec laquelle elle parlait des hommes et de son mari le contrariait-elle ? Il partageait pourtant son cynisme.

— Nous ne partons pas en promenade ? demanda-t-elle en prenant un sac à main hideux et un châle grand comme un linceul dans lequel elle s'emmitoufla.

— Cela dépend...

Avant qu'elle ait pu protester, il lui avait arraché son réticule et le fouillait sans gêne aucune.

— Je ne pars pas en promenade avec vous si vous êtes armée, déclara-t-il en sortant un pistolet du sac.

— Il n'est pas chargé, objecta-t-elle.

— Alors, il ne vous sert à rien. Allons-y, ajouta-t-il en lui offrant le bras, après avoir enfoui le pistolet au fond de sa poche.

— Mais c'est à moi !

— Je vous le rendrai quand nous serons de retour, ne vous inquiétez pas.

— Alors, nous allons vraiment nous promener ? Je pensais que vous aviez peut-être dit ça hier pour donner le change.

— C'est un peu le cas. Iversley et Draker savent de quoi il retourne, mais je leur ai demandé de ne rien dire à leurs épouses. Ces dames s'imagineraient le pire si elles apprenaient que je vous ai offert des robes. Vous paraissiez contente de votre soirée, je ne voulais pas vous mettre dans une situation embarrassante.

— Alors, il ne fallait pas m'appeler « ma douce Cristabel » en partant.

Elle avait raison, mais entendre ses belles-sœurs raconter l'enfance misérable qu'il avait passée dans la rue l'avait prodigieusement agacé. Il avait fait son chemin depuis, avait amassé une fortune considérable. Pourtant, personne ne voulait oublier comment il avait commencé.

Et tout cela, c'était à cause de Prinny. Il le lui ferait amèrement regretter un jour ou l'autre, même s'il ne savait pas comment.

— Cela n'a pas grande importance, répliqua-t-il. À moins que vous n'ayez l'intention de partir à l'assaut de la bonne société quand toute cette histoire sera terminée.

— Rassurez-vous, une fois que je serai rentrée en possession de mon bien, je me retirerai à la campagne, et je compte bien ne jamais remettre les pieds à Londres !

— Vous détestez donc la ville à ce point ?

— J'aime beaucoup la ville. C'est le grand monde qui me terrifie, expliqua-t-elle en montant en voiture.

— Mais vous êtes prête à l'affronter pour reprendre ce qui vous appartient.

— Je n'ai pas le choix.

— À propos, avez-vous une idée de l'endroit où Stokely pourrait conserver ce que vous cherchez ? Son château est immense.

La réponse de sa compagne lui donnerait peut-être une indication sur la nature de l'objet…

— Je n'en ai pas la moindre idée.

— Où votre père le rangeait-il ?

— Dans un coffret fermé à clé.

Il s'agissait donc d'un petit objet. Un bijou, peut-être. Mais quel rapport avec Prinny ?

— Et si Stokely fait la même chose, ou s'il le cache dans son coffre-fort ?

— C'est très possible. Si c'est le cas, il faudra trouver un moyen d'y accéder, ou emporter le tout. Vous savez comment forcer un coffre ?

— Je peux ouvrir n'importe quel coffre-fort, je vous assure. Mais si cet objet était sous clé, comment votre mari a-t-il pu s'en emparer ? Et comment connaissait-il son existence ?

Cristabel devint écarlate, telle une enfant prise en faute, et garda le silence.

— C'est moi qui lui en ai parlé, murmura-t-elle enfin. Papa m'a donné le coffret avant son départ pour la France, et quand je l'ai rapporté à la maison, Philip m'a assaillie de questions. Il me harcelait, me reprochait continuellement mon manque de confiance. Je ne pouvais pas supporter de le voir malheureux, poursuivit-elle, les larmes aux yeux. Depuis quelque temps, il était très distant. J'ai pensé que si je lui donnais une preuve de confiance, tout irait mieux entre nous. Cela vous paraît stupide, bien sûr ?

— Pas le moins du monde.

Haversham était bien le genre d'homme à profiter de l'amour de sa femme pour obtenir tout ce qu'il voulait.

— Je trouve ma conduite idiote, maintenant. Surtout depuis que j'ai compris que s'il s'échappait à Londres dès qu'il pouvait, c'était pour…

— Pour ? demanda Gavin.

— Pour jouer, et pour d'autres choses encore, répondit-elle d'un ton hésitant.

D'autres choses… Byrne n'avait jamais entendu dire que Haversham avait d'autres vices. Il buvait sec, c'était entendu, mais la marquise avait grandi entourée de soldats, cela ne devait pas la choquer. Une maîtresse ? Il en aurait entendu parler.

À en juger par l'expression butée de Cristabel, elle n'en dirait pas plus. Eh bien, il reviendrait à la charge plus tard. Pour le moment, c'était autre chose qu'il voulait savoir.

— Et alors, vous lui avez confié la clé du coffret ?

— Je ne suis pas naïve à ce point-là ! Son valet de chambre savait comment forcer le coffre-fort. Vous voyez quel genre d'homme c'était !

— Le même que moi ? fit Gavin avec un sourire.

— Ce que je veux dire, c'est qu'il n'y a que des escrocs qui sachent forcer les coffres-forts...

— Vous vous enferrez, ma chère... Votre mari ne vous a jamais avoué ce qu'il avait fait ?

— Je ne m'étais même pas aperçue qu'elles n'étaient plus là, expliqua-t-elle en retenant son chapeau, tandis que Byrne accélérait. C'est seulement après mon audience avec le prince que je suis allée regarder dans le coffre. Elles avaient disparu.

— Elles ?

— Il... Le contenu ! corrigea-t-elle en hâte, les joues en feu.

— Vous avez dit « elles ».

— Mais non, vous avez mal entendu.

Son regard affolé démentait ses propos. Et elle l'avait même dit deux fois. Il s'agissait donc de plusieurs objets. Un lot de bijoux ? Non, des documents, et c'était leur contenu qui intéressait Prinny. Mais quel genre de documents ?

— Où allons-nous ? s'enquit ingénument Cristabel.

La ficelle était un peu grosse. Malgré ses manières de gendarme et son agressivité, elle était foncièrement honnête, et ce secret devait lui peser.

Il faudrait l'amener à se confier, faire en sorte que ce soit un soulagement pour elle. Si cet imbécile de Haversham avait réussi à la faire parler, Gavin ne devrait pas avoir beaucoup de mal à y arriver.

Il suffisait de la mettre dans son lit, ce qu'il comptait faire de toute façon. Dans l'intimité de la chambre à coucher, toutes les femmes devenaient bavardes.

— Byrne ? Où allons-nous ? insista-t-elle.

Au lit, j'espère.

— Au parc. Vous voulez conduire ?

— Je peux ? demanda-t-elle, les yeux brillants.

Il le lui avait proposé pour plaisanter, mais comment lui dire non maintenant, alors qu'elle le regardait avec l'air extasié d'un enfant devant l'arbre de Noël ?

— Vous savez conduire un cabriolet ?

— J'ai déjà conduit un phaéton, ce ne doit pas être plus difficile.

— Vous avez conduit un phaéton ? Et vous n'avez pas eu d'accident ?

— Bien sûr que non ! protesta-t-elle, mortifiée. Je n'ai jamais eu d'accident de ma vie !

— Eh bien, ne commencez pas aujourd'hui, pria-t-il en lui tendant les rênes.

— Je vous le promets, répondit-elle avec un sourire tellement radieux qu'il se moqua soudain de ce qui pouvait arriver à son cabriolet.

Elle saisit les rênes avec assurance. Sentant une main nouvelle, les deux pur-sang montrèrent des velléités d'indépendance, mais elle les remit au pas d'une main de maître.

— Vous aimez les chevaux ?

— Je les adore. À la campagne, je monte ou je conduis mon attelage tous les jours.

— Cela se voit. Peu d'hommes savent mener un équipage avec autant de dextérité.

— Les femmes ont des talents en dehors de la chambre à coucher, vous savez, dit-elle d'un ton taquin.

— Il faudra que je pense à vous engager comme cocher, cela animera mes promenades en ville !

Cela la fit rire de bon cœur. Pas le petit rire de gorge des femmes du monde, mais un vrai rire, franc et sans afféterie, un rire qui le réjouit lui aussi. Elle rit de plus belle lorsque son chapeau s'envola. Avec ses joues rosies par le vent, ses yeux brillants, elle était l'incarnation même de la joie de vivre.

Quand avait-il goûté un bonheur aussi simple pour la dernière fois ? C'était avant ses dix ans, il en était certain. Avant que Prinny supprime la pension de sa mère et qu'ils commencent à errer de garni en garni tous plus sordides les uns que les autres.

Avant l'incendie qui l'avait jeté seul dans ce monde hostile.

Il écarta ces sombres souvenirs et passa négligemment le bras derrière le dos de Cristabel.

— J'ai remarqué que votre majordome portait un bandeau sur l'œil. Que lui est-il arrivé ?

— Une balle perdue lui a fracassé la pommette.

— Ce n'est pas vous qui lui avez tiré dessus, j'espère ?

— Je ne tire que sur mes créanciers ! Il a été blessé à la guerre. Comme il ne pouvait plus rester dans l'armée, nous l'avons engagé.

— Haversham et vous, ou vous toute seule ?

— Il servait dans le régiment de mon mari. Je ne pouvais pas le laisser devenir mendiant !

— Beaucoup de gens l'auraient fait.

— C'est qu'ils ne se rendent pas compte des sacrifices que font nos soldats pour les protéger.

— Alors, vous recrutez vraiment vos domestiques sur les champs de bataille !

— Certains. Cinq, en fait. Non, six. J'oublie toujours le cuisinier, qui était aubergiste avant d'entrer dans la marine.

— C'est une véritable armée ! Si je comprends bien, je dois m'estimer heureux que vous ayez été la seule à faire feu sur moi lors de notre première rencontre.

— Il faudra que je pense à distribuer des pistolets à mon personnel, dit-elle en souriant.

— Je vous en crois parfaitement capable.

C'était vrai, mais, bizarrement, cela ne faisait qu'attiser son désir pour elle. Cette femme était une bouffée d'air frais après toutes ces coquettes qu'il avait eues pour maîtresses.

Mais le caractère entier et les manières simples de la jeune veuve pouvaient en revanche compliquer leur plan. Ses amis s'étonneraient certainement de ce changement subit dans ses goûts féminins. Et cela risquait d'éveiller les soupçons de Stokely.

Il valait peut-être mieux lui donner quelques leçons. Quel jour était-on ? Mardi. Parfait. Son idée présentait en outre un autre avantage : lady Haversham découvrirait à quoi elle devait s'attendre pendant le tournoi.

— Changement de programme, annonça-t-il. Rendez-moi les rênes, s'il vous plaît.

— Oh, pourquoi ? protesta-t-elle en s'exécutant à regret. Où allons-nous ?

— Dans un endroit où vous pourrez apprendre à devenir une maîtresse accomplie.

— Pour qui me prenez-vous ? Il n'est pas question de…

— N'ayez pas peur, votre vertu n'a rien à craindre, assura-t-il. De toute façon, quand je déciderai de vous séduire, vous vous en apercevrez, ne vous inquiétez pas. Nous allons assister à une partie de cartes.

— En quoi cela peut-il m'apprendre à devenir une maîtresse crédible ?

— Vous allez voir.

5

Quand j'étais la maîtresse du comte, j'ai assisté à beaucoup de parties fines, mais aucune aussi osée que certaines parties de cartes.

Mémoires d'une maîtresse, anonyme

Cristabel aurait volontiers étranglé Gavin qui, malgré ses demandes insistantes, refusait obstinément de lui dire où il l'emmenait.

Et cette assurance tranquille ! « Quand je déciderai de vous séduire, vous vous en apercevrez... » S'imaginait-il qu'il lui suffirait de claquer des doigts pour qu'elle tombe dans son lit ? Mais pour qui se prenait-il ? Le Prince de la Débauche, sans doute, prêt à corrompre tout ce qui portait jupon.

La preuve en était qu'il s'arrangeait pour qu'elle soit projetée contre lui le plus souvent possible. Au début, elle avait pensé à de simples maladresses, mais elle avait vite compris, en voyant la rapidité avec laquelle ses chevaux obéissaient à ses injonctions, qu'il le faisait exprès. Dès qu'elle s'écartait de lui, il prenait brutalement un virage, de manière qu'elle tombe contre lui de nouveau. Et chaque fois, le contact de ce corps athlétique, de ces cuisses de bronze, lui donnait la chair de poule.

Quand ils s'arrêtèrent enfin, le cœur de Cristabel battait la chamade. En dépit de toutes ses bonnes résolutions, elle prenait plaisir à ce contact forcé, ce qui était bien entendu le but recherché par Byrne.

Tandis qu'il l'aidait à descendre, elle regarda autour d'elle avec appréhension. Cette petite rue tranquille et ce quartier un peu excentré semblaient plus propices à un rendez-vous galant qu'à des parties de cartes acharnées. Une discrète porte, renforcée de barres de fer, s'ouvrait sur un jardin petit mais touffu.

Quand Gavin sortit une clé de sa poche, elle pensa immédiatement que cette maison lui appartenait et était destinée à accueillir ses liaisons illicites. Elle changea d'avis lorsqu'il lui fit traverser le jardin jusqu'à la porte de service et qu'il l'introduisit dans la cuisine.

— Monsieur Byrne ! Quelle merveilleuse surprise ! s'exclama une voix de stentor à l'accent français prononcé. Si j'avais su que vous veniez, j'aurais préparé un gigot farci à la Pascal !

— Nous ne resterons pas dîner, Ramel, et je doute que votre maîtresse eût approuvé votre initiative.

— Les personnes qui sont ici avec lady Jenner ne savent pas apprécier la véritable cuisine, marmonna le chef. Pour elles, un banal rôti est bien suffisant.

— Monsieur Ramel ! glapit une voix féminine. Cela fait près de dix minutes que nous attendons notre thé !

La propriétaire de la voix en question entra dans la pièce et ne put retenir un geste de contrariété en voyant Byrne et Cristabel.

— Mais qu'est-ce que vous faites ici ?

— Monsieur est entré par la porte de service, madame, se hâta d'expliquer le cuisinier.

— Bonjour, Éléonore.

Même lady Haversham avait entendu parler de la liaison torride de Gavin Byrne avec la comtesse Jenner. Cette statue vivante était une célèbre joueuse de whist, capable de gagner ou de perdre des sommes astronomiques sans ciller. Apparemment, elle était aussi la propriétaire des lieux. Portait-elle toujours des robes aussi décolletées, même au milieu de l'après-midi ?

— Vous ne pouvez pas monter, je ne suis pas bien, déclara lady Jenner en rejetant fièrement en arrière la crinière blonde qui tombait librement sur ses épaules.

— Allons, je suis parfaitement au courant de vos parties du mardi après-midi.

— Qui vous en a parlé ?

Byrne sourit sans répondre.

— J'aimerais bien savoir comment vous faites pour connaître les petits secrets de tout le monde, fit la statue entre ses dents. Mais nous n'admettons pas les inconnus. Si vous voulez jouer, il faudra raccompagner votre amie.

— Nous voulons simplement regarder. Et madame n'est pas une inconnue, ajouta-t-il en posant une main rassurante dans le dos de Cristabel, c'est la veuve de Haversham.

La comtesse jeta à Cristabel un regard méprisant.

— C'est vous, la marquise de Haversham ? Celle qui refusait d'accompagner son mari en ville parce qu'elle était trop intimidée en société, comme disait Philip ?

— Je vous demande pardon ! protesta Cristabel, vexée. Je n'ai jamais eu peur de r...

— C'est bien elle, intervint Gavin en pressant discrètement la taille de sa compagne en guise d'avertissement. Comme vous voyez, la description de Haversham n'était pas des plus exactes.

— Comment puis-je être certaine qu'elle n'ira pas cancaner partout ?

— Je réponds de sa discrétion. Bien entendu, si vous ne nous laissez pas rester, quelqu'un pourrait raconter au comte à quoi vous employez la maison dont vous avez hérité.

— J'aimerais bien voir ça ! Enfin, si vous êtes seulement venus regarder...

— Je voudrais que lady Haversham voie jouer les meilleurs. J'ai donc pensé à vous et à vos amis.

— Nous sommes effectivement les meilleurs, admit lady Jenner, quelque peu radoucie.

— C'est pour cela que nous sommes ici, ajouta Byrne, un éclair diabolique au fond de ses yeux azur. Pour nous préparer avant le tournoi chez Stokely.

— Cette année, vous ne gagnerez pas la cagnotte, je vous le promets. Nous allons vous mener la vie dure. Si vous comptez vous joindre à nous pour ce tournoi, lady Haversham, j'espère que vous jouez mieux que votre défunt mari, lança-t-elle en détaillant Cristabel de la tête aux pieds avec un dédain qu'elle ne se donna même pas la peine de dissimuler.

La curiosité de la jeune femme lui permit de garder son calme.

— Vous jouiez avec Philip ?

— Chaque fois que nous avions trop perdu et que nous avions besoin de nous refaire ! Votre mari était un joueur exécrable !

Avec un rire méprisant, elle leur fit signe de la suivre dans un étroit escalier. Cristabel contenait à grand-peine sa colère. Son époux avait peut-être été un joueur déplorable, mais ce n'était pas une raison pour se moquer de lui devant sa veuve.

— Ne faites pas attention à Éléonore, lui dit Gavin en la prenant gentiment par la taille. À part jouer aux cartes, dire des méchancetés est ce qu'elle fait de mieux.

— C'est pour cela que vous êtes devenu mon amant, Byrne chéri ? demanda lady Jenner d'une voix caressante.

— C'est pour cela que je suis devenu votre ex-amant, ma chère, répliqua-t-il du tac au tac.

Arrivée en haut de l'escalier, lady Jenner se retourna pour les attendre. Elle remarqua la perplexité de Cristabel et se méprit sur les raisons de son étonnement.

— Je suppose que Byrne ne vous avait pas prévenue que vous alliez rencontrer une de ses maîtresses, déclara-t-elle avec un sourire perfide.

— Vous voulez dire une de ses anciennes maîtresses.

— Ancienne, nouvelle... Nous entrons, nous sortons... C'est un véritable carrousel. Tant de femmes se sont succédé dans le lit de Byrne ! Au fait, il y en a deux autres là-haut.

— Tant mieux. Cela me permettra de voir par moi-même si elles sont aussi ennuyeuses et superficielles qu'il le dit, rétorqua Cristabel avec un sourire forcé.

Le sourire de la comtesse s'effaça instantanément.

— J'ai l'impression que cette chère Éléonore a trouvé à qui parler, chuchota Gavin à l'oreille de Cristabel.

— C'est pour cela que vous m'avez amenée ici ? demanda-t-elle d'un ton froid. Pour voir si je pouvais tenir tête à vos anciennes maîtresses ?

— Entre autres. Considérez cet après-midi comme un avant-goût de ce que vous pourrez trouver de pire chez Stokely. Si vous vous en sortez, vous vous sortirez de tout. Nous allons simplement les regarder jouer au whist et se livrer à quelques privautés. Nous allons aussi leur donner l'occasion de nous regarder, ajouta-t-il en la serrant d'un peu plus près.

— Nous regarder ?

— Nous regarder jouer la maîtresse et l'amant, bien entendu, chuchota-t-il en déposant un baiser sur sa joue. À votre place, je tiendrais ma langue, et je me contenterais d'observer, d'écouter et d'apprendre. Autre chose : essayez de ne pas paraître choquée. On lit sur votre visage à livre ouvert.

Ce fut armée de ces seules mises en garde qu'elle entra dans un petit salon et découvrit une scène qu'elle était loin d'imaginer.

Lady Jenner rejoignit ses trois partenaires à la table de jeu, mais ce furent les quatre autres personnes présentes qui attirèrent l'attention de Cristabel.

En bras de chemise, un éphèbe au profil de médaille plongeait les doigts dans les boucles défaites de la maîtresse de maison, avec qui il partageait un petit canapé.

En face d'eux, une dame corpulente aux cheveux grisonnants partageait son attention entre son jeu et un officier débraillé qui lui mordillait le lobe de l'oreille. Une jeune femme mince, à la chevelure flamboyante, riait de façon hystérique, assise sur les genoux d'un monsieur imposant qui sirotait un cognac, la main plongée dans le corsage déboutonné de sa compagne.

Mais le plus choquant, c'était le quatrième couple.

Pelotonnée sur une chaise longue, une brune piquante, au décolleté plongeant, caressait l'entrejambe d'un homme au nez pointu et au crâne dégarni qui, lui, examinait tranquillement ses cartes.

— Byrne ! s'écria l'homme imposant. Je ne m'attendais pas à vous voir ici. Et qui est cette ravissante créature ? ajouta-t-il en lorgnant la nouvelle venue.

— Lady Haversham, répondit Gavin avec une pression rassurante sur la taille de la jeune femme, qui s'était instinctivement raidie. Une amie très chère.

Il s'agissait apparemment d'un code pour signifier « ma maîtresse ». Cristabel le comprit aux coups d'œil éloquents qu'échangèrent les dames et à la curiosité égrillarde des messieurs. Malgré son embarras, elle se força à sourire.

Byrne lui présenta ensuite l'honorable compagnie, mais elle était si hébétée qu'elle fut incapable de retenir les noms qu'il citait et qui résonnèrent à ses oreilles sans qu'elle puisse les associer à un visage. Talbot, Markham, Bradley, Hungate, Talbot...

Deux Talbot ? Elle avait dû mal comprendre...

— Il ne reste plus qu'un fauteuil, vous pouvez le partager, dit la comtesse en désignant une imposante bergère.

Gavin fit approcher sa compagne de la table de jeu et, avant qu'elle ait eu le temps de réagir, il s'assit et l'installa sur ses genoux.

Elle se figea. De sa vie, jamais elle ne s'était assise sur les genoux d'un homme, même pas ceux de Philip. Elle n'imaginait pas contact plus intime, hors de la chambre à coucher. Profondément troublée, elle leva un regard implorant vers son mentor, qui lui répondit par un sourire teinté d'ironie. La défiant du regard, il l'enlaça avec une tranquille assurance et l'attira un peu plus près.

— Je peux faire apporter une chaise de la salle à manger, si vous préférez, proposa leur hôtesse d'une voix suave.

— Ne vous donnez pas cette peine, protesta Cristabel en s'appuyant le plus naturellement possible contre l'épaule de Byrne. Je suis très bien.

— Nous sommes très bien, renchérit Gavin d'un ton plein de sous-entendus.

Sa main s'attardait sur le ventre de Cristabel, qu'il caressait doucement, allumant chez la jeune veuve une brûlure délicieuse. Leurs visages étaient si proches qu'elle sentait sur sa joue le souffle de son compagnon et qu'elle pouvait respirer le parfum de son eau de toilette. Comment osait-il profiter de la situation de façon aussi éhontée ?

En jetant un coup d'œil autour d'elle, elle s'aperçut que personne ne trouvait rien à redire à sa présence sur les genoux de Byrne. Sauf peut-être lady Jenner, qui l'observait d'un œil peu amène. Mais son imagination devait lui jouer des tours, car, deux secondes plus tard, la comtesse paraissait totalement absorbée par son jeu.

Aucune des trois autres femmes ne montrait le moindre signe de jalousie. Pourtant, deux d'entre elles avaient eu une liaison avec Byrne. Mais lesquelles ? La rousse au corsage déboutonné ? La brune occupée avec l'homme au long nez ?

Elle ne voulait pas le savoir. Elle s'en moquait éperdument ! Tout ce qui l'intéressait, c'étaient les lettres. Si, pour les récupérer, elle devait se faire passer pour une dévergondée, elle était prête à le faire.

Mais elle n'était pas obligée d'aimer ça.

— Vous jouez au whist, lady Haversham ? demanda M. Talbot, l'homme au grand nez.

— Nous allons faire équipe pour le tournoi, déclara Byrne, ignorant superbement le regard perplexe de sa compagne.

La veille, il avait écarté cette idée d'un ton sans réplique. Pourquoi avait-il changé d'avis ?

Lady Jenner parut extrêmement étonnée.

— Vous ne ferez pas équipe avec notre hôte, comme d'habitude ?

— Pas cette année.

— J'espère vraiment que vous jouez mieux que votre mari, chère madame, lança la comtesse en regardant Cristabel sans aménité. Byrne déteste perdre.

— Il faut d'abord que Stokely l'invite, remarqua Talbot en abattant une carte. Il n'aime guère accueillir des nouveaux venus dans notre petit cercle, vous le savez bien.

— Je n'irai pas sans la marquise, déclara Gavin. De toute façon, Stokely est orgueilleux. Il ne pourra jamais résister à l'envie de voir pour qui je renonce à être son partenaire.

La marquise se sentit défaillir. Jamais elle n'aurait dû prétendre qu'elle savait jouer correctement.

— Mais il n'ajoute jamais personne à la dernière minute, reprit Talbot. Et nous avons reçu son invitation il y a une semaine. N'est-ce pas, ma chère ?

— Absolument. Nous revenions tout juste de la campagne quand elle est arrivée, renchérit la rousse incendiaire, et non, comme Cristabel s'y attendait, la petite brune qui caressait M. Talbot de si intime façon.

Nous ?

La rousse lança une œillade provocante à Gavin.

— Je suis certaine que Stokely fera une exception pour vous. Le tournoi ne serait plus le même sans vous, roucoula-t-elle en battant des cils.

— Ne perdez pas votre temps à flirter avec Byrne, vous voyez bien qu'il est occupé ! intervint lady Jenner. Il a beau être incapable de fidélité, au moins, quand il est avec une femme, il lui consacre toute son attention. Ce n'est pas comme votre mari ! ajouta-t-elle avec un coup d'œil venimeux en direction de Talbot.

— Oui, ils sont mari et femme, et ils sont ici avec leurs amants respectifs, chuchota Byrne à Cristabel en la voyant sursauter. Ne faites pas cette tête !

Pour la jeune femme, pareille immoralité dépassait l'entendement. Stupéfaite, elle leva vers lui des yeux écarquillés. Et elle le regretta aussitôt. Lorsqu'il vit son expression stupéfaite, il prit les mesures qui s'imposaient pour que son étonnement passe inaperçu.

Il l'embrassa.

Devant tout le monde. Tranquillement, avec assurance, comme si c'était son droit le plus absolu, il l'embrassa. Ses lèvres impérieuses exigeaient qu'elle lui rende son baiser, qu'elle joue son rôle jusqu'au bout, même si se donner ainsi en spectacle la révulsait.

Elle ferma les yeux et laissa la langue de son compagnon se glisser dans sa bouche et se mêler à la sienne. Comme si cela ne suffisait pas, elle sentit sous elle le sexe de Gavin se gonfler et durcir de façon alarmante.

— Enfin, Byrne, vous êtes venu nous regarder jouer ou prendre du bon temps avec votre maîtresse ?

La marquise profita de cette acerbe remontrance pour s'écarter, mais, devant le regard impérieux de Gavin, elle s'abstint de protester lorsque sa main remonta amoureusement de sa taille à sa poitrine.

— Les deux. D'ailleurs, nous ne sommes pas les seuls à prendre du bon temps. Si je ne me trompe, c'est la main de Markham qui vous caresse la cuisse sous la table. J'espère du moins que c'est votre cuisse.

Cristabel se mordit la langue pour rester impassible.

— Ne me dites pas que vous y voyez un inconvénient, rétorqua lady Jenner en retenant la main que le lieutenant s'apprêtait à retirer. Nous savons l'un comme l'autre que vous n'êtes pas jaloux de vos maîtresses une fois que vous les avez quittées.

— Vous vous trompez, chère amie. Je ne suis pas jaloux de mes maîtresses, même avant de les quitter.

Les hommes éclatèrent de rire, et lady Haversham s'autorisa un sourire. La comtesse venait de lui rappeler fort opportunément le tempérament de son compagnon.

Ses baisers étaient enivrants, certes, mais ils n'exprimaient aucune tendresse, ni pour elle ni pour personne. Si jamais elle lui cédait, elle finirait comme toutes ces femmes et ne serait plus qu'un jouet abandonné, oublié dans un coin.

Il avait peut-être eu une morale, mais il y avait longtemps de cela, avant d'être obligé de gagner son pain dans la rue. Les vicissitudes de la vie l'avaient marqué à jamais, et l'homme qui la caressait avec autant d'effronterie n'avait visiblement aucun principe. Sinon, il n'aurait pas pu se sentir aussi à son aise au milieu de ces libertins.

Jamais elle n'aurait cru trouver une telle dépravation parmi ces aristocrates. Quand Byrne lui avait dit qu'ils avaient des mœurs très libres, elle avait imaginé des femmes outrageusement maquillées et des hommes s'autorisant des plaisanteries un peu trop lestes. Elle comprenait maintenant pourquoi il l'avait mise en garde.

Mais si elle voulait retrouver les lettres, il lui fallait surmonter sa répugnance et tenir son rôle de façon convaincante.

Affectant la mine satisfaite d'une chatte repue, elle se laissa aller contre la poitrine de son compagnon et constata avec satisfaction que le souffle de Byrne se précipitait. Il ne la croyait pas capable de s'adapter à ce milieu dépravé ? Eh bien, elle allait lui prouver le contraire.

Elle répondit d'un sourire enjôleur à l'œillade égrillarde de M. Talbot et posa sa main sur celle de Byrne pour la caresser doucement.

Presque aussitôt, elle vit le regard de Gavin se troubler et sentit sous elle son sexe durcir encore.

— C'est très bien, ma douce, murmura-t-il à son oreille. Continuez comme ça, et même moi, je finirai par croire que vous êtes une femme facile. Maintenant, si vous voulez faire équipe avec moi aux cartes, il est temps de consacrer toute votre attention au jeu, poursuivit-il en lui caressant la poitrine. Observez surtout Talbot, c'est le plus habile de tous. Et aussi lady Hungate, la partenaire d'Éléonore. Elle joue très bien.

À partir de ce moment-là, Byrne redevint sérieux et lui expliqua en détail toutes les subtilités du jeu. Cristabel fit de son mieux pour se concentrer sur les cartes, mais l'érection persistante de son compagnon et les attitudes lubriques des autres participants rendaient cet exercice difficile.

Elle ne tarda pourtant pas à comprendre que le jeu excitait Byrne autant que les femmes. Dans les deux cas, il s'agissait de conquêtes, de victoires à remporter. Eh bien, il était peut-être passé maître dans l'art du whist, mais il ne deviendrait jamais le sien !

— Vos messes basses finissent par devenir fatigantes ! Vous ne pouvez pas cesser de flirter deux minutes ? se plaignit lady Jenner tandis que Gavin lui expliquait une annonce particulièrement compliquée de lady Hungate, la femme aux cheveux gris.

— Nous parlons stratégie. Au whist, c'est la clé de la victoire.

— Je croyais que c'étaient les bonnes cartes qui décidaient du vainqueur, objecta la comtesse. Mais voyons donc qui a raison. Nous avons pratiquement fini la partie. Vous pourriez vous joindre aux vainqueurs avec votre amie pour une nouvelle partie. Cela nous donnerait l'occasion d'observer votre jeu, comme vous l'avez fait avec nous.

Une véritable panique s'empara de Cristabel. Cela faisait au moins deux ans qu'elle n'avait pas joué au whist !

Mais avant qu'elle ait eu le temps de trouver une excuse, Byrne avait resserré son étreinte pour lui intimer le silence.

— Pourquoi pas ?

Que Dieu lui vienne en aide, si toutefois Il consentait à se risquer au milieu de tous ces débauchés ! Car cette fois-ci, seule une intervention divine pouvait la sauver.

6

Méfiez-vous de celles qui considèrent toutes les autres femmes comme des rivales.

Mémoires d'une maîtresse, anonyme

Gavin n'avait aucune envie que Cristabel quitte ses genoux, mais il était temps de voir de quoi elle était capable. Il se doutait que la marquise lui avait menti sur ses compétences au whist, et il avait fait de son mieux pour lui remettre en mémoire les règles de base, mais maintenant, elle devait se jeter à l'eau.

Cela pouvait leur faire du tort comme cela pouvait les aider. Lord Stokely serait certainement furieux que son partenaire habituel lui préfère une joueuse médiocre, mais cela pouvait aussi l'inciter à inviter lady Haversham pour montrer à Byrne quelle erreur il avait faite.

Le risque valait la peine d'être couru. Pour que son plan réussisse, il fallait non seulement que Cristabel soit sa maîtresse, mais aussi sa partenaire de jeu. Une fois chez le baron, il tenait à l'avoir sous les yeux en permanence. Sinon, elle pourrait parfaitement profiter d'une partie animée pour récupérer ce qu'elle cherchait et prendre la poudre d'escampette avant que Gavin ait eu le temps de s'emparer de ces mystérieux objets.

Mais pour que Stokely invite Cristabel, il fallait d'abord s'assurer qu'elle était capable de jouer jusqu'au bout son rôle de marquise jetant sa vertu par-dessus les moulins. Il ne serait déjà pas facile de persuader le baron d'admettre une nouvelle venue. S'il la considérait comme un bas-bleu, tout était perdu. La jeune femme devait donc absolument persuader les autres membres de ce petit cénacle qu'elle était aussi débauchée qu'eux.

— Byrne ? Vous jouez, oui ou non ? fit Éléonore avec impatience.

Il aurait préféré commencer avec de meilleures cartes. Ses atouts étaient minces, et il n'avait qu'une figure. Cristabel devrait prendre la main, si elle en était capable.

À sa grande surprise, elle s'en tira fort bien, malgré des cartes presque aussi mauvaises que les siennes. Ils perdirent le pli, mais avec les honneurs.

— Espérons que nous aurons de meilleures cartes pour mettre en valeur vos talents, mon ange, lui dit-il avec un sourire d'encouragement.

Quand elle lui rendit son sourire, il s'aperçut qu'aucune de ses nombreuses maîtresses ne lui avait jamais souri avec autant de chaleur et de sincérité. Des sourires intéressés, oui. Aguichants, certainement. Mais lorsque Cristabel souriait, elle y mettait tout son cœur et toute son âme. Un instant, il sentit vaciller toutes ses mauvaises résolutions. S'il détournait à son profit les objets qu'elle voulait récupérer, il étoufferait, peut-être à jamais, cette simplicité chaleureuse et cette joie de vivre, et cette idée lui était insupportable.

Il devait se ressaisir. Il avait un but à atteindre et il l'atteindrait, sans se préoccuper des conséquences pour les autres, comme il l'avait toujours fait. Tous les sourires du monde n'arriveraient pas à le détourner de son objectif.

Il reporta son attention sur ses cartes. Elles étaient toujours aussi mauvaises. Si ce n'était pas lui qui les avait distribuées, il aurait soupçonné une tricherie. Mais il avait suffisamment d'expérience du jeu pour savoir que la chance allait et venait et qu'un joueur habile pouvait parfaitement gagner avec de mauvaises cartes.

— Un cognac ? proposa Markham.

— Pas pour le moment, merci.

La marquise joua maladroitement, et Talbot émit un reniflement méprisant. Il se tenait derrière elle, un verre de vin à la main, les yeux plongés dans le décolleté de la jeune femme.

— Quel dommage que ce ne soit pas une partie d'effeuillé ! susurra-t-il. Lady Haversham se retrouverait rapidement en chemise.

— J'aurais dû me douter que vous seriez incapable de tenir votre langue, lança sèchement Byrne à son ancienne maîtresse.

— Je n'ai pas pu m'empêcher de le raconter à Talbot, répondit lady Jenner avec un grand sourire. Je savais que la façon dont nous avons déshabillé ce couple de petits tricheurs l'amuserait beaucoup. Ils se croyaient tellement malins, ils étaient tellement certains de nous dépouiller, qu'ils ont tout de suite accepté l'enjeu... Enfin, ils n'ont pas eu à le regretter. Une nuit dans nos lits respectifs leur a vite fait oublier leur défaite.

Gavin jeta un coup d'œil à Cristabel, mais sa partenaire garda un visage impassible, même s'il crut voir dans son regard émeraude une lueur de réprobation.

— Qu'est-ce que c'est que l'effeuillé ? demanda Markham, visiblement très intéressé.

— Un jeu inventé par Éléonore et Byrne, répondit l'homme au grand nez avec un gloussement.

— Un jeu très privé, coupa Gavin.

— Depuis quand vos jeux sont-ils privés, mon cher ? s'étonna la comtesse. À moins que cette bonne lady Haversham n'ait fait de vous un homme respectable ?

— Ce n'est pas vraiment mon intérêt. Il serait beaucoup moins amusant, protesta la marquise, à la grande surprise de son compagnon.

Sa partenaire faisait des progrès fulgurants.

— Je vous en prie, demanda-t-elle à Talbot, expliquez-nous les règles de l'effeuillé.

— Je ne demande pas mieux, chère madame, répondit-il en louchant dans son décolleté. On prend pour enjeu tout ce que les joueurs portent sur eux, les vêtements, les bijoux, les montres... Les bourses des hommes et les sacs à main des femmes ne comptent pas, les armes, les cannes, les ombrelles non plus. Chaque fois qu'une équipe remporte un pli, ses deux adversaires doivent se défaire d'un vêtement.

— C'est un jeu ridicule ! s'exclama lady Hungate. Les enjeux ont des valeurs trop disparates. On ne peut pas mettre au même niveau une montre et un bas.

— Là n'est pas la question, répliqua Talbot. Ce qui compte, c'est de déshabiller les deux partenaires d'une équipe. La partie est finie quand ils sont complètement nus.

Cristabel déglutit péniblement et garda les yeux rivés sur ses cartes.

— Et vous jouez souvent à ce jeu ?

— Pas aussi souvent que le voudrait Talbot, fit lady Jenner dans un ricanement.

— Ne les écoutez pas, lady Haversham, intervint lady Hungate. C'est la première fois que j'entends parler de ce jeu. Talbot et Éléonore cherchent à vous choquer. C'est leur passe-temps favori.

— Ils doivent bien s'accorder avec Byrne, remarqua Cristabel.

— Oh, Byrne n'est pas aussi dévoyé qu'il en a l'air, répondit lady Hungate.

Gavin réprima un sourire. De toutes ses anciennes maîtresses, Elizabeth Hungate était la seule qu'il considérait comme une amie, même si on ne trouvait pas pire commère dans tout Londres. Il avait mis fin à leur liaison torride car ses goûts érotiques étaient par trop étranges, même pour lui, mais il appréciait sa compagnie, et surtout sa conversation. Elle était toujours au courant de tout et lui donnait souvent des informations qu'il n'aurait pas obtenues seul.

— À propos de l'effeuillé, il y a quelque temps, je suis tombée sur ce petit tricheur que nous avions battu avec Byrne, reprit lady Jenner. Il m'a raconté que sa jeune amie l'avait quitté pour travailler dans une boutique de mode, le lendemain de notre partie. Apparemment, sa maîtresse n'approuvait pas sa façon de gagner leur vie, et elle a refusé de l'aider à tricher plus longtemps. Vous n'étiez pas au courant, mon cher ? demanda-t-elle à Gavin.

— Comment le serais-je ?

Il sentait le regard inquisiteur de Cristabel posé sur lui, mais il ne leva pas les yeux.

— Vous aviez l'air de vous intéresser de très près à la jolie petite Lydia, si je me souviens bien.

Que faire d'une gamine de seize ou dix-sept ans à peine, qui vous regarde avec de grands yeux affolés et qui ne comprend pas comment elle a échoué dans le lit d'un inconnu ? Il n'était pas homme à forcer une femme.

— Ne soyez pas ridicule, ma chère. Il s'agissait d'un passe-temps pour la nuit. Vous feriez bien de vous concentrer sur le jeu au lieu de me poser des questions oiseuses, ajouta-t-il en abattant sa seule carte convenable.

— Byrne a raison, ma chère. Stokely nous mangera toutes crues pour son petit déjeuner si vous êtes aussi distraite, renchérit Elizabeth lorsque leurs adversaires remportèrent le pli.

Éléonore se le tint pour dit, malheureusement pour lady Haversham et Gavin. Le jeu de Cristabel n'était pas assez élaboré pour vaincre des joueuses aussi redoutables que lady Hungate et lady Jenner, et toute la science de Byrne ne suffisait pas à faire tourner la chance.

Les activités des autres invités n'aidaient pas la jeune femme à se concentrer. Talbot louchait ouvertement dans son corsage, Markham ne cessait de lancer des plaisanteries grivoises, tandis que Mme Talbot et son amant échangeaient des caresses de plus en plus intimes.

Plus d'une fois, la marquise joua les mauvaises cartes, obligeant son partenaire à abattre les siennes à contretemps. Et elle n'avait pas du tout assimilé la façon d'utiliser les atouts.

Bien entendu, elle ne savait pas contrôler son tempérament impétueux et était incapable de garder son sang-froid. Plus elle perdait, plus mal elle jouait.

Ils perdirent la partie, ce qui amena sur les lèvres de la comtesse un sourire triomphant.

— Eh bien, mon cher Byrne, j'espère que les talents de lady Haversham au lit dépassent ses prouesses au whist. Vous en aurez besoin pour vous consoler quand vous serez éliminé du tournoi. Si vous êtes invités, bien entendu !

Il vit l'expression belliqueuse de Cristabel quand elle se tourna vers leur hôtesse, mais lady Hungate lui évita d'intervenir.

— Voyons, Éléonore, vous n'avez pas compris ? Lady Haversham veut endormir nos défenses. Vous connaissez suffisamment Byrne pour savoir qu'il n'a jamais laissé le désir obscurcir son jugement. S'il dit que sa partenaire est une joueuse expérimentée, c'est qu'elle l'est.

Il aurait volontiers éclaté de rire devant la mine déconfite de lady Jenner. Il n'aurait pas trouvé meilleure repartie lui-même !

— Elles vous ont percée à jour, lança-t-il à la marquise. La prochaine fois, il faudra montrer de quel bois vous êtes faite.

Elle ne mit qu'une fraction de seconde à comprendre où il voulait en venir.

— Mais c'est ce que j'ai fait, protesta-t-elle avec un petit sourire entendu qui dut plonger la comtesse dans un abîme de perplexité. Je ne vois pas ce que veut dire lady Hungate.

— Pourquoi attendre ? Faisons une autre partie, proposa immédiatement Éléonore.

— Avec plaisir !

Mais Gavin n'avait aucune envie de laisser sa compagne écarter la perche qu'Elizabeth leur avait si obligeamment tendue.

— Je suis désolé, ma chère, mais nous n'avons plus le temps. Je dois être au club dans deux heures, et je tiens à raccompagner lady Haversham chez elle.

La maîtresse de maison se renfrogna, mais ne songea pas à contester son excuse. Elle connaissait trop bien ses habitudes et savait qu'il aimait faire l'amour avant de partir pour *Le Cygne bleu*. Il l'avait souvent « raccompagnée » jusqu'à sa chambre à coucher, tandis que lord Jenner dînait chez sa maîtresse.

— Je comprends, dit-elle d'un air entendu. Peut-être nous verrons-vous mardi prochain ?

— Peut-être. Allons-y, ma douce, ajouta-t-il en se tournant vers Cristabel, qui eut le bon sens de ne pas le contredire.

— Je vous remercie, lady Jenner, de cet après-midi très instructif, dit-elle en prenant le bras de Byrne.

La comtesse les arrêta sur le pas de la porte.

— Merci beaucoup, lady Haversham, de m'avoir apporté la réponse à une question que je me posais depuis longtemps. Au sujet de votre défunt mari...

La main de Gavin se crispa impérieusement sur le bras de sa compagne pour lui signifier de garder son calme. Ils s'étaient tirés sans dommage d'une situation délicate, il ne tenait pas à ce qu'une dispute éclate. Mais Cristabel se dégagea prestement et alla se camper devant son adversaire d'un pas décidé.

— Quelle question ? s'enquit-elle sans aménité aucune.

— Je me suis souvent demandé pourquoi il laissait toujours sa femme à la maison, poursuivit leur hôtesse en toisant avec un mépris non dissimulé la robe de deuil de la jeune veuve. Je me rends compte maintenant qu'il venait chercher en ville une compagnie plus... stimulante.

Quelle langue de vipère ! Lady Hungate avait opportunément trouvé une explication satisfaisante à la maladresse aux cartes de la marquise, mais elle avait du même coup fait d'Éléonore une ennemie irréductible de Cristabel.

— Si votre compagnie est tellement « stimulante », comment expliquez-vous que Byrne vous ait quittée pour moi ?

— Vous voulez rire ? fit la comtesse d'une voix blanche. Vous n'allez pas me dire que vous fréquentiez cette... cette petite souris quand nous étions ensemble ? s'écria-t-elle en se tournant vers Gavin.

— N'avez-vous pas dit tout à l'heure que j'étais incapable d'être fidèle ? Venez, mon ange, ajouta-t-il en prenant le bras de Cristabel, j'ai grand besoin de stimulation.

Dès qu'ils furent dans le hall, la jeune femme se retourna vers lui comme si elle était prête à charger.

— Apprenez-moi le whist ! Je veux devenir une joueuse de première classe !

Il faillit lui faire remarquer qu'elle était censée savoir déjà jouer, mais il entrevit soudain un moyen de tirer parti de cette nouvelle situation.

— C'est entendu.

— Je veux battre cette vipère à plate couture ! Je veux la voir jouer si lamentablement qu'elle n'osera plus jamais vous regarder en face, vous ou votre abominable bande d'amis ! Je veux l'humilier, tempêta-t-elle, les larmes aux yeux.

— Je vous apprendrai tout ce que vous voudrez. Dès que nous serons sortis d'ici !

S'entendre rappeler qu'ils étaient toujours dans la tanière du fauve la calma un peu, et elle resta muette jusqu'à ce qu'ils soient en voiture.

— Je la déteste, reprit-elle alors. Je la hais ! Vous vous rendez compte ? Cette sorcière a pratiquement avoué qu'elle était la maîtresse de Philip !

— Je doute fort qu'Éléonore ait jamais accordé un regard à votre mari. Elle ne cherchait qu'à vous provoquer.

— Vous croyez ? Vous croyez vraiment ?

Le soulagement qui perçait dans sa voix agaça profondément Gavin. Fidèle ou non, Haversham ne méritait pas tant d'affection.

Enfin, il se moquait comme d'une guigne des sentiments qu'elle pouvait éprouver pour son défunt mari.

— Éléonore ne partage son lit qu'avec des joueurs hors pair, et nous savons tous les deux que Haversham jouait très mal.

— Mais ce lieutenant Markham...

— Joue presque aussi bien que moi, quand il ne lutine pas les joueuses.

Cristabel médita l'information un moment, puis elle poussa un profond soupir.

— Si ce n'était pas lady Jenner, qui était sa maîtresse ?

— Êtes-vous sûre qu'il avait une liaison ?

— Ne me dites pas que vous l'ignoriez !

— S'il avait une maîtresse, je ne l'ai jamais rencontrée.

— Il était sans doute très discret.

— Dans ce cas, comment savez-vous qu'il en avait une ? Ce n'est pas le genre de choses qu'on raconte à sa femme.

— On me l'a dit.

— Qui ?

— Peu importe. Mais je sais qu'il avait une maîtresse.

— Vous l'avez appris avant sa mort ?

— Après.

— Alors, vous ne pouvez pas être certaine que c'est vrai. Vous n'avez que la parole de cette personne, et vous ne pouvez plus poser la question à votre mari.

— Pourquoi m'aurait-on menti ?

— Beaucoup de gens mentent par plaisir, ou simplement pour se rendre intéressants.

— Vous avez sans doute raison. Après ce que j'ai vu cet après-midi, je ne m'étonne plus de rien !

Comme elle était innocente et naïve, malgré ses dix ans de mariage, ses séjours à l'étranger et ses malheurs récents ! Elle ne mesurait pas la cruauté du monde dans lequel elle vivait. Elle ignorait qu'un homme pouvait se faire égorger pour une dette de jeu, que des femmes pouvaient laisser leurs enfants mourir de faim par amour du gin, que...

Grands dieux, pourquoi ces horreurs lui revenaient-elles à l'esprit ? Il les avait effacées de sa mémoire depuis si longtemps...

— Je vous avais prévenue de ce qui vous attendait.

— C'est vrai. Tandis que moi...

— Tandis que vous ? répéta-t-il pour l'encourager à continuer.

— J'aurais dû vous dire que je n'étais pas... que je ne sais pas bien jouer au whist.

— Vraiment ? Je ne m'en serais pas douté !

— Je n'aurais pas pu jouer aussi mal si je l'avais fait exprès.

— Mais vous l'avez fait exprès. Vous n'avez pas entendu lady Hungate ?

— Je ne comprends pas comment elle peut avoir de telles idées. Vos amis ont vraiment l'esprit mal tourné.

— Oui, on ne peut pas leur enlever ça !

— Mais pour jouer, il faut de l'argent, reprit-elle après un long silence. Comme vous le savez...

— Haversham ne vous a pratiquement rien laissé.

— Exactement. Il a payé ce qu'il vous devait avec l'argent que lord Stokely lui a donné, mais il avait tellement d'autres dettes...

Qu'elle se trouve dans la gêne à cause des dettes de jeu de son mari ennuyait Byrne, sans qu'il puisse s'expliquer pourquoi.

— C'est moi qui ai eu l'idée de vous prendre comme partenaire de jeu. Je me charge de vos mises.

— Et si je perds beaucoup ? Nous devrions peut-être nous contenter de me faire passer pour votre maîtresse.

— Je ne suis pas sûr que cela suffise pour que Stokely vous invite, tandis que si vous êtes ma partenaire, il lui sera difficile de faire autrement. Si nous voulons mettre toutes les chances de notre côté, il vaut mieux que vous remplissiez les deux rôles. Et puis, ajouta-t-il en sautant à terre devant la maison de Cristabel, je croyais que vous vouliez battre Éléonore.

— J'y tiens beaucoup !

— Alors, je n'ai plus qu'à vous donner des leçons intensives. Dès maintenant.

— N'êtes-vous pas attendu à votre club ?

— Pas avant un moment. Nous avons deux grandes heures devant nous, c'est amplement suffisant.

— Mais... vous voulez qu'on joue chez moi ? s'inquiéta-t-elle.

— Pas au milieu de la rue ! Votre salon me paraît l'endroit idéal. Mais je comprendrais que vous soyez fatiguée et que vous ne puissiez jouer des heures d'affilée, comme Éléonore et ses amis...

— Non, cela ira très bien, ne vous inquiétez pas.

Gavin réprima un sourire de triomphe. Les piques de la comtesse lui permettaient de gagner un temps précieux, et il se faisait fort de tirer le meilleur parti de l'humeur combative de cette petite veuve au sang chaud.

Il aurait Cristabel, avec tous ses secrets.

7

Un passe-temps innocent comme le whist
peut fournir une excellente entrée en matière.

Mémoires d'une maîtresse, anonyme

Cristabel partit chercher un jeu de cartes en traînant les pieds. Peut-être n'aurait-elle pas dû laisser Byrne entrer chez elle à cette heure tardive. Visiblement, la tenir sur ses genoux l'avait excité. Que faire s'il décidait de passer à l'acte ?

Il ne pouvait pas rester. Elle allait lui dire qu'elle avait changé d'avis.

Mais lorsqu'elle entra dans le salon, elle sentit sa détermination fléchir. Il avait déjà installé au milieu de la pièce la table de jeu et deux chaises, et il l'attendait. Après tout, il avait raison. Si elle voulait être une partenaire digne de lui, il fallait absolument qu'elle apprenne à bien jouer. Et il ne leur restait pas beaucoup de temps avant le tournoi...

— Vous avez trouvé les cartes ?

S'il avait décidé de la séduire, il ne se serait pas tranquillement assis à cette table. Il avait apparemment tout oublié de la scène intime qui s'était déroulée quelques heures plus tôt dans cette même pièce, quand il l'avait vue à moitié nue. Et puis, il ne pouvait pas rester toute la nuit, il fallait qu'il aille à son club.

Elle posa le jeu de cartes sur la table, sans toutefois oser s'asseoir en face de lui.

— Voulez-vous un rafraîchissement ? Un peu de vin ? Un cognac ?

— Non, merci. Et rien pour vous non plus.

— Pourquoi ?

— Je vais vous confier un secret. Quand on veut gagner au jeu, rester sobre quand plus personne ne l'est, c'est déjà avoir fait la moitié du chemin. C'est pourquoi j'ai souvent gagné malgré un jeu médiocre, expliqua-t-il.

Elle coupa le paquet qu'il lui tendait. S'il s'abstenait de boire, c'était qu'il prenait le jeu au sérieux et qu'il n'était pas venu pour la séduire.

— Comment jouer, si nous ne sommes que deux ?

— On peut aussi jouer à deux. La stratégie est un peu différente, mais cela vous apprendra à mieux utiliser vos atouts. C'est votre principale faiblesse.

Cristabel était un peu déçue de lui voir un air si professoral. Bien entendu, elle ne tenait pas du tout à ce qu'il lui fasse des avances, mais de là à se montrer aussi distant...

— Nous ne compterons pas les points pour les premiers plis. Chaque fois, je vous dirai comment vous auriez pu améliorer votre jeu, et lorsque vous aurez assimilé les règles, nous ferons une véritable partie, avec des enjeux.

Il distribua treize cartes à chacun, puis retourna la carte du dessus.

— Quand on joue à deux...

Pendant une heure entière, Gavin concentra toute son attention sur le whist. Cristabel assimila vite les règles de base, mais elle ne voyait pas par quel miracle elle pourrait jamais arriver à le battre. Chaque fois qu'elle croyait y parvenir, il abattait une carte qu'elle avait oubliée. Lui, en revanche, devinait pratiquement toutes celles qu'elle avait en main.

Cela finissait par l'agacer profondément. Perdre contre lady Jenner lui avait fortement déplu, mais contre Byrne, c'était pis encore. Elle ne pouvait pas prétendre que l'assistance la troublait. Byrne lui avait interdit toute plaisanterie ou remarque qui ne concernât pas le whist. La seule conversation autorisée, c'étaient ses explications et ses commentaires sur son jeu.

Après quatre défaites, elle ne pensait plus qu'à faire perdre son sourire supérieur à Gavin. Le cinquième pli était bien engagé lorsqu'elle abattit théâtralement son as de pique.

— Je vous ai dit de ne jamais engager avec un as.

— À moins d'avoir également le roi.

— Vous avez beaucoup d'atouts ?

Encore une règle qu'elle avait oubliée !

Il coupa son as et remporta le pli.

— Cristabel, le plus important au whist, c'est la façon d'utiliser ses atouts. À votre avis, combien m'en reste-t-il ?

— Deux, affirma-t-elle sans prendre le temps de réfléchir.

— Vous êtes en colère, remarqua-t-il posément.

— Bien entendu ! Je n'arrête pas de perdre.

— La dernière chose à faire quand on perd, c'est de se mettre en colère.

— Et pourquoi donc ?

— Parce que la colère fausse le jugement et vous fait jouer de plus en plus mal. Quel que soit l'enjeu, vous devez contrôler vos émotions. Quand vous perdez, vous ne devez pas prendre plus de risques que lorsque vous gagnez. Il faut jouer avec les cartes que vous avez. Toujours. La seule chose qui compte, ce sont les cartes.

— Vous devriez écrire un manuel, ironisa-t-elle. *Les Règles du whist selon M. Byrne*. Pas de boissons, pas d'émotions, rien d'amusant...

— Ce n'est pas en m'amusant que je suis arrivé où j'en suis. Et les invités de Stokely ne plaisantent pas. Ils prennent le whist au sérieux, et je vous conseille de les imiter. Surtout si vous voulez battre Éléonore.

C'était effectivement un argument décisif. Domptée, elle fit un signe d'assentiment.

— Respirer profondément aide à garder son calme. Essayez.

Surmontant sa crainte du ridicule, elle prit une profonde inspiration, puis une seconde, et constata, à son grand étonnement, que sa colère retombait.

— Très bien ! Maintenant, concentrez-vous. Pensez uniquement aux cartes qui sont tombées et à celles que vous m'avez vu piocher.

Elle essaya de se remémorer leurs échanges depuis le début, carte par carte.

— Combien me reste-t-il d'atouts ?

— Cinq ? dit-elle d'un ton hésitant.

— Six, mais c'est quand même très bien, répondit-il en abattant une des huit cartes qui lui restaient.

Ce n'était pas un atout.

— J'en ai pioché trois, j'en ai déjà joué un, ce qui m'en laisse deux. Vous les connaissez.

— Ça suffit ! Comment faites-vous pour vous souvenir de tout ce qui sort ? s'exclama-t-elle en réexaminant son jeu à la lumière de ses indications.

— C'est indispensable si on veut gagner.

— Vous deviez être premier en mathématiques à l'école.

— Je ne suis jamais allé à l'école, répliqua-t-il avec amertume, sans lever les yeux de son jeu.

— Jamais ? Même avant que...

— Avant que Prinny ne supprime la pension de ma mère ? Non.

— Quelle pension ?

Elle le vit se raidir imperceptiblement.

— Je pensais que Regina et Katherine vous l'avaient dit... Cela n'a aucune importance.

— Je croyais que votre mère était...

— Une putain ?

Cette fois-ci, il avait perdu son calme.

— Bien sûr que non ! Mais d'après la rumeur, le prince et elle n'ont eu qu'une brève liaison. Elle n'était pas vraiment sa maîtresse.

— C'est ce qu'il a toujours prétendu. Cela lui a permis de justifier la façon abominable dont il s'est conduit. Une petite actrice de rien du tout, autant dire une catin qu'on peut prendre et jeter quand cela vous chante. Moi, au moins, je ne laisse pas mes maîtresses à la rue.

— Vous choisissez toujours des femmes mariées !

— C'est exact. De cette façon, leurs maris subviennent à leurs besoins, et si jamais il arrivait que j'engendre un bâtard, ils en endosseraient la paternité. De toute façon, je ne laisserais pas mon enfant mourir de faim, et je ne l'obligerais pas à... Jouez ! coupa-t-il en abattant une carte.

— Parlez-moi de cette fameuse pension, insista-t-elle.

— Vous tenez absolument à connaître la véritable nature de votre ami le régent ? Il avait promis une pension à ma mère si elle acceptait de déclarer publiquement que j'étais le fils d'un autre homme. Elle a naïvement accepté, en se disant qu'une rente me serait plus utile que n'importe quelle reconnaissance princière. Ces belles promesses n'ont pas duré, bien entendu ! ajouta-t-il avec un ricanement amer. Quand Prinny a décidé d'épouser illégalement Mme Fitzherbert, elle a exigé qu'il abandonne sa maîtresse.

— Vous ne pouvez pas la blâmer. C'est normal, fit remarquer la jeune femme.

Quand elle avait rencontré Mme Fitzherbert, elle n'était qu'une enfant, mais jamais elle n'avait oublié la noblesse de cette femme remarquable.

— Ce n'est pas elle que je blâme, c'est lui ! Il n'était pas obligé de laisser ma mère sans ressources ! Mais il a complaisamment répandu le bruit que je n'étais pas son fils, que ma mère était une femme légère, afin de pouvoir lui couper les vivres. Ensuite, il suffisait d'une remarque par-ci, d'une insinuation par-là, pour que tout le monde soit persuadé que j'étais le fils d'un prétendu client de ma mère. Elle a perdu son travail à cause de ces rumeurs, et il ne s'en est jamais soucié !

Et il avait dû vivre dans la rue et se battre pour survivre. À dix ans ! Cristabel garda le silence, la gorge serrée. Elle comprenait mieux maintenant son amertume et son cynisme.

Était-ce pour cette raison que le régent lui avait suggéré de demander l'aide de Byrne ? Peut-être regrettait-il sa conduite et voulait-il faire amende honorable en offrant au fils qu'il n'avait jamais reconnu un moyen de gagner un titre ?

C'était probablement pour cette raison que le rôle de Gavin devait se borner à lui obtenir une invitation, et rien de plus, le régent l'avait bien spécifié. Lui permettre de jouer un rôle plus important serait extrêmement dangereux.

Soudain, elle fut prise de panique. Elle n'aurait jamais dû accepter de passer pour sa maîtresse, ni d'être sa partenaire. Si Byrne découvrait ce que contenaient ces lettres, il n'hésiterait pas à les utiliser contre le prince. Et s'il barrait à Prinny l'accès au trône, il en serait probablement ravi. Quant au sort que subirait le père de Cristabel, il s'en moquerait éperdument.

— Voilà pourquoi je ne suis jamais allé à l'école, reprit-il. Je n'en avais pas les moyens. Je suis un autodidacte. Ma mère m'a appris à lire et à écrire, et ensuite, j'ai étudié tout seul. Heureusement, j'ai une bonne mémoire. Je dois tenir ça de mon actrice de mère !

— Vous avez eu de la chance de ne pas aller à l'école, lança-t-elle pour détendre l'atmosphère. Je détestais ça, surtout les mathématiques !

— Vous avez étudié les mathématiques ? C'est rare pour une femme.

— Mon père voulait un garçon. Ma mère est morte avant d'avoir eu le temps de lui en donner un, alors il a reporté tous ses espoirs sur moi. Il m'a appris à monter à cheval, à chasser, à tirer et à résoudre des équations. Voilà pourquoi je suis totalement ignare dans ce qu'on nomme « les arts féminins ».

Il sourit.

— Pas totalement. Vous embrassez très bien !

— C'est vrai ? demanda-t-elle, ravie.

— Allons, jouez ! ordonna-t-il en riant.

Elle abattit une petite carte pour garder ses atouts, sachant pertinemment que cela allait lui coûter le pli, mais espérant que cela l'aiderait à gagner les suivants.

— Il fallait jouer les atouts quand vous en aviez la possibilité, commenta-t-il en commençant à les lui prendre un à un, ce qui lui permit de remporter tous les plis.

— Donnez-moi une autre chance. Je ferai mieux cette fois-ci, plaida-t-elle tandis qu'il ramassait les cartes.

— J'y compte bien ! Nous allons jouer pour de bon, avec de véritables enjeux. Si vous avez quelque chose de tangible à perdre, vous ferez tout de suite des efforts.

— Mais vous savez que je n'ai pas beaucoup d'argent ! protesta-t-elle, alarmée.

— Nous n'allons pas jouer d'argent.

Son regard caressant et son sourire en coin avaient de quoi faire chavirer le cœur de n'importe quelle femme. Même elle.

— Que voulez-vous miser ? s'enquit-elle.

Un frisson d'appréhension la parcourut lorsque, sans un mot, Gavin se leva pour aller fermer la porte à clé.

— Les vêtements que nous portons, lança-t-il en venant se planter derrière elle. Nous allons jouer à l'effeuillé, lui chuchota-t-il à l'oreille de sa voix la plus enjôleuse.

Il alla reprendre sa place en face d'elle, les yeux luisants comme un fauve guettant sa proie.

— Je n'ai pas trouvé de meilleur moyen pour vous motiver.

— Il n'en est pas question !

— De quoi avez-vous peur ? De perdre ?

— Bien entendu ! Vous êtes un joueur confirmé, et moi une débutante. Je n'ai aucune chance contre vous !

— Il n'y a pas de « bien entendu » qui tienne ! rétorqua-t-il. Si vous vous concentrez pour vous souvenir des cartes qui sortent, vous avez vos chances. Et je suis persuadé que vous serez très attentive si vous risquez de vous retrouver nue.

Le mot lui donna la chair de poule. Cet après-midi-là, avec la couturière, quand elle se trouvait à moitié nue devant lui et qu'il la détaillait des pieds à la tête, elle avait cru mourir de honte. Et elle n'avait pas été obligée de lui montrer ses seins, son ventre ni son...

— Non ! protesta-t-elle de nouveau. Vous cherchez à me séduire.

— Ce serait effectivement une façon agréable de terminer la soirée, mais vous avez dit que partager mon lit ne vous intéressait pas. Je ne vois donc pas en quoi le fait que l'un de nous se retrouve nu comme au jour de sa naissance pourrait changer quoi que ce soit.

— Vous me prenez vraiment pour une imbécile !

— Certainement pas, mais vous avez formellement déclaré que je ne vous attirais pas le moins du monde. Dois-je comprendre que vous avez changé d'avis ? Ou que la nudité de l'un de nous constituerait une tentation trop grande pour votre vertu ?

— Vous plaisantez ?

Pourtant, la perspective d'avoir Byrne nu comme un ver assis au milieu de son salon commençait à lui paraître amusante. Si elle gagnait, ce qui était peu probable, elle tiendrait sa revanche.

— Vous avez déjà un avantage. Les femmes portent plus de vêtements que les hommes. De plus, si vous perdez, il vous suffira de vous faufiler discrètement jusqu'à votre chambre, alors que moi, je serai obligé de rentrer chez moi dans mon cabriolet ouvert à tous les vents avec juste mon manteau et mon chapeau !

— C'est effectivement tentant, admit-elle avec un sourire gourmand.

— Je suis prêt à partir avec un handicap, reprit-il en battant les cartes. Je vous donne quatre vêtements d'avance ! Cela vous fait un avantage substantiel. Si vous jouez bien, vous aurez tous mes habits en moins de temps qu'il n'en faut pour le dire.

— Vous allez tricher.

— Je ne triche jamais. Je n'en aurai de toutc façon pas besoin, si vous ne faites pas attention à votre stratégie.

Que le diable l'emporte ! Il avait touché juste. Il savait parfaitement à quel point elle était vexée de ne pas arriver à le battre. Ferait-elle mieux en utilisant toutes ses facultés de concentration ?

— Et si je refuse cet enjeu ?

— Vous en avez parfaitement le droit, bien sûr. Mais plus vous enlèverez de vêtements, plus je risque d'être distrait, poursuivit-il en se penchant vers elle avec un sourire diabolique. Vous pourriez très bien l'emporter. Et vous avez très envie de gagner...

Elle pesa le pour et le contre. Elle n'avait aucune envie d'interrompre la leçon avant de lui avoir montré qu'elle pouvait jouer correctement... mais accepter un tel enjeu relevait de la folie.

Par ailleurs, si elle parvenait à le battre, la satisfaction n'en serait que plus intense. Quitter la pièce avec les vêtements de Byrne sous le bras, le regarder monter en voiture et s'éloigner dans la nuit froide uniquement vêtu de son chapeau et de son manteau...

Elle savourait déjà ce plaisir.

— Coupez, s'il vous plaît, demanda-t-il.

Il était sûr de lui, sûr de gagner... Et si elle lui montrait de quoi elle était capable ?

— Vous avez dit que vous partiez avec un handicap de quatre vêtements. Enlevez-les, ordonna-t-elle en coupant les cartes.

— Mais certainement.

Il se leva, fit le tour de la table, fouilla dans sa poche et lui tendit le pistolet qu'il lui avait confisqué avant de partir en promenade.

— Cela vous appartient, si je ne m'abuse.

— Comme ça, j'aurai quelque chose de plus à enlever si je perds.

— Pas d'armes, je vous l'ai dit.

— Très bien, admit-elle en posant le pistolet sur une chaise.

Il prit sa montre et la lui donna, avant d'enlever sa redingote et son gilet. Elle commença à s'alarmer en le voyant déboutonner sa chemise.

— Vous n'enlevez pas d'abord votre cravate ?

— Chacun choisit le vêtement qu'il veut ôter. C'est la règle.

Elle avait oublié de se demander quel effet cela lui ferait, à elle, de le voir nu. Elle avala sa salive et détourna les yeux quand il entreprit de passer le col de sa chemise sous sa cravate.

— Y a-t-il d'autres règles que je devrais connaître avant de commencer ce jeu ridicule ?

— Tous les vêtements, bijoux ou accessoires comptent pour un point. Ma montre, par exemple, ou vos boucles d'oreilles, si vous en portiez.

Elle se promit aussitôt de se couvrir de bijoux avant leur prochain rendez-vous.

— Nous jouerons les treize plis et les compterons selon les règles habituelles, un point par pli au-dessus de six, expliqua-t-il en sortant les pans de sa chemise de son pantalon. À chaque point, le vainqueur gagne un vêtement du perdant.

Il ôta sa chemise, et la marquise eut le souffle coupé devant ce torse et ces bras athlétiques, ce duvet brun qui descendait du creux de sa poitrine jusqu'à son nombril, avant de disparaître dans son pantalon.

Un pantalon exagérément gonflé.

En rougissant, elle se hâta de détourner les yeux.

— Si vous voulez en voir plus, il vous suffit de gagner mon pantalon et mon caleçon, dit-il d'un air innocent.

— Je ne vous regardais pas...

— Bien sûr ! ironisa-t-il en laissant tomber la chemise sur les genoux de la jeune femme. Voici votre quatrième point d'avance. Bonne chance pour le reste.

Lorsque Cristabel, furieuse, jeta la chemise en direction de la redingote et du gilet, une fragrance musquée de cuir et de vétiver vint chatouiller ses narines. Depuis combien de temps n'avait-elle pas respiré le parfum d'un homme ?

Elle étouffa un soupir. Pour un peu, elle aurait enfoui son visage dans le fin lin blanc pour mieux humer cette odeur virile. Elle imaginait déjà le rire sardonique de Byrne !

— Vous pouvez distribuer les cartes, intima-t-elle sèchement.

À sa grande satisfaction, elle remporta la première manche d'un point. Cela ne parut pas émouvoir le moins du monde son adversaire, qui posa sur la table son épingle de cravate sertie de rubis.

— Cela ne vous ennuie pas de perdre cette épingle ? C'est un bijou de prix…

— Ne vous inquiétez pas, je ne joue que ce que je peux perdre.

— Une règle de plus ?

— Exactement. Il n'y a que les imbéciles pour s'endetter par amour du jeu.

Heureusement qu'ils ne jouaient pas d'argent, car à la manche suivante, il la battit à plate couture, remportant tous les plis sauf un.

— Cela fait six points, constata-t-il, les yeux brillants. Ce qui signifie…

— Je sais parfaitement ce que cela signifie !

Par quel vêtement allait-elle commencer ?

La brillante idée qui lui vint à l'esprit lui assurerait une confortable marge de manœuvre. En réprimant un sourire triomphant, elle posa sur la table une épingle à cheveux.

— Ça ne compte pas ! décréta-t-il comme elle s'apprêtait à en enlever une deuxième.

— Bien sûr que si ! Vous avez dit « tous les vêtements, bijoux ou accessoires ». Vous avez donné votre épingle de cravate. C'est la même chose.

— Vous en avez au moins une vingtaine ! remarqua-t-il en battant frénétiquement les cartes.

— À peu près, admit-elle en continuant tranquillement.

Il fallait bien ça pour maintenir en place sa lourde chevelure d'ébène, qui ne tarda pas à crouler sur ses épaules, répandant du même coup sur le plancher une partie des épingles qui restaient. Cristabel se hâta de retenir les dernières.

— Vous ne pouvez pas jouer au whist en vous agrippant à vos cheveux !

— Nous compterons les premières pour cette manche, et celles qui sont tombées comme une avance pour les manches à venir, proposa-t-elle en lâchant ses cheveux.

— Oh, non, ma chère amie, il n'en est pas question ! Une fois qu'elles sont tombées, elles ne font plus partie de votre tenue, ce ne sont plus des accessoires. Sinon, vous pourriez aussi utiliser chaque grain de poussière sur vos chaussures !

— Écoutez...

— C'est une question de logique, trancha-t-il fermement. Je veux bien compter celles que vous venez d'ôter, mais c'est tout.

— Vous êtes trop bon ! marmonna-t-elle rageusement, en posant sur la table une épingle égarée.

C'est alors que la partie commença véritablement. Cristabel s'obligea à jouer comme il le lui avait appris, en étouffant ses émotions, en se concentrant pour retenir toutes les cartes qui sortaient. Et ses efforts furent couronnés de succès. Quand ils attaquèrent le dernier pli, elle menait de deux points.

D'un geste théâtral, elle abattit sa dernière carte, remportant ainsi la partie de trois points.

Byrne, qui ne semblait pas troublé le moins du monde, enleva calmement ses chaussures et fit le tour de la table pour les lui apporter. Triomphalement, elle les déposa avec sa redingote, son gilet et sa chemise. Et lorsqu'elle se retourna, ellc le trouva devant elle, en train de déboutonner son pantalon.

Lentement, il le fit glisser jusqu'au sol, tandis que, la bouche sèche, incapable de détourner les yeux, elle fixait son caleçon tendu à craquer par une impressionnante érection.

— Voulez-vous continuer la partie, ma douce, ou préférez-vous passer à un autre genre de divertissement ? murmura-t-il de sa voix la plus caressante.

Rassemblant tout son courage, elle se força à le regarder en face. Elle lut sur son visage un désir si intense qu'elle sentit chavirer sa détermination.

Quelle bêtise d'avoir accepté ce jeu ! Mais après tout, pourquoi ne pas s'abandonner à ce vertige, aller jusqu'au bout de cette folie et céder à sa diabolique séduction ? C'était peut-être sa seule chance de découvrir enfin si l'amour pouvait être aussi enivrant que le disaient certaines femmes - femmes parmi lesquelles elle pouvait certainement compter toutes les maîtresses de Byrne, à en juger par l'ardeur avec laquelle elles se bousculaient pour partager son lit.

Non, c'était trop dangereux. L'amour que lui avait révélé Philip n'avait jamais rien eu d'un enchantement, mais il l'avait quand même rendue tellement dépendante de lui qu'elle en avait oublié tous ses devoirs envers sa famille et lui avait confié ses secrets les plus précieux. De quoi serait-elle capable si Gavin lui faisait découvrir des plaisirs qu'elle n'osait imaginer ?

Une trahison lui avait déjà brisé le cœur, elle ne tenait pas à réitérer l'expérience.

— Continuons la partie !

— Les désirs de madame sont des ordres.

Tandis qu'il regagnait son siège, après lui avoir jeté son pantalon sur les genoux, elle ne put s'empêcher d'observer ses fesses musclées, ses longues cuisses, ses jambes nerveuses...

— Vous portez un poignard attaché à votre cheville !

— C'est plus commode et plus discret qu'un pistolet... C'est votre tour, ajouta-t-il en lui tendant le jeu.

— Mais pourquoi avez-vous besoin d'un poignard ? insista-t-elle en battant les cartes.

— Je rentre très tard, ou plutôt très tôt, de mon club, souvent avec de grosses sommes d'argent. Je ne tiens pas à abandonner ma recette à des coupe-jarrets. Et vous, pourquoi prenez-vous un pistolet pour aller dîner en ville ? s'enquit-il en coupant le paquet qu'elle lui tendait.

— Vous venez de le dire, Londres est une ville dangereuse.

— Un pistolet chargé l'est encore plus.

— Pas si on en a besoin.

— Je ne connais pas beaucoup de femmes qui possèdent une arme. Que vous est-il arrivé pour que vous éprouviez le besoin de sortir armée ?

— J'ai été attaquée autrefois, dans une ruelle de Gibraltar.

— Que faisiez-vous seule dans une ruelle ?

— Vous me prendrez pour une écervelée si je vous le dis.

— Vous verrez bien.

— J'avais dix-sept ans, un âge où on ne réfléchit pas beaucoup. Mon père m'avait toujours dit d'emmener un domestique avec moi quand je voulais sortir, ou de demander à un officier de m'accompagner, mais je savais bien qu'ils lui rapporteraient mes moindres faits et gestes. Et justement, cette fois-ci, je tenais à lui faire une surprise. J'avais remarqué dans une vitrine une épée magnifique et je voulais la lui offrir pour son anniversaire. La boutique était à deux pas de chez nous, et je m'étais dit qu'en y allant juste à la tombée du jour, personne ne remarquerait ma courte absence.

— Et ?

— Il y avait un raccourci par une venelle, et je n'en avais que pour quelques minutes. Mais au bout de cette ruelle, trois hommes aux mines patibulaires bloquaient le chemin. S'ils avaient su que j'étais anglaise, ils n'auraient sans doute pas osé s'attaquer à moi, mais je suis très brune et il faisait sombre. Ils se sont dit que j'étais une proie facile, et...

— Ils vous ont...

Il s'interrompit, tout pâle.

— Non, Dieu merci, mais il s'en est fallu de peu. L'un d'eux me tenait les bras, un autre m'avait plaqué la main sur la bouche, tandis que le troisième relevait mes jupes. Ils seraient probablement arrivés à leurs fins si je n'avais pas mordu la main de celui qui me bâillonnait. Dès qu'il a retiré sa main, j'ai poussé des hurlements à réveiller les morts. Un officier anglais qui passait par là m'a entendue. Il a volé à mon secours et les a fait fuir.

— Haversham !

— C'est comme cela que nous nous sommes rencontrés. Si vous l'aviez vu ! ajouta-t-elle avec un soupir rêveur. Il était si courageux et, si beau dans son uniforme rouge ! Il m'a ramenée à la maison, et pendant plusieurs jours, mon père n'a pas arrêté de louer son courage et sa présence d'esprit. Ce n'est que plus tard...

— Plus tard ?

— Rien. Il m'a fait la cour pendant toute une année, s'empressa-t-elle de continuer, et nous nous sommes mariés.

— C'est lui qui vous a appris à neutraliser un homme en vous attaquant à ses parties génitales ? demanda-t-il, l'air de rien, en étudiant ses cartes.

— Non, c'est mon père, après que j'ai été agressée.

— Votre père est un excellent professeur, constata-t-il, pince-sans-rire.

— Quand j'ai essayé avec vous tout à l'heure, je n'ai réussi qu'à...

— Qu'à m'exciter ? Mais tout ce que vous faites m'excite, ma douce, rétorqua-t-il de cette voix chaude et sensuelle qui la faisait chavirer dès qu'elle l'entendait... et qui venait lui rappeler ce qu'elle avait fini par oublier : qu'il était à moitié nu en face d'elle et qu'il lui offrait une preuve évidente de son désir pour elle.

— Jouez ! ordonna-t-elle sèchement.

Il s'exécuta en riant et, pendant un long moment, ils jouèrent en silence.

— Avez-vous jamais eu l'occasion d'exercer vos talents sur Haversham ?

— Pourquoi l'aurais-je fait ? C'était mon mari !

— Et avant votre mariage ? Un an, c'est long, surtout quand on est amoureux. Il n'a jamais essayé de vous toucher là où il n'aurait pas dû ?

— Cela va peut-être vous surprendre, mais dans certains milieux – pas le vôtre, visiblement –, on réprouve ce genre de privauté. Mon mari était un gentleman, et il s'est conduit comme tel durant tout le temps où il m'a fait la cour.

— Je n'aurais jamais pu vous attendre un an, dit-il en lui lançant un regard brûlant par-dessus ses cartes. J'aurais difficilement tenu un mois, tout au plus.

Les joues en feu, elle tenta de s'absorber dans l'étude de ses cartes et s'aperçut qu'elle n'avait pas la moindre idée de ce qui était tombé.

— Cessez de flirter ! Tout ce que vous voulez, c'est me distraire pour me faire perdre mes moyens.

— Et c'est efficace ?

Elle lui jeta un regard noir, et il éclata de rire.

— Vous me faites plus calculateur que je ne le suis. Flirter me vient naturellement, surtout quand je suis en compagnie d'une belle femme.

— Ne me prenez pas pour une idiote. Je viens de rencontrer certaines de vos maîtresses, et je n'oserais pas me comparer à elles.

— Vous vous sous-estimez. Si je ne vous trouvais pas séduisante, je n'essaierais pas de vous battre au whist pour le plaisir de vous voir nue. Je ne me donnerais pas tant de mal pour toutes les femmes, vous savez.

— Pour un certain nombre d'entre elles seulement.

— C'est vrai, admit-il en riant.

Cristabel perdit les plis suivants. Ses cartes auraient pu être meilleures, et la semi-nudité de Byrne n'arrangeait rien. Ce n'était pas tant ce qu'elle voyait qui la troublait que ce qu'elle ne voyait pas. Son sexe se dressait-il toujours aussi insolemment ? Que faire s'il tentait de passer à l'acte ?

La voir enlever ses vêtements un à un ne paraissait pas le troubler le moins du monde. Il n'en jouait que plus habilement. Il ne cessait de gagner, un point ici, trois là, et elle lui abandonna successivement son mouchoir, ses chaussures, ses jarretières, puis ses bas et son jupon. Comme elle regrettait d'avoir écouté Rosa et de ne pas porter de fichu !

Elle avait beau faire de son mieux pour ne penser qu'au jeu et tenter d'ignorer la tenue et la grâce désinvolte de Byrne, elle perdit la manche suivante de trois points.

— J'admets que le choix qui s'offre à vous est difficile. Vous pouvez soit enlever votre robe, votre corset, et votre chemise ou, si vous préférez, votre robe, votre corset et votre culotte. Personnellement, je pense que vous devriez choisir la première solution.

— Je m'en doute ! Depuis cet après-midi, vous n'avez qu'une idée en tête : voir mes seins ! lança-t-elle en enlevant sa culotte, qu'elle jeta sur la table. Vous êtes l'homme le plus agaçant que j'aie jamais rencontré !

— Vous n'êtes pas la première à me le dire.

— Je ne serai vraisemblablement pas la dernière, à en juger par ce que j'ai vu de votre harem.

— Vous me paraissez étrangement intéressée par mon harem, pour une femme qui proclame haut et fort qu'elle n'a pas l'intention d'en faire partie. Seriez-vous jalouse, ma chère ?

— D'un homme incapable d'être fidèle ? Il faudrait que je sois folle !

Pourtant, c'était bien là que le bât blessait. Il commençait à lui plaire, même si elle ne comprenait pas pourquoi, et elle ne pouvait supporter l'idée de n'être qu'un nom de plus sur une liste déjà fort longue.

— Cessez de rêvasser, dit Byrne. Il est temps d'enlever votre robe. Je vous ai déjà vue sans elle aujourd'hui, alors pourquoi faire tant de manières maintenant ?

Parce que c'était totalement différent. Parce qu'ils étaient seuls à la lueur tremblotante des chandelles, enveloppés par la nuit complice, et qu'elle commençait à perdre la tête.

Parce que s'il la regardait avec la même ardeur et le même désir que tout à l'heure, elle était parfaitement capable de faire quelque chose qu'elle regretterait ensuite.

— Vous êtes vraiment impitoyable. Eh bien, poursuivit-elle en lui jetant un regard noir, ne restez pas planté là ! Je ne peux pas enlever ma robe et mon corset toute seule. Venez m'aider !

8

Tous les hommes sont des tricheurs, aux cartes comme en amour.

Mémoires d'une maîtresse, anonyme

Venir l'aider ? Mais il ne demandait pas mieux ! Elle ne pouvait pas le deviner, mais il n'avait jamais été aussi excité de sa vie, et il ne se contenait qu'à grand-peine.

Il n'était pas le seul, à en juger par le souffle court et les joues empourprées de son adversaire. La seule différence, c'était qu'elle refusait de céder à son désir. Il ne comprenait pas très bien la raison d'une telle résistance. Haversham l'avait-il dégoûtée des hommes en général, ou bien était-ce lui qui lui faisait peur ? De toute façon, il en aurait fallu plus pour l'arrêter.

Il se leva sans se faire prier et retint un éclat de rire quand le regard effaré de Cristabel s'arrêta sur son caleçon. Son membre gonflé durcit encore lorsqu'il commença à délacer la robe, prenant tout son temps, humant avec délice le parfum capiteux de la marquise. Comment une femme qui prétendait ne rien connaître à l'art de la séduction avait-elle pu choisir un parfum aussi enivrant ?

Peut-être, sous ses dehors godiches, lui réservait-elle d'autres surprises ? Peut-être teignait-elle sa toison intime ? Peut-être portait-elle un bijou dans le nombril ? De sa part, rien ne pouvait le surprendre. Et il comptait bien découvrir tous ses secrets, même les mieux cachés...

Il finissait de dégrafer la robe lorsqu'on frappa discrètement à la porte, ce qui calma quelque peu son excitation.

— *Señora*, vous êtes là ? demanda une voix inquiète. Il est tard, et je me demandais si vous… Dois-je me retirer ?

Encore cette satanée Espagnole ! Elle savait sûrement qu'il était avec la marquise. Elle ne pouvait pas les laisser tranquilles ?

La femme de chambre voulait certainement protéger sa maîtresse et, s'il n'intervenait pas rapidement, la belle allait sauter sur l'occasion pour se débarrasser de lui.

— Oh, non, ma douce, pas question ! chuchota-t-il en retenant Cristabel par la taille quand elle fit mine de se diriger vers la porte.

— Pas question de quoi ?

— De la laisser entrer. Dites-lui d'aller se coucher.

— C'est ce que je compte faire, dès que vous m'aurez lâchée.

— Commencez par la renvoyer.

— Et pourquoi donc ?

Le ton hésitant de la jeune femme montrait bien qu'elle ne savait quel parti adopter. Il allait l'aider à choisir.

— La partie n'est pas finie, ma belle, vous le savez bien. Vous avez accepté l'enjeu de votre plein gré, vous ne pouvez pas vous dédire sous prétexte que vous perdez !

— Et si j'abandonnais ?

— Il vous faudrait enlever vos dessous et aller ouvrir toute nue à Rosa. À vous de voir… Mais vous pouvez encore gagner !

Elle était profondément honnête et, lorsqu'elle soupira, il comprit qu'il avait gagné.

— *¿ Señora ?* insista la femme de chambre en secouant le bouton de la porte.

— Tout va bien. Nous jouons aux cartes, M. Byrne et moi. Nous en avons encore pour un moment, tu peux aller te coucher.

— Très bien, madame.

— Lâchez-moi, maintenant ! ajouta Cristabel à l'intention de Byrne. Nous n'avons pas fini la partie, vous venez de le dire.

Il s'exécuta sans protester. Il avait tout son temps, et il comptait bien le mettre à profit pour abattre les défenses de la jeune femme.

— Vous me devez non seulement votre robe, mais aussi votre corset, ne l'oubliez pas !

Avec un soupir excédé, elle laissa tomber la robe à ses pieds, tandis que Gavin entreprenait de délacer son corset. Il procéda avec lenteur, prenant un malin plaisir à frôler de ses doigts la peau frissonnante de Cristabel.

— Tenez ! Vous pouvez en faire ce que bon vous semble ! s'écria-t-elle, les joues en feu, en lui lançant les vêtements.

Byrne savait se décider rapidement. Il roula en boule l'horrible robe noire et la jeta dans la cheminée.

— Vous êtes devenu fou ?

Elle se précipitait déjà vers l'âtre, mais il l'arrêta fermement.

— Elle m'appartient, maintenant. Et j'espère bien ne plus jamais vous voir dans un vêtement aussi laid ! D'ailleurs, j'y pense... fit-il avant d'envoyer le corset rejoindre la robe dans la cheminée.

— Qu'est-ce que vous reprochiez à ce corset ? Il était tout neuf !

— Ce soir, vous n'en avez pas besoin !

Il se figea. Les vêtements s'étaient immédiatement embrasés, et les hautes flammes ne laissaient rien ignorer, sous la fine chemise de batiste, des seins généreux aux pointes dressées, des hanches épanouies et du petit triangle noir qui moussait en haut des cuisses.

— D'ailleurs, vous n'avez besoin de rien ! murmura-t-il, la gorge sèche.

Elle suivit son regard et devint écarlate en découvrant ce qu'il voyait. Elle tourna les talons avec tant de hâte que

Gavin eut tout juste le temps d'apercevoir sa chute de reins. Cela suffit pourtant à réveiller toutes ses ardeurs.

— Allons ! C'est votre tour ! lança-t-elle avec une détermination farouche. Préparez-vous à la défaite.

Elle pouvait toujours rêver, si cela lui faisait plaisir... Quant à lui, il n'avait pas l'intention de quitter les lieux avant de l'avoir vue nue. Ni avant de l'avoir possédée.

Elle était encore plus attirante quand elle était en colère. Il battit les cartes sans la quitter des yeux un seul instant, admirant ses longs cheveux de jais, son regard émeraude qui jetait des éclairs, sa chair nacrée à peine voilée par la mince chemise. Décidément, il était temps que cette partie se termine pour passer à d'autres jeux plus enivrants.

Du calme. Attends ton heure tranquillement...

Cristabel coupa avec tout le sérieux d'une joueuse expérimentée. Bouillant d'impatience, il distribua les cartes. Est-ce qu'elle s'imaginait vraiment qu'elle pouvait encore gagner la partie ? Il ne lui manquait qu'un point pour la battre.

Mais ce point lui faisait défaut. Pour la première fois de la soirée, elle concentrait toute son intelligence, et il savait qu'elle n'en manquait pas, sur le jeu. Et la chance était de son côté. À la fin de la manche, pour la première fois de la soirée, elle avait gagné quatre points.

— Vos bas et vos jarretières ! exigea-t-elle, savourant son triomphe. Donnez-les-moi. À moins que vous ne préfériez me donner votre cravate, ou ce que vous voulez.

— Je crois que je préfère garder mes bas, rétorqua-t-il en faisant mine de déboutonner son caleçon. J'ai peur d'avoir froid aux pieds.

Le sourire triomphant de Cristabel s'évanouit, mais un instant seulement.

— Je vous en prie, allez-y ! lança-t-elle d'un ton de défi.

Gavin était bien tenté de répondre à l'audace de lady Haversham, mais il avait une meilleure idée.

— Je préférerais que vous me l'enleviez vous-même quand j'aurai gagné.

— Si vous gagnez, vous n'aurez pas à l'enlever, rétorqua-t-elle, avant de comprendre ce qu'il voulait dire. Je vous garantis, cher monsieur, que le seul moyen que vous ayez de vous retrouver nu ce soir, c'est de perdre la partie. Et dans ce cas, vous devrez enlever votre caleçon tout seul.

— C'est ce que nous verrons.

En souriant, il enleva ses jarretières et ses bas et les lui tendit par-dessus la table.

— À vous de distribuer, ajouta-t-il.

Le jeu de Byrne était si mauvais qu'un instant, il se demanda si Cristabel n'avait pas triché. Mais à son air de profonde perplexité, il devina que les cartes de la jeune femme n'étaient pas meilleures.

Les atouts n'étaient donc pas sortis.

Les treize premiers plis furent une bataille acharnée pour s'emparer de ces bonnes cartes. La marquise se révéla être un adversaire redoutable, et Gavin était partagé entre la joie de voir que ses leçons portaient leurs fruits et l'ennui de devoir se démener pour vaincre.

Il lui fallait effectivement faire de gros efforts. Il pouvait à la rigueur oublier les longs cheveux défaits, les seins qui se dressaient orgueilleusement sous le lin translucide, la chemise qui glissait sur son épaule chaque fois qu'elle se penchait pour piocher, mais il ne pouvait ignorer la flamme qui dansait au fond de ses yeux de jade quand elle tirait une bonne carte, ni la petite moue satisfaite qu'elle faisait chaque fois qu'elle remportait un pli. Se rendait-elle compte de son charme ? Il rêvait de voir cette moue adorable pendant qu'il sucerait ses mamelons triomphants ou qu'il...

— Byrne ! Cessez de rêvasser !

— Pardon ?

— Ne soyez pas mauvais perdant ! Jouez votre dernière carte, que je puisse enfin remporter la mise.

Il revint brutalement à la réalité. Pendant qu'il salivait en l'imaginant dans son lit, elle avait réussi à remporter la plupart des treize plis. Même s'il gagnait celui-ci, il perdrait la partie de trois points.

Et il n'avait plus que sa cravate et son caleçon. Le couteau qu'il portait attaché à sa cheville ne comptait pas.

Elle avait réussi à le battre ! Il n'arrivait pas à le croire. Si le bruit se répandait qu'il avait perdu une partie par distraction, pour les beaux yeux d'une femme, il pouvait dire adieu à sa réputation.

Cela lui apprendrait à donner des points d'avance aussi libéralement ! S'il n'avait pas été si généreux, il aurait encore les moyens de gagner la chemise de sa belle marquise.

Non, ce n'était pas ce qui l'avait fait perdre. Il avait enfreint une de ses règles d'or : ne jamais vendre la peau de l'ours avant de l'avoir tué. Et maintenant, il devait renoncer à savourer cette peau soyeuse, ces seins, ces épaules...

Il n'en était pas question !

Il abattit un atout et remporta le dernier pli, sans entamer pour autant l'enthousiasme de Cristabel. Elle se renversa dans sa chaise, rayonnante. Devant la chaleur de son sourire triomphant et l'éclat de ses yeux verts, le sang de Gavin se mit à battre plus vite dans ses veines.

— Eh bien, Byrne, j'attends. Enlevez vos vêtements. Attendez ! Pas ici, ajouta-t-elle comme il entreprenait de dénouer sa cravate.

Avec autorité, elle lui désigna la petite estrade où la couturière avait pris ses mesures l'après-midi même.

— Allez enlever vos vêtements là-bas.

— Vous voulez votre revanche ? fit-il en souriant.

Elle comptait le regarder tranquillement de sa chaise et se précipiter à l'extérieur dès qu'il aurait fini, sans lui laisser le temps de mettre en œuvre sa stratégie amoureuse. Mais il avait plus d'un tour dans son sac.

— Vous avez toujours eu ce goût du théâtre, ou c'est moi qui vous donne ce genre d'idée ? s'enquit-il en montant les marches.

Elle ne daigna pas lui répondre.

— J'ai gagné ! À vous de payer. Tout de suite ! ordonna-t-elle en claquant des doigts.

Il dénoua sa cravate en souriant et l'agita à bout de bras.

— Venez la chercher.

— Posez-la, je la ramasserai plus tard.

— Comme il vous plaira.

La petite futée savait exactement ce qu'elle voulait, mais lui aussi.

— Que faites-vous ? demanda-t-elle en le voyant se pencher pour détacher son poignard.

— Je vous paie ce que je vous dois. Vous avez gagné de trois points. La cravate en vaut un, mon poignard un deuxième, et son fourreau un troisième.

— Le poignard ne compte pas, vous le savez parfaitement. Ce n'est ni un vêtement ni un accessoire ! protesta-t-elle.

— Pour moi, si. Il ne me quitte jamais.

— C'est une arme, et les armes ne comptent pas. Vous l'avez dit vous-même !

— Je ne m'en suis encore jamais servi, plaida-t-il posément.

Allons, ma douce, viens me montrer de quel bois tu te chauffes !

— Cela n'a rien à voir !

Sans répondre, il posa le poignard et son étui au bord de l'estrade, sur sa cravate.

— Je n'ai jamais vu une telle mauvaise foi ! protesta-t-elle en sautant sur ses pieds. Vous n'êtes qu'un tricheur ! Enlevez votre caleçon immédiatement !

— Non.

— Comment, non ? Mais vous n'avez pas le choix. Ce sont les règles ! s'exclama-t-elle, ébahie.

— Je ne les interprète pas comme vous, tout simplement ! Maintenant, soyez gentille. Retournez vous asseoir et battez les cartes, ajouta-t-il, l'air protecteur, en descendant de l'estrade.

— Certainement pas ! s'écria-t-elle, rouge de colère. J'ai gagné honnêtement, vous le savez bien. Alors, enlevez immédiatement ce caleçon !

Sans un mot, il la rejoignit et se vint se planter devant elle.

— Prenez-le !

9

Si un jour vous ne voulez pas partager la couche de votre amant, dites-le-lui tout de suite, même si cela doit le mettre de mauvaise humeur pour le reste de la soirée.

Mémoires d'une maîtresse, anonyme

Comment osait-il, après lui avoir fait tous ces grands discours sur les règles du jeu ?

— Enlevez ce caleçon ! ordonna-t-elle de nouveau.

— Venez le prendre, répéta-t-il posément.

Une fureur noire s'empara de Cristabel. C'étaient bien les hommes ! Ils s'imaginaient avoir tous les droits, trichaient sans vergogne et croyaient pouvoir s'en tirer impunément.

— Eh bien, c'est ce que je vais faire ! s'exclama-t-elle en saisissant le haut de son caleçon.

Elle commençait à défaire le premier bouton lorsque le tissu se mit à gonfler sous sa main. Comprenant dans quel piège elle était tombée, elle lâcha précipitamment le vêtement. Mais Gavin retint sa main et la posa sur son caleçon à demi ouvert… et sur son sexe insolemment dressé.

— Continuez, suggéra-t-il d'une voix rauque. Vous voulez votre récompense, n'est-ce pas ?

Elle leva les yeux vers lui et n'eut que le temps de lire sur le visage de Gavin le désir brûlant qui le dévorait, avant que sa bouche ne s'empare de la sienne.

Quand elle vit le danger, il était trop tard. Encore une fois, son impulsivité l'avait mise dans une situation impossible. Et il en profitait, introduisant délicieusement sa langue dans la bouche de la jeune femme, lui faisant oublier les raisons qu'elle avait de lui résister.

Et voilà qu'il guidait la main de Cristabel à l'intérieur de son caleçon, sur son membre durci...

Partagée entre la crainte et la curiosité, elle laissa ses doigts s'attarder sur le sexe palpitant, caressa cette chair virile.

Seigneur, elle était devenue folle. Et pourtant, il ne la forçait pas...

— Oui, comme ça, souffla-t-il avant de reprendre sa bouche.

Mais la retenue dont il avait fait preuve l'après-midi était bien loin. C'était un baiser ardent, impérieux, et ce fut en conquérant qu'il écarta la chemise de Cristabel et prit possession de son sein.

Il caressa le mamelon dressé, le titilla du bout du doigt, le pressa, tandis qu'une langue de feu ravageait le ventre de Cristabel.

— Byrne, par pitié...

Elle n'aurait su dire si elle le suppliait d'arrêter ou de continuer. Sans crier gare, il la souleva et la posa sur la table de jeu, l'obligeant à lâcher son sexe.

— Qu'est-ce que vous faites ? s'écria-t-elle en s'agrippant aux épaules de Gavin tandis que la table pliante vacillait.

— Vous ne voyez pas ?

Il ouvrit largement la chemise, découvrant complètement sa poitrine voluptueuse, et entreprit de sucer le bout de son sein.

La jeune femme se redressa comme pour le repousser, mais, avec un profond gémissement, elle pressa contre elle la tête de Byrne.

Il ne se fit pas prier pour titiller de plus belle le téton des dents et de la langue, tandis que Cristabel soupirait, geignait, suppliait. Jamais elle n'avait éprouvé un plaisir aussi intense avec son mari. Quelle femme était-elle donc, pour ne goûter que les caresses d'un joueur immoral et débauché ?

— Vous... vous êtes un démon, fit-elle, haletante.

— J'essaie de l'être, en tout cas, répondit-il en cherchant la pointe de son autre sein, qu'il roula entre le pouce et l'index, dans une caresse qui n'avait d'autre but que de la rendre folle. Vous aimez ça ?

— Oui ! Oh, oui !

Mais quand il abandonna ses seins pour enlever complètement la chemise de Cristabel, elle se reprit et l'en empêcha avec détermination.

— Ce n'est pas moi qui dois être nue, c'est vous ! Tricheur !

— Vous tenez vraiment à votre victoire ? fit-il d'un ton de défi, en enlevant enfin son caleçon. Voilà, vous avez votre trophée ! Je suis nu comme au jour de ma naissance.

Pas tout à fait comme au jour de sa naissance. Le mât orgueilleux qu'elle contemplait, la gorge sèche, n'avait rien d'enfantin. Le seul homme qu'elle eût jamais vu nu était Philip, et il ne pouvait se comparer à Byrne. Le sexe de son mari était long, mince, facile à dompter. Celui de Gavin se dressait fièrement, aussi arrogant et indomptable que son propriétaire.

Lequel propriétaire avait entrepris de lui enlever sa chemise.

— Arrêtez ! protesta-t-elle. Je ne veux pas.

Il la fit taire d'un long baiser affolant, un de ces baisers brûlants dont elle ne pouvait déjà plus se passer. Philip n'avait jamais été très doué pour les baisers, ni pour les caresses. Faire l'amour était pour lui un besoin physiologique qu'il convenait d'assouvir le plus rapidement possible, et il la laissait généralement vaguement insatisfaite et frustrée, sans qu'elle sache pourquoi exactement.

Mais si les caresses de Gavin provoquaient en elle le même besoin impérieux, elles commençaient aussi à le satisfaire. Ses mains, sa bouche, sa langue venaient apaiser sa chair enflammée ; ses doigts se faufilaient entre les cuisses qui s'ouvraient pour lui et trouvaient le bouton frémissant, siège de son désir ardent.

— Byrne ! cria-t-elle soudain, tandis qu'il caressait son intimité. Je pense que…

— Vous pensez trop, ma douce !

Elle frémit tout entière sous les caresses de ses doigts experts, répondant sans pudeur aucune à chacun de ses mouvements.

— Vous avez utilisé cette réplique combien de fois ?

— Vous avez vu mes maîtresses. Vous croyez qu'elles ont besoin de persuasion pour s'abandonner ? demanda-t-il en glissant un doigt dans l'intimité de sa compagne, qui se cambra en gémissant.

— Mais… parvint-elle à articuler, luttant pour garder un semblant de lucidité.

— Vous faites tout à l'envers, poursuivit-il en jouant avec son sein, tandis que son autre main s'aventurait plus avant dans le sexe de la jeune femme. Quand il faudrait vous servir de votre intelligence acérée, aux cartes, par exemple, vous vous laissez dominer par vos émotions. Et si un homme veut vous faire l'amour, vous vous mettez à réfléchir alors que vous devriez vous abandonner.

Et en guise de conclusion, il couvrit son visage, ses cheveux, son cou, de baisers fous, qui avaient justement pour but de lui faire perdre ce qui lui restait de bon sens, tandis qu'elle combattait de son mieux le vertige qui la saisissait.

— Et voilà ! Vous recommencez à réfléchir ! Je le sens bien…

— Si je me laisse aller, vous me détruirez.

— Toujours les grands mots ! Est-ce que je vous fais mal ?

Et il pénétra un peu plus profondément en elle, lui arrachant un petit cri d'inquiétude, de satisfaction et de plaisir mêlés.

— Vous réfléchirez plus tard. Profitez de l'instant présent.

Mais si elle s'abandonnait maintenant, elle lui céderait complètement. Grands dieux, que lui avait-il donc fait ?

Pour le moment, il s'employait à étouffer ses dernières velléités de résistance. Ses baisers l'étourdissaient ; ses caresses enivrantes sur ses seins, sa gorge, dans le vallon entre ses cuisses lui faisaient perdre la tête. Chaque geste de Gavin éveillait un désir brûlant qui la consumait et l'entraînait dans un tourbillon insensé. Elle se cambrait sous ses doigts, s'agrippait à ses épaules, cherchant...

— Byrne ! Je vous supplie... Oh, oui, gémit-elle.

— C'est ce que vous voulez ? murmura-t-il d'une voix rauque, tandis que sa caresse se faisait frénétique. C'est ça ?

— Je veux... Je... balbutiait-elle lorsque, soudain, une vague furieuse l'emporta. Byrne ! Oh, Byrne ! cria-t-elle, sombrant dans ce vertige inconnu.

— Je suis là, ma douce.

Sa main s'était faite légère, apaisante, et la ramenait doucement des rives où elle s'était perdue.

— Je suis là, mon cœur, répéta-t-il quand les ondes de plaisir firent place à une douce satisfaction.

Pendant un moment, Cristabel se demanda ce qui s'était passé, comment il avait pu...

— Vous recommencez à réfléchir, chuchota-t-il en lui mordillant doucement le lobe de l'oreille.

— Mais non. Que s'est-il passé ?

— Vous ne le savez pas ?

— Je devrais ?

— Haversham aurait dû vous l'apprendre. Mais je ne suis pas surpris qu'il ne l'ait jamais fait.

Son dédain était évident, et elle se crut obligée de défendre la mémoire de son époux.

— Il n'avait pas votre expérience de la débauche. C'était un homme respectable...

— Trop égoïste pour satisfaire sa femme ! Sauf si ce que nous venons de faire vous a déplu, ne lui cherchez pas d'excuses pour vous l'avoir refusé.

— Peut-être qu'il... qu'il ne savait pas comment faire, suggéra-t-elle en rougissant.

— Il n'avait qu'à apprendre ! Croyez-moi, poursuivit-il en lui caressant la cuisse, c'est le moins qu'un homme, amant ou mari, puisse faire pour sa compagne, même si la plupart ne le font pas.

Elle comprenait à présent pourquoi toutes ces femmes mariées se disputaient le privilège de devenir sa maîtresse. C'était ce plaisir enivrant qu'elles recherchaient, ce plaisir que leurs époux ne voulaient ou ne pouvaient pas leur donner.

Il se pencha pour l'embrasser sur la joue, derrière l'oreille, dans le cou...

— Maintenant, je comprends pourquoi vous ne vouliez pas partager mon lit. Vous ne saviez pas ce que vous perdiez.

— Ce n'était pas pour ça, murmura-t-elle sans réfléchir.

— Et pourquoi donc, alors ? chuchota-t-il en léchant doucement la veine qui battait à son cou.

Bien entendu, elle ne pouvait pas lui avouer qu'elle craignait, si elle partageait son lit, de se perdre à tout jamais.

Tout en couvrant de baisers fiévreux son cou et ses cheveux, il se rapprochait dangereusement. Son sexe effleurait maintenant son entrejambe. La panique la saisit. En le laissant lui révéler le plaisir, elle lui avait donné prise sur elle. Lui n'avait pas encore joui et, maintenant, il allait vouloir chercher la jouissance dans son lit.

Elle glissa la main entre eux deux et la referma sur son sexe chaud et dur.

— C'est bon, soupira-t-il.

La main de Cristabel glissa le long du membre rigide, montant et descendant de plus en plus vite, et il la remercia d'une longue plainte. Un jour, elle avait surpris son mari en train de se satisfaire de cette façon. Elle parviendrait bien à faire atteindre l'extase à Byrne de cette façon.

— Ça suffit, gémit-il en arrêtant sa main. C'est en vous que je veux jouir.

— Mais j'ai envie de vous caresser, comme vous l'avez fait pour moi. Philip ne me laissait jamais le toucher comme ça.

Même si c'était vrai, elle avait un peu honte de l'avouer. Mais si cela pouvait empêcher Byrne de la prendre là, dans son petit salon, comme il le faisait sans doute avec ses maîtresses dépravées...

— Si vous y tenez. Après tout, nous avons la nuit devant nous.

— Vous ne devez pas aller à votre club ?

— S'ils ont besoin de moi, ils viendront me chercher. Avec un peu de chance, ils ne viendront pas.

Il se pencha et suça doucement la pointe de son sein. Immédiatement, le sang de Cristabel s'enflamma dans ses veines, et la fleur insatiable tressauta entre ses jambes, prête à s'abîmer de nouveau dans le plus voluptueux, le plus ardent des brasiers. Oh, non, il ne fallait pas le laisser l'exciter encore !

Elle accéléra le rythme de ses caresses, en espérant qu'elle s'y prenait comme il fallait. La réaction de Gavin la rassura. Avec une plainte rauque, il poussa son sexe en avant, allant et venant frénétiquement entre les doigts de sa compagne. Comme sa chair était douce ! Une tige d'acier dans un fourreau de velours...

— Oui, oui... Comme ça !

Pour la première fois de sa vie, elle comprenait ce qu'il éprouvait. Et elle était fière de penser que c'était elle qui lui procurait une telle volupté. Finalement, elle était peut-être capable de satisfaire un homme.

— Cela vous plaît ? C'est ce que vous voulez ? demanda-t-elle fiévreusement.

— Vous le savez bien ! souffla-t-il, la tête renversée en arrière, les veines de son cou gonflées comme celles d'un taureau.

Il prit derrière elle la culotte qu'elle avait jetée sur une chaise et en enveloppa son sexe et la main de sa partenaire.

Quelques secondes plus tard, avec un grand cri de délivrance, il laissait sa semence chaude et laiteuse s'écouler sur le linge blanc.

Saisie d'un étonnement craintif, elle considéra son visage congestionné, son souffle rauque et précipité. Ainsi, même Byrne le calculateur pouvait perdre le contrôle de lui-même, comme tout un chacun.

Peut-être était-il moins froid qu'il ne le paraissait. Peut-être était-il capable de sentiments véritables, après tout.

Allons, il fallait cesser de rêver. Bien entendu, il aimait faire l'amour avec passion – c'était même tout ce qui l'intéressait, il ne s'en cachait pas. Mais son intérêt pour sa partenaire s'arrêtait au sortir de la chambre à coucher.

— Eh bien, soupira-t-il enfin, pour une femme qui ignore tout du plaisir des sens, je vous trouve naturellement douée pour en donner !

— C'est vrai ? demanda-t-elle, dissimulant de son mieux sa joie et sa fierté.

— Je vous assure que oui ! affirma-t-il en essuyant gentiment la main de sa compagne. Il est temps de passer dans votre chambre, maintenant. Nous y serons plus à l'aise, souffla-t-il en effleurant de ses lèvres celles de Cristabel.

Une petite explication se révélait indispensable, et elle n'allait pas lui plaire du tout.

— C'est-à-dire que… je suis un peu fatiguée… Et puis, vous devez aller à votre club…

— Ce n'est pas la peine, je vous l'ai déjà dit, lui rappela-t-il en lui mordillant l'oreille. Et si vous êtes fatiguée, nous dormirons un peu. C'est très agréable aussi, l'amour le matin.

— C'est impossible. Je… je ne peux pas, balbutia-t-elle en évitant son regard.

— Comment cela, vous ne pouvez pas ? Dites plutôt que vous ne voulez pas !

Silencieusement, elle fit signe que oui.

Il lui prit le menton et l'obligea à le regarder en face.

— Vous n'en avez jamais eu l'intention, n'est-ce pas ? siffla-t-il, son regard azur maintenant aussi froid qu'un lac de montagne. C'est pour cela que vous teniez tant à m'astiquer le jonc !

— Pardon ?

— Vous êtes une allumeuse ! Cela vous amuse d'aguicher les hommes pour les rejeter ensuite sans les satisfaire !

— C'est faux ! Je vous ai satisfait !

— Oui, d'une certaine façon. Mais pas comme je le voulais.

— Byrne, je vous en prie, comprenez-moi !

— Justement, non ! Je ne vous comprends pas ! De quoi avez-vous peur ? De prendre du plaisir comme tout le monde, et en particulier comme mes amies que vous méprisez tant ?

Elle aurait voulu lui expliquer qu'elle craignait, si elle s'abandonnait, de perdre toute maîtrise d'elle-même, mais elle n'osa pas. Elle décida de lui dire la vérité, mais en partie seulement. En espérant qu'il pourrait la comprendre.

— Je ne suis pas comme vos maîtresses habituelles, vous savez. Je ne sais pas partager. Je ne pourrai pas vous ouvrir mon lit un soir, et tranquillement regarder de l'autre côté pendant que vous partagerez celui d'une autre femme la nuit suivante. Or vous êtes incapable de fidélité, conclut-elle en resserrant les pans de sa chemise sur sa poitrine.

Il la regarda en silence un long moment, avant de lui demander :

— Alors, c'est le mariage que vous voulez ?

Dans sa bouche, le mot sonnait comme une obscénité.

— Je ne confierai jamais plus mon sort à un homme qui, un jour ou l'autre, finira par…

— Par vous trahir ?

Elle opina sans un mot.

— Moi, je vous offre la solution idéale, objecta-t-il en lui caressant doucement la cuisse. Nous pourrons jouir ensemble sans craindre de nous détruire, comme c'est souvent le cas entre époux. Et quand nous serons fatigués l'un de l'autre...

Si Satan était un séducteur, Gavin avait dû prendre des leçons auprès de lui.

— Et si l'un de nous se fatigue avant l'autre ? Si je venais à vous aimer et que vous me traitiez comme vous le faites habituellement de vos maîtresses, je ne sais pas de quoi je serais capable. Comme je vous l'ai dit, je n'entre pas dans le lit d'un homme à la légère.

— Et vous comptez rester seule jusqu'à la fin de vos jours ? Vous vous contenterez de la compagnie de votre vieux père ?

Il avait omis le plus important. Les enfants. Comme elle ne pouvait probablement pas en avoir, il y avait peu de chances qu'elle trouve à se remarier. En général, ce que les hommes recherchaient dans le mariage, c'était une femme qui leur donne des héritiers.

Avec un soupir, elle le repoussa et sauta à bas de la table.

— Je n'y ai pas réfléchi.

— Ça ne m'étonne pas.

Il posa les mains sur la table, l'emprisonnant entre ses bras, et se pencha pour effleurer son oreille de ses lèvres.

— Jusqu'à ce soir, vous ignoriez ce qu'était le plaisir, chuchota-t-il d'une voix à rendre folle la femme la plus pondérée.

— Raison de plus pour que je sois prudente ! Et puis, vous ne voudriez pas d'une maîtresse jalouse, qui désirerait vous garder pour elle seule ! Voilà le genre de maîtresse que je ferais. J'ai amené mon mari à boire et à jouer, où pourrais-je conduire un débauché comme vous ? Au meurtre ?

— Ce n'est pas vous qui avez amené cet idiot de Haversham à jouer et à boire ! s'exclama-t-il, irrité. Dès que je l'ai vu, j'ai reconnu un de ces imbéciles qui vendraient père et mère pour le plaisir du jeu. Vous n'êtes pour rien dans ses vices.

— Si je l'avais rendu heureux...

— Vous êtes-vous jamais refusée à lui ?

— Non, mais...

— Vous vous occupiez de lui ? Vous le nourrissiez ?

— Bien sûr !

— Est-ce que vous le harceliez pour savoir où il allait et ce qu'il faisait ?

— Non. Pas au début, en tout cas. À vrai dire, je ne tenais pas du tout à aller jouer les marquises dans la haute société. Je n'aurais pas su comment me comporter.

— Et bien entendu, il a cherché quelqu'un qui pourrait vous servir de mentor ? Il a fait tout son possible pour vous aider à être à l'aise en société ?

— Pas exactement, mais...

— C'est bien ce que je disais ! C'était un égoïste, et un imbécile par-dessus le marché ! Dites-moi, quand vous l'avez rencontré, est-ce qu'il jouait déjà ?

— Modérément.

— Comment le savez-vous ? Est-ce qu'il lui arrivait de ne pas venir alors que vous l'attendiez ? Est-ce que c'était toujours lui qui proposait de jouer aux cartes après un dîner ? Est-ce que sa solde s'évaporait mystérieusement ?

— Ça suffit !

Elle se dégagea pour échapper à ce regard perçant et à ces questions impitoyables. C'était le vivant portrait de Philip qu'il lui brossait.

— Comment osez-vous parler d'égoïsme alors que vous n'avez pas la moindre considération pour les sentiments des femmes dont vous faites vos maîtresses ?

— Mes maîtresses ne s'intéressent pas plus à mes sentiments que je ne m'intéresse aux leurs. Elles attendent de moi ce que je désire d'elles : le plaisir, rien de plus ! lança-t-il.

— Vous en êtes certain ? Dans ce cas, pourquoi lady Jenner était-elle prête à m'arracher les yeux ?

Il se raidit.

— Une simple question d'orgueil, voilà tout.

— Admettons. Mais même si vous avez raison, nous en revenons toujours au même point : je ne suis pas comme vos maîtresses habituelles.

— Très bien. Nous éviterons à l'avenir de jouer à l'effeuillé.

— Et vous n'essaierez plus de me séduire.

— Malheureusement, ma chère, je ne peux pas m'en empêcher. C'est dans mon tempérament !

— Vous feriez aussi bien de rentrer chez vous. Tenez, ajouta-t-elle en lui tendant son caleçon.

— Il est à vous, vous l'avez gagné ! jeta-t-il avec un regard glacial, en se dirigeant vers la porte.

— Attendez que je demande votre manteau ! s'écria-t-elle, affolée.

— Après cette soirée, votre réputation sera sérieusement compromise, de toute façon. Puisque cela semble vous être indifférent, pourquoi vous préoccuper des commentaires de deux ou trois malheureux domestiques qui m'auront vu sortir nu de votre salon ?

— Cela m'ennuie, voilà tout.

Il hésita, la main sur le bouton de la porte, puis entrouvrit le battant.

— Apportez-moi mon manteau, je vous prie !

Une certaine agitation se fit dans le hall, un pas pressé s'approcha, et Gavin tendit la main par l'entrebâillement de la porte.

— Votre valet de pied boite. C'est encore un soldat invalide ? grommela-t-il en enfilant son manteau.

— Oui. Il a perdu un pied.

— J'aurais dû m'en douter. Il n'y a que vous pour engager un valet de pied unijambiste ! Bon, je vous laisse. À demain matin.

— Demain matin ?

— Mme Watts vient pour les essayages, vous vous souvenez ? Ensuite, nous jouerons au whist – une partie tout à fait respectable, rassurez-vous. Le soir, nous irons au théâtre, pour qu'on nous voie ensemble en société. À moins que cette occupation ne vous paraisse trop compromettante.

— Non, c'est parfait. J'adore le théâtre.

— Évidemment ! Le drame, c'est votre élément, commenta-t-il sèchement, avec cependant une pointe d'humour dans la voix, comme s'il admettait que lui aussi avait pris leur différend un peu trop à cœur.

— Alors, nous sommes d'accord ? Vous n'essaierez plus de me séduire ?

— Nous ne serons jamais d'accord là-dessus. Mais je n'ai pas l'habitude de mettre de force les femmes dans mon lit. Je préfère attendre qu'elles y entrent de leur plein gré. Parce que ce jour finit toujours par arriver !

Il la quitta sur cette bravade.

Ce n'est qu'en entendant s'éloigner son cabriolet que Cristabel respira librement. Elle rassembla les vêtements éparpillés dans la pièce, mêlant les siens à ceux de Gavin, en espérant que les domestiques ne la verraient pas monter.

Lorsqu'elle ramassa son gilet, elle huma ce parfum aux notes musquées de cuir et de vétiver qui la troublait tant. Elle posa la joue contre la soie brochée, et les larmes lui montèrent aux yeux. Depuis combien de temps n'avait-elle pas ramassé les vêtements abandonnés par un homme ? Avant que Philip hérite de son titre et qu'ils aient des domestiques parfaitement stylés, c'était toujours elle qui rangeait ses affaires. Mais généralement, quand il rentrait tard le soir, les habits de son époux sentaient l'alcool et le tabac. Ceux de Byrne sentaient l'homme.

Elle avait bien fait de refuser sa proposition. C'était une question de simple bon sens. Même si, au fond d'elle-même, elle ne demandait qu'à goûter aux délices de sa couche, elle aurait certainement fini par s'en repentir.

Mais alors, pourquoi donc avait-elle le sentiment d'avoir commis la plus grave erreur de sa vie ?

Il ne fallut pas longtemps à Gavin pour regretter le caleçon que Cristabel lui avait proposé. En ce début d'automne, les nuits étaient fraîches et plutôt humides. Le brouillard qui s'était abattu sur Londres s'insinuait sous son manteau et le transperçait jusqu'aux os. Dire qu'il aurait pu finir la soirée bien au chaud dans le lit de la jeune marquise, à lui faire l'amour lentement, doucement...

Il étouffa un juron en sentant son sexe s'émouvoir à cette idée. Cette diablesse allait le rendre fou. Quelle étrange situation ! Une femme qu'il désirait et qui, visiblement, le désirait aussi se refusait à lui. Et tant que Cristabel se refuserait à lui, aucune autre n'aurait le moindre attrait à ses yeux.

Mais il allait y mettre bon ordre. Elle serait sienne, et l'attente rendrait le moment de leur union encore plus délicieux. Il savait apprécier un plaisir différé. À condition que ce ne soit pas trop long.

Mais cette soirée n'avait pas été inutile. Cela lui avait permis de mieux la cerner, et il savait maintenant que sa tactique était la bonne. Lorsqu'il l'aurait séduite, elle ne saurait rien lui refuser, et elle lui révélerait la vérité sur ce mystérieux « objet » auquel elle et Prinny tenaient tant.

Bien entendu, il y avait des risques. Le premier, c'était qu'elle se retrouve enceinte. Il avait toujours compté sur les maris de ses maîtresses pour endosser les enfants qui pourraient naître de ses liaisons, malgré les précautions qu'il prenait. Heureusement, jusqu'à ce jour, cela n'était jamais arrivé. L'idée que son enfant porte le nom d'un autre lui déplaisait profondément.

Mais lady Haversham était veuve, il lui fallait donc prendre toutes les précautions possibles. Certaines femmes utilisaient des éponges... Il lui en parlerait, le moment venu. Elle n'avait certainement pas plus envie de donner naissance à un bâtard que lui d'en engendrer un.

Le second risque, c'était que la marquise devienne exactement le genre de maîtresse qu'elle avait décrit. Qu'elle se transforme en harpie capricieuse, jalouse et possessive. Elle serait bien capable de poursuivre avec un fusil toute femme qui aurait le malheur de lui faire des avances, songea-t-il en souriant.

Mais que ferait-il d'une femme transie d'amour pour lui, qui ramperait à ses pieds et boirait ses moindres paroles ?

Il aimait la vie qu'il menait. Il ferait d'elle sa maîtresse parce qu'il la désirait, mais il lui apprendrait à ne pas attendre de lui plus qu'il n'était prêt à lui donner. Après tout, même l'indomptable marquise de Haversham pouvait l'accepter tel qu'il était.

Mais si le prix à payer, c'était la flamme au fond de ses yeux, la passion qui animait son cœur, sa sincérité chaleureuse ?

Il fouetta ses chevaux. Dans son jeune temps, il s'était déjà comporté comme un imbécile avec Anna Bingham, et jamais plus il ne succomberait à ce genre de sensiblerie ridicule.

Arrivé devant sa maison, il abandonna les rênes à un valet, sauta à terre et avança en boitillant sur le gravier.

— Vous avez besoin d'aide, monsieur ? s'inquiéta le majordome en accourant à sa rencontre.

— Tout va bien ! affirma-t-il en secouant les petits cailloux coincés entre ses orteils.

Le domestique était trop stylé pour faire des commentaires.

— Un messager est arrivé de Bath, monsieur. Il attend votre réponse. Je venais d'envoyer un valet vous prévenir au club quand je vous ai vu rentrer.

Bath... L'estomac de Gavin se noua d'inquiétude.

Il gravit quatre à quatre les marches du perron. Les messagers de Bath n'apportaient jamais de bonnes nouvelles. Il prit l'enveloppe cachetée et l'ouvrit fébrilement.

Il parcourut la missive et se détendit quelque peu. Ce n'était pas aussi grave qu'il l'avait craint.

— Jenkins, dès que le valet reviendra, demandez-lui de préparer ma voiture. Je pars dans une heure. En attendant, apportez-moi de l'encre et du papier, j'ai une ou deux lettres à écrire avant mon départ.

— Tout de suite, monsieur, dit le majordome.

Il fallait remettre à plus tard la soirée au théâtre avec Cristabel. Il lui rapporterait un présent de Bath pour se faire pardonner.

Il ne serait pas absent longtemps. La situation ne semblait pas trop inquiétante. Il arriverait au matin, s'assurerait avec le médecin que tout allait bien, passerait la nuit là-bas et rentrerait le lendemain.

Il ne perdrait qu'un jour ou deux, ce n'était pas dramatique pour la préparation du tournoi. Et puis, cela présentait l'avantage de se faire désirer. La marquise serait peut-être mieux disposée à son égard s'il lui laissait croire qu'il n'avait pas véritablement envie de l'aider.

Il songea soudain que Rosevine, le domaine des Haversham, était sur la route de Bath. Il pourrait s'y arrêter sur le chemin du retour. Quelques pièces, des villageois bavards, il n'en fallait peut-être pas plus pour obtenir en quelques minutes les renseignements qu'il mettrait des jours à arracher à la jolie marquise. Et le valet qui avait aidé Haversham à forcer le coffret pouvait parfaitement être resté au service du nouveau maître des lieux.

Il ne devait négliger aucune piste pour arriver à ses fins. Cristabel ne l'avait peut-être pas compris, mais il était bien décidé à découvrir la vérité. À n'importe quel prix.

10

Si c'est la fidélité que vous cherchez, achetez-vous un chien. Aucune maîtresse ne l'obtient jamais d'un amant.

Mémoires d'une maîtresse, anonyme

Cristabel se réveilla seule dans son lit après une nuit peuplée de rêves érotiques. Byrne y tenait le rôle principal, avec ses baisers enivrants et ses caresses diaboliques.

Comment allait-elle faire pendant les jours à venir ? Et surtout, pendant une semaine entière chez lord Stokely, où ils devraient se comporter comme des amants ? Byrne chercherait certainement à profiter de la situation pour l'embrasser et la caresser à sa guise, et pour éveiller son désir comme il savait si bien le faire.

Seigneur, que lui avait-il fait ? Quel philtre magique lui avait-il administré pour enflammer son corps de cette façon ? Jamais jusqu'à ce jour elle n'avait songé à se caresser intimement, mais la veille, avant de s'endormir, elle avait tenté de retrouver les sensations affolantes que Gavin lui avait procurées.

Et cela lui avait plu. Pourtant, les femmes convenables n'étaient pas censées goûter de tels plaisirs. Elle savait depuis longtemps qu'elle n'était pas comme les autres femmes, mais elle ne s'était jamais doutée qu'elle était une traînée. Jusqu'à ce qu'elle rencontre Byrne...

Avec un profond soupir, elle appuya sa joue brûlante sur l'oreiller. Et si elle laissait leur relation suivre son cours, sans essayer d'empêcher ce qu'ils désiraient tous les deux ? Après tout, ce qui comptait, c'était de retrouver les lettres, et ce serait sans doute plus facile si elle n'était pas obligée de passer son temps à l'éloigner.

Et voilà ! C'était exactement ce qu'il cherchait. Elle ne demandait qu'à baisser sa garde. Un pas de plus, et elle lui donnerait tous les détails sur la mission que Son Altesse avait confiée à son père et lui raconterait ce qui était arrivé en ce jour fatal, vingt-deux ans plus tôt.

À aucun prix elle ne devait céder au charme de cet ange du péché. C'était trop dangereux. Elle allait établir des règles claires et les faire respecter. Aucun contact physique si ce n'était pas indispensable. Pendant leurs leçons de whist, la porte resterait toujours ouverte. Et il devrait cesser ses entreprises de séduction.

Un tapotement discret la tira de ses pensées. Rosa poussa la porte et pénétra dans la chambre en s'écriant d'une voix joyeuse :

— Bonjour ! Comment allez-vous ce matin ? Cela ne peut pas vous faire de mal de dormir tard de temps en temps !

Cristabel se redressa dans son lit, subitement alarmée.

— Quelle heure est-il ?

— Près de midi ! Il fait un temps superbe, et...

— Il sera là d'un moment à l'autre, avec la couturière ! Il faut que je m'habille ! s'exclama-t-elle en sautant du lit.

Elle ne voulait surtout pas qu'il se rende compte qu'elle avait mal dormi. Il aurait tout de suite deviné pourquoi, et de quoi elle avait rêvé.

— Si vous parlez de M. Byrne, un message de lui est arrivé tôt ce matin.

En bonne place sur le plateau du petit déjeuner, entre le pot de lait et les toasts, trônait une enveloppe cachetée qu'elle se hâta d'ouvrir, pleine d'appréhension.

Fidèle à lui-même, Byrne allait droit au but.

Ma chère Cristabel,

Je vous prie de m'excuser, mais une affaire urgente m'appelle à Bath, et je ne pourrai pas vous accompagner au théâtre ce soir. Je ne sais pas encore combien de temps durera mon absence, mais je passerai vous voir dès mon retour. En attendant, je vous suggère de lire les livres sur le whist que je joins à cette lettre et de travailler vos réussites.

Cordialement,

Byrne

Elle froissa la lettre en boule et la jeta rageusement. Ils avaient passé un marché, il devait la préparer à ce tournoi, et voilà qu'il filait à Bath sans se préoccuper de leurs leçons !

— Rosa ! Il y avait des livres avec cette lettre ! Où sont-ils ?

— Le valet de pied les a rangés. Alors, que dit votre M. Byrne ? s'enquit-elle en commençant à ranger les vêtements que sa maîtresse avait abandonnés sur une chaise.

— Il a dû partir à Bath pour affaires, et il ne sait pas quand il rentrera.

— Il ne sera pas long, soyez tranquille. Surtout s'il a oublié ceci ! s'exclama la femme de chambre en brandissant le caleçon de Gavin. Voulez-vous que je le donne à laver ? Comme ça, il le retrouvera à sa prochaine visite.

— Tu peux le brûler si ça te chante, répliqua la marquise en rougissant. Je l'ai gagné aux cartes hier soir.

— Vous avez gagné contre un joueur professionnel ?

— Pour le bien que ça m'a fait ! Qu'est-ce qui t'amuse tant ? lança-t-elle d'un ton irrité à sa camériste, qui arborait un large sourire.

— Rien du tout... Mais cela ne vous étonne pas d'avoir gagné aussi facilement contre lui ? Quelque chose a dû le distraire, suggéra-t-elle en pliant soigneusement le gilet.

Effectivement, Byrne s'était montré distrait. Il ne pensait qu'à lui enlever ses vêtements et à entrer dans son lit. Et comme il n'était pas arrivé à ses fins, il avait préféré partir, alors que le tournoi de lord Stokely avait lieu dans moins de quinze jours.

Mais était-il vraiment parti parce qu'elle l'avait repoussé ? Était-il à ce point esclave de ses désirs qu'un refus suffisait à le mettre hors de lui ?

De la part d'un homme qui perdait rarement le contrôle de lui-même, c'était étonnant.

— Vous voulez vous habiller maintenant ?

— Bien entendu.

Même en l'absence de Gavin, elle devait suivre le programme qu'il avait établi pour elle, et cela commençait par la couturière.

Tandis que Rosa lui passait une de ses affreuses robes de deuil, Cristabel ne put s'empêcher de penser à Byrne et à ce départ précipité pour Bath. Quelle affaire urgente avait pu l'appeler dans la ville d'eaux ? Jamais elle n'avait entendu dire qu'il possédait un club là-bas. Et s'il ne s'agissait pas de jeu...

Cela ne pouvait concerner qu'une femme.

Elle pâlit. Il pouvait parfaitement avoir une maîtresse cachée qui, elle, ne ferait pas de manières pour satisfaire les besoins qu'elle avait laissés inassouvis.

Et quand bien même ? Il ne lui devait rien, après tout. Elle ne pouvait pas exiger de lui qu'il ne fréquente pas d'autres femmes. Il n'avait pas protesté lorsque lady Jenner l'avait accusé d'infidélité chronique. Et sous prétexte qu'il l'avait embrassée et caressée intimement, elle s'imaginait qu'il avait changé du tout au tout ? Elle rêvait !

C'était pour cette raison justement qu'elle avait refusé de lui céder. Elle ne savait que trop bien ce qu'il ferait de son pauvre petit cœur.

Mais non, le cœur n'avait rien à voir là-dedans. C'était sa fierté qui était blessée. Il jetait leur accord par-dessus les moulins pour courir à Bath, en la laissant potasser des livres et faire des réussites ! Quand il rentrerait, elle lui dirait sa façon de penser, et elle ne mâcherait pas ses mots.

— *Señora*, la couturière est arrivée.

— Je descends tout de suite.

Tandis que sa femme de chambre tentait de donner un aspect à peu près correct à sa coiffure, Cristabel fit de son mieux pour se calmer. L'absence de Byrne n'avait pas que des inconvénients. Au moins, elle pourrait faire ses essayages tranquillement, sans être troublée par ses regards impudiques.

Rien qu'à cette idée, ses jambes se dérobaient sous elle, et son cœur battait la chamade. Voilà ce qu'il avait fait d'elle, en moins de deux jours : une petite dinde qui avait des vapeurs et défaillait au moindre sourire. Jamais Philip n'avait eu un tel effet sur elle.

— Voilà ! Pour la couturière, c'est bien suffisant, déclara Rosa devant le précaire échafaudage qu'elle avait réussi à fixer sur la tête de sa maîtresse.

— Ça ira. Et ne viens pas mettre ton grain de sel, elle n'aime pas avoir les femmes de chambre de ses clientes dans les jambes.

Mme Watts avait amené une cousette, une jolie fille aux boucles soyeuses, presque une adolescente, qui plongea dans une profonde révérence lorsque Cristabel fit son entrée. La jeune femme n'avait jamais pu s'habituer aux marques de respect qu'on lui témoignait depuis qu'elle était devenue lady Haversham. Elle ne se faisait pas l'effet d'une vraie marquise. Au fond d'elle-même, elle était restée une simple fille de général, qui s'était montrée indigne de la confiance de son père et ne méritait certainement pas qu'on s'incline devant elle.

— Milady, j'ai apporté la robe que M. Byrne voulait pour ce soir. Est-ce que vous en avez encore besoin, maintenant qu'il a dû s'absenter ?

Si la couturière parlait de la robe noire qu'elle devait retoucher, c'était pour la journée qu'elle était censée être prête. Enfin, maintenant que Gavin était parti, cela n'avait plus d'importance.

— Non, je n'en aurai pas besoin ce soir.

— Sinon, nous pouvons faire les retouches et la terminer ici. C'est pour cela que j'ai amené Lydia. Elle travaille très rapidement.

Ce prénom rappelait quelque chose à la jeune femme, mais quoi ? Elle n'aurait su le dire.

— Ce n'est pas la peine. Je ne sors pas ce soir.

— Comme vous voudrez, dit respectueusement Mme Watts. Nous ferons donc juste les essayages. Lydia, s'il te plaît, montre la robe du soir à lady Haversham.

La jeune fille s'effaça, et Cristabel découvrit la plus belle robe qu'elle eût jamais vue.

— Mon Dieu !

— Cela ne plaît pas à milady ? s'inquiéta la couturière.

— Non... Je veux dire, si. Elle est superbe. Tout simplement superbe.

— Je pense que M. Byrne sera satisfait, alors, commenta Mme Watts avec un sourire ravi. Il tenait beaucoup à ce qu'elle soit prête pour ce soir.

Il la voulait pour leur sortie au théâtre !

La marquise se sentit fondre. Cela avait dû lui coûter une somme exorbitante, mais il s'était arrangé pour qu'elle puisse porter cette robe pour leur première sortie, puisqu'elle lui faisait tellement envie.

Ses yeux s'embuèrent. Chaque fois qu'elle lui en voulait, il la désarmait par un geste délicat.

— Désirez-vous l'essayer ?

— Certainement ! s'écria-t-elle, sans tenter de dissimuler son enthousiasme.

Quand elle eut passé la robe et qu'elle se tourna vers le miroir, ses yeux s'écarquillèrent.

Elle n'avait jamais prêté beaucoup d'attention à ses toilettes, mais elle n'avait jamais eu de vêtements qui l'embellissent à ce point. Le rose profond du satin donnait un éclat inconnu à son teint, tandis que la coupe dissimulait ses rondeurs superflues et mettait en valeur sa poitrine.

Elle s'empourpra. Même si la robe n'était ni plus ni moins décolletée que celles que portaient lady Draker et lady Iversley l'autre soir, elle se sentait nue. Elle n'était pas habituée à révéler ainsi « ses avantages », comme disait Byrne.

— Si vous la trouvez trop simple, je peux ajouter une garniture de roses autour du décolleté, suggéra Mme Watts, se méprenant sur son silence.

— Oh, non, elle est parfaite, murmura Cristabel.

Et surtout, elle lui allait parfaitement. Exactement comme Gavin l'avait prévu.

— Avec le sac à main et le ravissant petit chapeau assortis, ce sera… Ô mon Dieu ! Je les ai laissés dans la voiture ! À moins que je ne les aie oubliés…

— Voulez-vous que j'aille les chercher ? proposa Lydia.

— Non, non, je vais y aller moi-même. Je ne me souviens plus si je les ai pris. S'il le faut, j'enverrai un laquais les chercher.

Une fois sa patronne sortie, la jeune cousette s'enhardit et déclara :

— Cette robe vous va à ravir. M. Byrne sera subjugué.

Subjugué ? Surprise d'entendre ce mot recherché dans la bouche d'une cousette, Cristabel demanda :

— Vous le connaissez ?

— Oui, milady, dit la jeune fille en rougissant. C'est lui qui m'a obtenu cette place.

Il m'a raconté que Lydia l'avait quitté pour travailler dans une boutique de mode, le lendemain de notre partie. C'était la jeune fille dont avait parlé lady Jenner, la jolie petite Lydia à laquelle Gavin « avait l'air de s'intéresser de très près ».

— Je vois !

Son ton acerbe alarma la jeune fille.

— Est-ce que milady sait comment j'ai fait la connaissance de M. Byrne ?

— En jouant au whist, il me semble ? demanda sèchement Cristabel.

À présent, la cousette paraissait absolument paniquée.

— Je vous en prie, milady, ne me faites pas renvoyer ! Vous pouvez me demander tout ce que vous voudrez, mais ne dites pas à Mme Watts que j'aidais Jim à tricher aux cartes. Ne me dénoncez pas à la police, je vous en supplie !

— Pourquoi voulez-vous que je vous dénonce ?

— Vous êtes bien la maîtresse de M. Byrne ?

Cristabel se sentit rougir.

— Je ne vois pas le rapport, rétorqua-t-elle.

— Sa maîtresse précédente, lady Jenner, m'aurait fait renvoyer par pure méchanceté.

— Ça, je veux bien le croire, murmura la marquise. Mais je ne suis pas lady Jenner ! Pourtant, il y a quelque chose que je ne comprends pas. Mme Watts n'est pas au courant de ce que vous faisiez ? Pourtant, si c'est Byrne qui vous a placée chez elle...

— Il lui a dit que je venais de Bath, de son domaine, et que j'étais la fille d'un de ses fermiers.

— Byrne a un domaine près de Bath ? s'exclama Cristabel, ébahie.

— Ô mon Dieu, il m'avait demandé de ne pas le répéter, et à Mme Watts non plus, mais je pensais que vous le saviez, puisque vous êtes sa maîtresse ! s'exclama Lydia, au bord des larmes.

— Ne vous inquiétez pas, je ne le dirai à personne, assura Cristabel.

Ainsi, Gavin était vraiment parti pour affaires. Qui aurait pu deviner qu'il possédait des terres en dehors de Londres ? Elle avait entendu beaucoup de commérages à son sujet, mais jamais personne n'avait mentionné un domaine.

— Je ne connais pas M. Byrne depuis très longtemps. Je suppose que vous avez visité ce fameux domaine ?

— Oh, non, milady. Pourquoi voulez-vous que j'y sois allée ?

— Mais, parce que vous... Vous et lui, vous...

— Oh, non ! Je n'ai jamais été sa maîtresse. Remarquez, je n'aurais pas dit non, il a été si gentil avec moi, mais il ne m'a jamais rien demandé. Même pas la nuit où Jim m'a abandonnée avec lui.

— La nuit où votre ami et vous avez triché au whist lors d'une partie… particulière contre Byrne et lady Jenner ?

— Oui, admit la jeune fille, écarlate. Et quand cette affreuse sorcière… Excusez-moi, je ne devrais pas parler de lady Jenner comme ça.

— Il n'y a pas de mal. Je ne l'aime pas non plus.

— Elle a mis Jim dans son lit, et elle m'a laissée avec M. Byrne ! Mais c'est un véritable gentleman, et il ne m'a pas touchée, même si j'étais complètement nue. Il a tout de suite vu que je n'étais pas une catin ! lança-t-elle avec fierté. Enfin, M. Byrne m'a dit que si je voulais, il me trouverait un emploi convenable, et il a tenu parole. C'est comme ça que j'ai commencé à travailler pour Mme Watts.

— Je comprends.

Effectivement, elle comprenait beaucoup de choses, maintenant. Gavin affichait un cynisme à toute épreuve, mais au fond de lui, il cachait un cœur généreux.

La couturière revint enfin avec les accessoires oubliés, mais, tandis qu'elle essayait le « ravissant petit chapeau », Cristabel avait l'esprit ailleurs.

Il s'agissait d'un passe-temps pour la nuit. Quel menteur… Il avait beau poser au débauché, il n'avait pas tenté de forcer la jeune Lydia, ni Cristabel, à coucher avec lui.

Et il possédait un domaine à la campagne ! Bientôt, elle découvrirait qu'il était un bienfaiteur de sa paroisse.

Enfin, si Gavin avait ses petits secrets, c'était une raison supplémentaire de se méfier de lui. Et s'il avait accepté de l'aider à reprendre ces lettres, c'était parce qu'il espérait un titre de baron. Elle ne devait pas l'oublier.

Elle ne l'oublierait pas. Mais elle se souviendrait aussi qu'il n'était pas l'homme sans scrupule qu'il voulait à tout prix paraître.

Elle raccompagna Mme Watts en la félicitant chaleureusement pour les robes et les accessoires. Tandis que la couturière montait en voiture, Lydia trouva un prétexte pour courir après Cristabel.

— Merci encore de garder le secret, milady. M. Byrne a de la chance d'avoir une… une amie comme vous.

Dans le hall, Cristabel demanda au majordome les livres que Gavin lui avait fait envoyer.

— Je les ai rangés dans le bureau, milady. Je vous les apporte tout de suite. Vous voulez faire des réussites ?

Byrne avait raison. Ce n'était pas le whist, mais il s'agissait quand même d'un jeu de cartes. C'était mieux que rien.

Elle ne le décevrait pas. Quand il reviendrait, elle lui montrerait qu'il pouvait être fier d'elle, même chez lord Stokely.

11

J'ai toujours eu des domestiques aussi discrets que robustes car, parfois, seul un valet peut vous protéger d'un amant que vous souhaitez éviter.

Mémoires d'une maîtresse, anonyme

Au bout de deux jours sans Byrne, Cristabel commença à trouver le temps long. Elle avait lu les livres qu'il lui avait laissés et fait tant de réussites que les cartes dansaient devant ses yeux jusque dans son sommeil.

Et toujours pas de Byrne. Et s'il avait finalement décidé de passer toute la semaine à la campagne ? Ou s'il avait changé d'avis ?

Elle ruminait ces idées noires lorsqu'elle reçut une missive de lord Stokely.

Son pouls s'accéléra. Gavin avait réussi ! Elle était officiellement invitée au tournoi.

Malheureusement, il ne leur restait plus qu'une dizaine de jours, et elle était encore loin d'être une joueuse de whist confirmée. Elle en avait assez d'attendre. Elle devait à tout prix trouver Byrne, ou au moins lui faire parvenir un message.

Sans plus tergiverser, elle fit atteler, tout en se demandant comment elle allait pouvoir le joindre. Elle ignorait son adresse à Londres, et bien entendu celle de son domaine à la campagne.

Lord Draker aurait pu la renseigner, mais il était à la campagne, lui aussi. Lady Draker le lui avait expliqué quand ils avaient dîné ensemble. Et elle ignorait où habitaient les Iversley...

Enfin, il y avait toujours un endroit où tout le monde savait pouvoir trouver Gavin. Le cocher de Cristabel devait bien connaître *Le Cygne bleu*, car il l'y conduisit en un rien de temps.

Elle descendit de voiture, mais marqua une hésitation devant la demeure cossue brillamment éclairée. L'écho étouffé de voix et de rires purement masculins filtrait à travers une fenêtre entrouverte, et la lourde porte de chêne, avec son heurtoir de cuivre, semblait proclamer : « Pas de femmes ici ! »

— Voulez-vous que j'aille faire demander quelqu'un, milady ? proposa son valet de pied.

— Non, merci. Je vais parler au portier moi-même, répondit-elle en rassemblant tout son courage.

Elle n'eut pas à aller bien loin. Le gardien, un vieux domestique à l'allure toute militaire dans sa belle livrée bleue à boutons dorés, vint à sa rencontre au bas du perron.

— Je vous demande pardon, madame, mais cet établissement est exclusivement réservé aux messieurs. Si vous le souhaitez, je peux faire appeler la personne de votre choix et lui demander de venir vous retrouver à l'extérieur.

— Je cherche le maître des lieux, M. Byrne. Nous avions rendez-vous, mais il n'est pas venu et ne m'a pas fait prévenir, mentit-elle avec assurance. Peut-être savez-vous où il se trouve ?

— Et qui dois-je annoncer ? s'enquit le cerbère en la toisant d'un œil sévère.

Byrne était donc ici ? Et depuis quand ?

« Dites-lui que c'est sa nouvelle maîtresse », faillit-elle rétorquer, furieuse.

— Je préfère ne pas donner mon nom, lança-t-elle de son air le plus hautain. Dites-lui seulement qu'une excellente amie demande à le voir.

Le gardien était un homme d'expérience. Le ton impérieux, la tenue recherchée et l'élégante voiture de la visiteuse en imposaient.

— Lady Haversham ? chuchota-t-il, soudain radouci.

Elle acquiesça sans mot dire, surprise.

— Pardonnez-moi, milady. M. Byrne prend un peu de repos dans son bureau. Quand il est revenu de Bath, il m'a demandé de le réveiller à 19 heures, car il comptait vous rendre visite, expliqua-t-il, confus. Je n'ai pas vu le temps passer, j'en ai peur. Mais il ne m'avait pas dit que vous aviez rendez-vous. Je croyais...

— Ce n'est pas grave, coupa-t-elle, de plus en plus étonnée.

— Je suis vraiment désolé, milady, que mon erreur vous ait obligée à vous déplacer. Je vais aller le réveiller.

— Non, non, je vous en prie, laissez-le dormir, dit-elle précipitamment, ravie de pouvoir surprendre Gavin dans son antre. Introduisez-moi dans son bureau, j'attendrai son réveil. À moins que cela ne soit interdit, bien entendu.

— M. Byrne reçoit parfois des dames dans son bureau, admit le concierge après une légère hésitation. Je suis sûr qu'il ne verra aucun inconvénient à ce que je vous y conduise. Et si vous pouviez avoir l'amabilité de lui dire que je ne voulais pas lui faire manquer un rendez-vous...

— Je lui dirai que j'ai décidé de venir un peu plus tôt et que je vous ai demandé de ne pas le réveiller. Il n'a pas besoin de savoir à quel moment je suis arrivée, après tout, ajouta-t-elle avec un sourire indulgent.

— Oh, merci, milady, merci beaucoup ! s'écria le portier, visiblement soulagé. M. Byrne m'a toujours témoigné beaucoup de bonté, et je ne voudrais pas qu'il doute de mes compétences.

— Je ne vois pas pourquoi il en douterait. Vous vous acquittez parfaitement de votre tâche, il me semble.

— Merci, milady. Beaucoup de jeunes valets lorgnent ma place. Ils trouvent que je suis trop vieux pour ce poste, mais heureusement, M. Byrne apprécie les hommes d'expérience, ajouta-t-il avec fierté.

— Et il a bien raison, approuva-t-elle en lui souriant.

Apparemment, elle n'était pas la seule à protéger les vieux domestiques.

— Mon Dieu, je bavarde comme une commère, et je fais attendre milady ! Vous préférez certainement qu'on ne vous voie pas entrer. Demandez donc à votre cocher de tourner au coin de la rue et frappez à la porte verte. Je viendrai moi-même vous ouvrir.

— Merci. J'apprécie beaucoup votre obligeance.

Revenue dans sa voiture, Cristabel chercha une pièce de monnaie dans le petit sac à main assorti à sa nouvelle tenue. Il était minuscule. Beaucoup trop petit pour contenir un pistolet, en tout cas. Là aussi, Byrne avait dû donner ses instructions.

Avant que le concierge ne lui fasse prendre un couloir privé, Cristabel eut le temps d'apercevoir une enfilade de colonnes à la grecque, des tapis moelleux, des lustres de cristal taillé, des bustes de bronze patiné... La décoration était on ne peut plus luxueuse, tout en restant d'une grande sobriété. Gavin avait dû travailler avec acharnement pour faire de son club un endroit aussi raffiné, lui qui avait commencé comme garçon de courses pour des bookmakers.

— Encore une fois, milady, je vous prie d'excuser ma bévue, mais vous ne ressemblez pas aux amies habituelles de M. Byrne. Vous... vous êtes beaucoup mieux, balbutia-t-il.

— Vraiment ? Comme c'est étrange ! Merci encore, murmura-t-elle en serrant spontanément le bras du vieux portier.

Quand il les eut laissés seuls dans le bureau, elle s'approcha du divan où Gavin était allongé, en bras de chemise, le gilet déboutonné. Endormi, il paraissait très jeune, avec un air étrangement innocent, malgré la fatigue qui creusait ses traits. Le pauvre avait fait l'aller-retour entre Londres et Bath en un temps record. Et dire qu'elle lui en avait voulu de l'abandonner pendant la préparation du tournoi !

Elle voulut caresser la joue mal rasée de Gavin, mais se ravisa. Elle ne tenait pas à ce qu'il se réveille tout de suite. Pourquoi ne pas profiter de son sommeil pour examiner son bureau ? Connaissant son goût du secret, il s'empresserait de l'emmener ailleurs dès son réveil.

Elle parcourut rapidement le livre de comptes ouvert sur le bureau. Elle avait l'habitude des livres de comptes, car c'était elle qui vérifiait ceux de Rosevine avec le régisseur. Celui du *Cygne bleu* était parfaitement tenu. L'écriture était la même que celle de la lettre de Byrne, nette et précise. Même s'il n'avait jamais fait d'études, il avait visiblement très bien assimilé les principes de la comptabilité.

Elle inspecta ensuite les papiers soigneusement rangés en différentes piles sur le bureau : détail de cargaisons de bateaux, lettres de patente, articles de journaux soigneusement découpés dans les rubriques financières ou politiques et, surtout, colonnes entières de potins et de mondanités soigneusement annotées. La remarque de lady Jenner lui revint en mémoire : « J'aimerais bien savoir comment vous faites pour connaître les petits secrets de tout le monde ! »

D'un rapide coup d'œil, elle s'assura que Gavin dormait toujours, s'assit sur la chaise et examina tous ces papiers. Il y en avait des centaines, épinglés ensemble par petits paquets. Sur chacun d'entre eux, Gavin avait souligné un nom, une date, une ligne parfois. Elle comprenait l'importance de certains – les nouvelles lois sur les jeux, par exemple –, mais pour la plupart, elle ne voyait pas l'intérêt qu'ils pouvaient présenter.

Elle remarqua soudain une serviette de cuir abandonnée au pied du bureau. Il avait dû la jeter là en arrivant, trop fatigué pour la ranger. Sans quitter le divan des yeux, elle la ramassa, le cœur battant, et la posa sur ses genoux.

Rapidement, elle passa en revue son contenu. La plupart des documents concernaient le domaine de Byrne, mais une grande feuille de papier pliée en quatre l'intrigua.

Elle ne comprit pas tout de suite de quoi il s'agissait. Apparemment, ce n'était qu'un fouillis de notes. Mais un mot attira son attention : Ilsley, le nom d'un village à quelques kilomètres de Rosevine. Et tout près de la route de Bath…

La gorge nouée, elle parcourut le papier, mais les annotations jetées en désordre sur la feuille étaient incompréhensibles pour tout autre que Byrne. Il devait utiliser une sorte de code secret. Une ligne pourtant arrêta son regard. Horrifiée, elle reconnut la date à laquelle elle s'était embarquée avec son père pour Gibraltar. Elle relut soigneusement le reste, mais ces notes n'avaient décidément aucun sens pour elle.

Peu importait, de toute façon. Cette date signifiait qu'il avait fait sa petite enquête, posé des questions. Et même s'il n'avait pas encore tous les éléments en main, il était bien près du but.

S'il fouillait ainsi dans son passé, c'était qu'il voulait découvrir la nature de ce qu'ils allaient chercher chez Stokely. Pour l'utiliser à des fins personnelles…

Le misérable !

Cela ne la surprenait pas, au fond, mais cela rendait sa tâche encore plus difficile. Elle ne devait lui faire confiance sous aucun prétexte, se rappela-t-elle, même si elle avait absolument besoin de lui.

Elle entendit un mouvement du côté du divan. À peine eut-elle rangé le papier et reposé la serviette que Byrne se redressa.

— Cristabel ? fit-il d'une voix ensommeillée.

Son cœur manqua un battement. L'avait-il vue en train de lire ses notes ?

— Bonsoir ! lança-t-elle joyeusement. Vous avez fait bon voyage ?

Il s'assit, passa la main sur son visage et jeta un regard inquiet à la serviette. Il se détendit en constatant qu'elle était fermée.

— Que faites-vous ici ?

— Quelle question ! Je suis venue prendre de vos nouvelles, bien sûr.

— Je vous ai manqué ?

— J'en ai perdu le sommeil, comme vous voyez, railla-t-elle.

— Au moins, vous vous êtes habillée convenablement pour m'accueillir, remarqua-t-il en se renversant sur les coussins. Faites-moi voir !

Elle se leva et tourna lentement sur elle-même, les mains moites. Comme elle aurait voulu posséder l'élégance naturelle de lady Hungate, ou la sensualité de Mme Talbot ! Mais elle n'était qu'une simple fille de général déguisée en femme du monde.

Que lui importait ce qu'il pensait, au fond ? Même si le désir qu'il éprouvait pour elle n'était pas feint, s'il voulait la séduire, c'était avant tout pour découvrir son secret. Pourquoi attendre son avis comme un oracle ?

Parce qu'il lui avait tourné la tête et qu'elle le désirait de tout son être. Si elle avait été capable de prendre et de donner du plaisir sans demander l'ombre d'un sentiment, le mal n'eût pas été bien grand. Mais elle restait une femme ordinaire, elle voulait plus que le simple plaisir charnel. Aux yeux de Byrne, c'était tout simplement ridicule, comme les convenances, le patriotisme, la loyauté et le sens de l'honneur.

Mais en cet instant, le regard admiratif avec lequel il la détaillait ne comportait aucune trace de moquerie, et son approbation paraissait sincère.

— Venez ici, murmura-t-il.

— Certainement pas ! répliqua-t-elle, tandis qu'un frisson délicieux la parcourait des pieds à la tête.

— Venez ! répéta-t-il en attrapant sa redingote, dont la poche était bizarrement gonflée. J'ai quelque chose à vous montrer.

Elle obéit, sa curiosité piquée au vif et, dès qu'elle fut à portée de main, il en profita pour l'attirer sur ses genoux.

— Byrne ! protesta-t-elle en se débattant. Je croyais que vous aviez quelque chose à me montrer ?

— Prouvez-moi d'abord à quel point je vous ai manqué.

Il plaqua ses lèvres sur celles de Cristabel, et elle se sentit fondre. Elle avait beau savoir qu'elle faisait une sottise, elle était incapable de lui résister. Oui, il lui avait manqué. Avec lui, la vie s'emballait, comme s'il l'emmenait au galop dans un monde merveilleux où tout pouvait arriver.

Elle s'abandonna, mêlant avec délice sa langue à celle de Gavin, savourant la douceur de ses lèvres sur les siennes. Son cœur chavira lorsqu'il manifesta son plaisir par un petit gémissement.

Puis la main de Byrne s'aventura dans son corsage, ses lèvres descendirent le long de sa gorge, et elle sentit la fièvre se répandre dans ses veines.

— Non, Byrne ! Ce n'est pas pour cela que je suis venue, protesta-t-elle.

Il enlaça ses doigts aux siens et l'enveloppa d'un regard brûlant qui faillit balayer ses bonnes résolutions.

— Je croyais, fit-il en souriant.

Au fond d'elle-même, peut-être était-ce un peu pour cela qu'elle était venue, mais le moment était mal choisi pour le lui avouer. Elle se leva en étouffant un regret.

— Je suis venue voir ce fameux club.

Elle aurait dû lui parler tout de suite de l'invitation au tournoi, mais elle tenait d'abord à glaner toutes les informations possibles sur la façon dont il travaillait et sur ce qu'il avait en tête.

— Et fouiller mon bureau, bien entendu. Vous avez trouvé quelque chose d'intéressant ?

— Des coupures de journaux sans queue ni tête. Celles-ci, par exemple ! La date d'arrivée d'un bateau et le cours de la muscade, le tout agrafé avec un écho relatant les débuts dans le monde d'une demoiselle Treacle. Vous choisissez vos maîtresses dans les journaux, maintenant ? Vous ne la trouvez pas un peu jeune ?

— Il s'agit de la fille d'un commerçant aisé à qui appartient ce bateau. Il est arrivé à Londres chargé de noix de muscade, une denrée très chère actuellement. L'automne commence, et les épices sont très demandées à la mauvaise saison, ce qui va encore faire monter les prix. La fortune de M. Treacle va donc s'accroître considérablement dans les semaines qui viennent.

— Vous comptez vous lancer dans l'épicerie avec lui ?

— Sa fille n'a pas encore trouvé de soupirants, expliqua-t-il, ignorant l'ironie de Cristabel. Elle représente maintenant un parti enviable, mais le brave homme n'a aucun moyen de le faire savoir sans passer pour un rustre, ce qui ruinerait les chances de la demoiselle. Je lui ai donc proposé de devenir membre de mon club. Ma clientèle est composée de gens du meilleur monde, dont beaucoup cherchent à se marier ou comptent, dans leur famille ou parmi leurs amis, des jeunes gens à la recherche d'une fiancée. Certains en ont même désespérément besoin.

— Et donc, ce M. Treacle viendra jouer et perdre, à n'en pas douter, sa fortune toute fraîche, qui ira en grande partie dans votre bourse !

— Si c'est un imbécile, oui, et à ce moment-là, il n'aura que ce qu'il mérite. Mais s'il a un tant soit peu de bon sens, il paiera sa cotisation, viendra de temps en temps boire un verre et jouer raisonnablement, et trouvera un mari à sa fille. Un imbécile ferait effectivement mon affaire, mais tout dépend de lui.

— Vous n'avez aucun scrupule ! s'exclama-t-elle, partagée entre le fou rire et la réprobation.

— Quand on n'est ni riche ni noble et qu'on veut réussir dans la vie, il ne faut pas s'embarrasser de scrupules.

— Mais à ce jeu-là, on finit par perdre tout sens moral.

— Mais enfin, ma chère, ne savez-vous pas que la morale est réservée aux gens bien nés ? Le peuple n'a ni conscience ni moralité, il est tout juste au-dessus de l'animal.

C'est en tout cas ce qu'on s'acharne à nous faire croire dès notre plus jeune âge.

— Ce n'est pas ce que je crois, et vous non plus ! Tout le monde a une conscience !

— Quand on a deux sous d'intelligence, on s'en débarrasse le plus vite possible, rétorqua-t-il d'un ton sec.

— Et on ne peut pas vous reprocher de manquer d'intelligence, soupira-t-elle, sincèrement attristée.

C'était donc ainsi qu'il avait surmonté son chagrin et triomphé de toutes les difficultés... Elle comprenait maintenant pourquoi il haïssait le prince. Comment vivre heureux sans aucune moralité ?

— Vous n'avez pas d'autres questions ? s'enquit-il en lui reprenant les coupures de journaux.

— Si. Pourquoi ne m'avez-vous pas dit que vous aviez un domaine près de Bath ?

— Qu'est-ce qui vous fait croire que j'en ai un ?

— C'est Lydia qui m'en a parlé.

Il étouffa un juron.

— Ne lui en veuillez pas, elle croyait que je le savais. Quand elle a compris que ce n'était pas le cas, elle m'a fait promettre de garder le secret. Mais grâce à elle, j'ai appris beaucoup de choses très intéressantes. Si on en juge par la façon dont vous l'avez traitée, vous avez tout de même une conscience, de temps en temps.

— Je préfère retirer les tricheurs de la circulation, grommela-t-il. Ils font trop de tort à ceux qui vivent du jeu en toute légalité.

— Pourtant, vous n'avez rien fait pour aider le partenaire de Lydia à trouver un autre moyen de gagner sa vie.

— Il était irrécupérable. Un beau jour, une de ses victimes lui brûlera la cervelle, et on n'en parlera plus.

— Probablement. Mais ne changez pas de sujet. Pourquoi ne m'avez-vous pas parlé de votre propriété ?

— Je n'en ai pas eu l'occasion, voilà tout. Mais ce n'est pas un secret d'État.

— Les Draker et les Iversley connaissent son existence ?

— Non, admit-il à regret.

— Donc, ce n'est pas un secret, sauf pour vos amis les plus proches ! Pourquoi donc ? Vous avez gagné votre domaine au jeu, c'est cela ?

— Je l'ai payé de mes deniers ! Et si mes amis apprennent que je possède cette propriété, ils voudront venir en visite. À Londres, je dois toujours être disponible pour tout le monde, et je n'ai jamais un instant de répit. J'avais envie d'un endroit où je pourrais me réfugier quand je ne veux pas être dérangé. Autre chose, madame la fureteuse ?

— Non.

Même si son explication était parfaitement plausible, elle devinait qu'il ne lui disait pas tout.

— Bien. Puisque vous n'avez plus de questions, je suggère que nous allions chez vous pour une leçon de whist, au cas où Stokely vous inviterait.

— J'allais oublier ! Son invitation est arrivée cet après-midi.

— Déjà ?

— Regardez ! s'exclama-t-elle en la sortant de son réticule.

— Cela m'inquiète, marmonna-t-il en parcourant le carton.

— Comment cela ?

— C'est trop facile. Il apprend que vous êtes allée jouer chez Éléonore et, tout à coup, il décide de vous inviter au tournoi le plus fermé du pays ? Il sait certainement quelque chose. Il a dû deviner ce que vous mijotiez.

— Mais dans ce cas, pourquoi m'inviter, justement ?

— Il a envie de s'amuser avec vous, de jouer au chat et à la souris. Il veut vous appâter en agitant sous votre nez ce qu'il vous a volé, pour le plaisir. À moins que…

— À moins que quoi ?

— Vous le connaissez ?

— Si je l'ai déjà rencontré, je ne m'en souviens pas. Pourquoi ?

— Parce que cela lui ressemblerait bien de vous inviter pour tenter de vous séduire.

— Vous plaisantez ?

— Pas du tout. Vous êtes une très jolie femme, expliqua-t-il en suivant du doigt la ligne de son décolleté. Je suis certain que beaucoup d'hommes vous désirent. Mes assiduités devraient vous en convaincre.

Il était temps de mettre les choses au point, si elle ne voulait pas qu'il continue.

— Si vous cherchez à me séduire, c'est à cause des objets volés à mon père.

La perspicacité de Cristabel le prit au dépourvu, mais il se ressaisit bien vite.

— Vous voulez dire, à cause du titre de baron qui me récompensera.

Avec un pincement au cœur, elle remarqua qu'il ne niait pas franchement.

— À cause de tout ce que vous espérez retirer de cette mission. En un mot comme en cent, vous pensez que ces objets peuvent servir vos desseins personnels. Sinon, vous ne seriez pas allé à Ilsley.

— Vous n'avez pas fureté uniquement sur mon bureau, à ce que je vois !

— Vous n'êtes pas le seul à jouer au plus fin.

— Je ne voulais pas jouer au plus fin, mais je ne peux pas vous aider si je ne sais pas ce que nous cherchons, ni pourquoi c'est tellement important.

— Ne vous donnez pas tant de mal pour me faire croire que votre seul but est de m'aider. Nous savons parfaitement à quoi nous en tenir, l'un comme l'autre.

— Qu'y a-t-il dans ces lettres ? lança-t-il à brûle-pourpoint, en l'attirant près de lui.

— Ces... ces lettres ? Qu'est-ce qui vous fait croire qu'il s'agit de lettres ? balbutia-t-elle, affolée.

— L'ancien valet de chambre de votre mari devient extrêmement bavard après quelques verres. Il est très fier d'avoir aussi bien connu les illustres marquis de Haversham, surtout le dernier, qui lui a offert une chevalière en or pour le remercier de l'avoir aidé à voler à sa femme un paquet de lettres.

Cristabel sentit ses jambes flageoler. Que savait-il exactement ? Tout ?

C'était impossible. Il ne lui aurait pas posé toutes ces questions.

— Je ne peux pas vous dire ce que contiennent ces lettres, souffla-t-elle, éperdue.

— Vous ne me faites pas confiance ?

— Vous n'avez pas de moralité, vous l'avez dit vous-même. Il faudrait que je sois folle pour me fier à vous.

— C'est vrai, admit-il en souriant. Mais vous avez besoin de moi. Et un homme sans moralité offre bien des avantages. Vous vous en apercevrez vite, ma douce, chuchota-t-il à son oreille. Si je connaissais le contenu de ces lettres et si vous me disiez pourquoi le prince et vous tenez tant à les récupérer, je pourrais vous aider de façon plus efficace qu'en les volant.

— Jamais je ne vous dirai ce qu'elles contiennent, alors n'insistez pas ! protesta-t-elle en se dégageant. Vous pouvez me cajoler, m'espionner, me tromper ou me séduire, cela ne servira à rien. Si vous m'aidez à les reprendre, vous aurez une baronnie comme récompense, et rien de plus.

Sans répondre, Gavin la regarda de cet air goguenard qui avait le don de la mettre hors d'elle.

— Et si vous persistez à essayer de me mettre dans votre lit, poursuivit-elle, exaspérée, je trouverai quelqu'un d'autre pour me donner des leçons de whist. Si je suis constamment obligée de repousser vos avances, je ne réussirai jamais à me concentrer sur le jeu.

— Eh bien, j'essaierai de garder mes mains dans mes poches, promit-il avec un sourire narquois. Mais vous avez besoin de moi pour aller chez Stokely.

— Je ne vois pas pourquoi, maintenant que je suis invitée.

— J'aimerais bien vous voir là-bas sans protecteur ! Au bout de deux jours avec ses amis, vous accueilleriez mes avances avec soulagement. Et je ne crois pas que le baron serait très enclin à vous garder chez lui si j'étais obligé de lui révéler votre plan...

— Très bien. Je jouerai le rôle de votre maîtresse chez lord Stokely, mais c'est moi, et moi seule, qui chercherai ces lettres.

— À votre guise.

Comme s'il était homme à abandonner aussi facilement ! Elle devrait le surveiller sans cesse, et surtout trouver les documents avant lui.

— Au fait, j'allais oublier. J'ai un cadeau pour vous, dit-il tandis qu'il boutonnait son gilet.

Il prit sa redingote et tira de la poche un petit paquet allongé.

— Que me vaut ce présent ? s'enquit-elle, méfiante.

— C'est pour me faire pardonner de vous avoir abandonnée pour courir à Bath. Allons, ouvrez-le.

Elle s'exécuta, le cœur battant, les mains tremblantes. Philip lui avait souvent fait de petits cadeaux, mais jamais ils ne l'avaient émue de cette façon.

— Un éventail !

— Pas seulement, ma belle.

Il le lui prit des mains, mais au lieu de l'ouvrir, il pressa un bouton savamment dissimulé dans les ciselures des côtés et en fit jaillir une lame d'acier.

Il manipula le bouton pour bloquer la lame et lui présenta l'éventail-poignard.

— Maintenant, vous n'avez plus besoin de pistolet.

Fascinée, Cristabel examina la lame. Il lui montra comment fonctionnait le mécanisme, le lui fit manipuler deux ou trois fois pour qu'elle le maîtrise bien. Ensuite, elle ouvrit l'éventail. Il était ravissant, et personne n'aurait pu deviner ce qu'il dissimulait.

— Vous avez trouvé cela à Bath ? s'étonna-t-elle.

— Non, cela fait un moment que je l'ai. Je l'ai acheté chez un antiquaire spécialisé dans les objets étrangers. D'après les motifs ciselés, je pense qu'il vient d'Asie, du Siam sans doute. Vous êtes la seule femme de ma connaissance que je crois capable de s'en servir. Il remplacera votre pistolet ?

— Oui. Merci beaucoup. Il est vraiment magnifique !

— N'oubliez pas de l'emporter chez Stokely. À propos de notre hôte, il faut absolument endormir ses soupçons sur les raisons de votre présence à mes côtés. Il doit croire que je vous ai choisie comme partenaire de jeu pour vos talents au whist. Venez, ma douce, conclut-il en lui offrant son bras, il est temps de faire de vous une joueuse accomplie !

12

Feindre l'indifférence est encore le plus sûr moyen d'attirer un homme.

Mémoires d'une maîtresse, anonyme

Gavin n'aurait su dire ce qui était pire : faire le voyage jusque chez Stokely sous une pluie battante ou avoir Rosa avec eux dans la voiture. Cristabel ne pouvait pas voyager seule, bien entendu. Sa réputation, qui allait déjà souffrir de leur prétendue liaison, aurait été perdue à jamais. Elle avait raison de prendre quelques précautions et de penser à son avenir.

Mais se trouver si près d'elle et ne pas pouvoir la toucher constituait une véritable torture. Cela durait depuis plus d'une semaine maintenant, et il n'en pouvait plus des règles draconiennes qu'elle lui avait imposées. Pas de caresses, pas de baisers...

C'était tout simplement ridicule. Il l'attirait, il suffisait de voir la façon dont elle le regardait. Et lui la désirait de toutes ses forces, comme jamais il n'avait désiré une femme, du plus loin qu'il se souvienne.

Et il n'y avait pas moyen de l'approcher...

Chez Stokely, elle serait bien obligée de faire quelques concessions, ne serait-ce que pour sauver les apparences. Et selon les habitudes de la maison, ils auraient des chambres communicantes, tandis que la camériste logerait avec les autres domestiques.

Gavin attendait avec impatience la réaction de sa compagne lorsqu'elle l'apprendrait. Après avoir joué toute la journée le rôle de sa maîtresse, elle serait prête pour le devenir réellement. La marquise avait trop de tempérament pour lui refuser longtemps sa couche.

— À cause de cette maudite pluie, nous risquons de manquer le dîner.

— À quelle heure est-il servi ?

— À 19 heures, généralement.

— La *señora* devra s'habiller ? intervint Rosa.

— Bien entendu !

La femme de chambre marmonna un juron en espagnol.

— Je suis bien de votre avis, rétorqua Byrne. Si nous arrivons trop tard, il faudra nous contenter d'une frugale collation. Stokely déteste les allées et venues de domestiques pendant le jeu.

— Vous croyez que je suis prête ? s'inquiéta Cristabel.

— Suffisamment pour tenir tête à la plupart des participants.

Il disait vrai. Ils avaient joué tous les jours avec deux de ses domestiques, des joueurs expérimentés. Elle apprenait vite et, après une semaine d'entraînement intensif, elle n'avait pas tardé à les dépasser.

Son intelligence constituait un attrait supplémentaire. La plupart de ses maîtresses n'utilisaient leur cervelle que pour lui extorquer des présents ou de l'argent, alors que Cristabel s'en servait pour progresser.

— Comment se passent les journées ? On joue au whist tout le temps ?

— On joue tous les soirs, jusqu'à 3 heures du matin. C'est pour cela que personne ne se lève avant midi. On prend tout son temps pour le petit déjeuner, ensuite on va à la chasse, on lit, on fait de la musique ou ce qu'on veut jusqu'au dîner, qui est donc à 19 heures. Les parties commencent ensuite, jusque vers minuit, heure à laquelle nous faisons une pause pour un léger souper, avant de recommencer. Après quelques jours de jeu informel, les éliminatoires débutent.

— Quelles éliminatoires ?

— Le début de la semaine sert à écarter les joueurs les plus faibles, qui se retrouvent les poches vides, tandis que les meilleures équipes amassent suffisamment pour soutenir les mises importantes de la seconde partie du séjour. C'est à ce moment-là que commence le tournoi proprement dit.

Cristabel paraissait stupéfaite. Visiblement, elle n'avait jamais pensé que l'enjeu de ce tournoi était avant tout financier.

— En général, poursuivit-il, il reste une dizaine d'équipes en lice. À ce moment-là, à chaque partie, les joueurs mettent leur mise dans une cagnotte. Lorsque quatre équipes ont atteint cent points, les autres sont éliminées. Les vainqueurs s'affrontent en demi-finale, puis en finale pour la cagnotte. D'ordinaire, elle s'élève à plusieurs milliers de livres.

— J'ose à peine vous le demander, dit Cristabel, très pâle, mais à combien se montent les mises ?

— Cinq livres la manche, vingt-cinq la partie.

Rosa faillit s'étrangler.

— Madame, vous ne pouvez pas…

— Je fais mon affaire des pertes de lady Haversham.

— Il vaudrait peut-être mieux que je me retire assez tôt, pour ne pas vous coûter trop cher, suggéra la jeune veuve. Je pourrais reconnaître avoir atteint mes limites financières. Cela me laisserait du temps pour… pour le reste.

Pour chercher ces fameuses lettres… Sa répugnance à en parler devant Rosa montrait que même la fidèle domestique n'était pas au courant.

— Si vous vous retirez du jeu, votre partenaire devra en faire autant, et cela éveillera la méfiance de notre hôte. Les vainqueurs se partagent la cagnotte, et depuis trois ans que ce tournoi existe, Stokely et moi l'avons toujours remportée.

— Mais si je ne joue pas assez bien pour parvenir en finale, vous perdrez beaucoup…

— Ne vous inquiétez pas. Quand j'ai décidé de faire équipe avec vous, je savais que je ne gagnerais sans doute pas cette année. Mais vu vos progrès de ces derniers jours, j'ai de nouveau bon espoir. Si jamais nous sommes vainqueurs, vous aurez de quoi payer toutes les dettes que votre mari a pu vous laisser et me rembourser de… mon aide.

— Dans ce cas, j'accepte, dit-elle, soulagée. Du moment que cela me laisse du temps pour mes autres activités…

— Vous aurez tout le temps nécessaire.

Et lui aussi.

Tout ce qu'il savait, depuis son voyage à Ilsley, c'était que la marquise cherchait des lettres vieilles de vingt ans. Il avait bien entendu mené son enquête et avait appris qu'à cette date, le général Lyon s'était embarqué pour Gibraltar avec sa fille. Un autre officier affecté là-bas les accompagnait, ainsi que sa femme et leur petit garçon.

La nomination du général, qui n'était encore que capitaine, à un poste envié, avait surpris à l'époque, et le contenu des lettres expliquait certainement cette affectation inattendue.

Elle cachait sans doute un scandale impliquant Prinny et le père de Cristabel. Mais quoi ? Rien n'avait jamais filtré.

Gavin avait eu beau frapper à toutes les portes, interroger tous les militaires qu'il connaissait, personne ne voyait de lien entre le régent et Randall le Lion. Celui-ci avait gravi les échelons de la hiérarchie assez vite, mais c'était un officier de valeur, et son ascension était parfaitement méritée. Il s'était très bien comporté pendant la guerre, et à son retour, dans quelques mois tout au plus, l'Angleterre l'accueillerait en héros.

Il détenait pourtant un secret si brûlant que sa fille était prête à tout pour le protéger, et Gavin aurait donné la cagnotte du tournoi pour le découvrir.

Pourrait-il l'apprendre par leur hôte ? Probablement pas. Stokely avait refusé de vendre ces lettres au prince de Galles, ce qui signifiait qu'il comptait les utiliser. Mais à quoi donc, grands dieux ?

— Nous sommes arrivés ? demanda Rosa tandis que la voiture s'engageait dans une majestueuse allée plantée d'arbres centenaires.

— Oui, c'est ici, répondit Byrne, surpris qu'ils aient roulé si vite malgré le mauvais temps.

— C'est sans doute l'effet de la pluie, mais cette demeure paraît entièrement bleue, s'étonna Cristabel.

— Un ancêtre de Stokely a eu la lubie de faire recouvrir toute la façade de stuc peint. Notre hôte voudrait la faire restaurer, mais le château est tellement grand que cela prendrait des siècles et coûterait une fortune. Et surtout, il devrait rester ici pour surveiller les travaux, au lieu d'écumer les salles de jeu de tout le pays.

— Encore une famille respectable détruite par le jeu, remarqua la jeune femme d'un ton acerbe.

— En fait, ce cher Stokely est un des rares joueurs que je connaisse à avoir augmenté sa fortune en jouant. C'est pour cette raison qu'il peut se permettre d'inviter tant de gens pendant une semaine.

— Il y a beaucoup d'invités ?

— Une quarantaine au moins.

— Lord Stokely peut loger tout ce monde ? s'exclama Rosa.

— Il a toute la place qu'il faut, Dieu merci, fit Gavin. Sinon, les femmes seraient obligées de partager la chambre de leurs maris, ce qui réduirait considérablement l'intérêt de ce séjour.

— Byrne ! s'exclama Cristabel en lui jetant un regard sévère.

— C'est vrai ! Pendant que j'y pense, ma chère, je vous déconseille de chercher qui que ce soit dans sa chambre, à moins d'y être expressément invitée. La personne que vous cherchez sera vraisemblablement dans un autre lit, à moins qu'elle ne se trouve dans sa chambre, mais en galante compagnie. Vous vous mettriez dans une situation embarrassante.

— Merci du conseil. Je veillerai à ne pas vous surprendre.

— Je ne parlais pas de moi. Vous pouvez pénétrer dans ma chambre sans invitation à n'importe quel moment du jour et de la nuit, vous serez toujours la bienvenue.

— Je vous en prie ! s'écria-t-elle, indignée.

— Vous n'avez pas non plus besoin d'invitation pour entrer dans mon lit.

— Vous avez encore d'autres conseils d'immoralité à me prodiguer avant que nous arrivions ?

— Pas pour le moment.

Il contempla avec satisfaction sa ravissante robe de mousseline, que la pluie rendrait pratiquement transparente si les domestiques n'apportaient pas assez vite les parapluies.

Le personnel de Stokely était parfaitement stylé, mais la chance sourit à Gavin. Le vent soufflait si fort qu'il rabattait la pluie en rafales, si bien que, malgré les immenses parapluies, ils entrèrent trempés dans le hall, où les attendait courtoisement le maître de maison.

Cristabel observa attentivement la haute silhouette aux larges épaules, élégamment vêtue d'un superbe costume de soie bleue. La lueur des candélabres faisait paraître sa chevelure prématurément blanchie presque blonde.

— Byrne, enfin ! s'exclama Stokely. J'avais peur que vous ne manquiez le dîner.

— Moi aussi.

Les deux hommes se serrèrent la main chaleureusement. Le pouls de Gavin s'accéléra lorsqu'il se retourna vers sa compagne, dont la robe mouillée moulait les courbes voluptueuses.

— Permettez-moi de vous présenter la marquise...

— Lady Haversham et moi nous sommes déjà rencontrés, rétorqua son hôte.

Le sang de Byrne se figea dans ses veines. Pourquoi Cristabel lui avait-elle menti ?

La surprise visible de la jeune femme tandis que le baron s'inclinait pour lui baiser la main le rassura.

— Je regrette, mais je ne vois pas... Oh, c'est vous qui êtes venu à Rosevine quelques jours avant la mort de Philip ! Mais comme il ne nous a pas présentés, j'ai pensé...

— Que j'étais l'un de ses créanciers. C'est parfaitement compréhensible. En fait, votre défunt mari et moi discutions d'un autre genre de... transaction, expliqua-t-il en la scrutant d'un regard perçant.

Le baron essayait de découvrir ce qu'elle savait, c'était évident. Comment la jeune veuve allait-elle s'en tirer ?

Fort bien, constata Gavin avec soulagement. En battant des cils, elle décocha à leur hôte un sourire faussement contrit.

— Ô mon Dieu ! J'aurais dû m'en douter ! Philip a voulu vous emprunter de l'argent ! Je vous prie d'excuser mon époux, c'est ce qu'il faisait avec tous ses amis.

— Je vous en prie. D'ailleurs, je n'étais pas le seul à qui Haversham empruntait de l'argent, apparemment.

Gavin se raidit devant ce sous-entendu injurieux. On pouvait lui reprocher beaucoup de choses, mais jamais il n'avait obligé une femme à partager son lit pour rembourser les dettes de son conjoint.

Avant qu'il ait eu le temps de remettre Stokely à sa place, Cristabel lui prit le bras et posa fugitivement la tête sur son épaule.

— Oui, Dieu merci ! Sinon, je n'aurais jamais rencontré Byrne, roucoula-t-elle en lui adressant ce qu'il fallait bien appeler un sourire enamouré. Il m'a apporté un tel réconfort !

— On peut appeler cela un réconfort, effectivement, fit Stokely d'un air entendu.

— L'heure tourne, intervint Gavin en caressant la main de Cristabel. Nous ferions mieux de nous retirer pour nous changer avant le dîner.

— Bien sûr. Vous occuperez votre chambre habituelle, mon cher, et j'ai fait monter les bagages de lady Haversham dans la chambre aux iris.

— Si je me souviens bien, protesta Byrne, la chambre aux iris est très éloignée de la mienne. Elle se trouve même dans une autre aile du château. En fait, elle est en face de la vôtre. C'est généralement là que vous logez votre maîtresse.

— Nous avons rompu il y a quelques semaines, et comme notre chère marquise nous a rejoints un peu tard, je n'avais plus que de petites chambres. J'ai donc trouvé plus commode de la loger dans celle aux iris.

— N'essayez pas de me voler ma maîtresse ! gronda Gavin.

— Bien sûr que non ! Au fait, poursuivit le baron, l'air impénétrable, j'ai changé les règles. Je vais l'annoncer au dîner, mais autant vous le dire maintenant. Pour chaque partie, les équipes seront tirées au sort. Jusqu'aux éliminatoires, bien entendu.

— Pourquoi donc ? s'enquit Gavin, toute sa méfiance éveillée.

— C'est ce qui se fait dans les clubs, vous êtes bien placé pour le savoir. Cela empêche la fraude entre partenaires qui se connaissent trop bien.

— Vous avez peur d'éventuels tricheurs ? Nous n'avons jamais eu d'ennui de ce genre jusqu'à maintenant.

— Il y a un début à tout. Et puis, cela permettra à chacun d'observer les autres joueurs et de choisir son partenaire pour les éliminatoires en parfaite connaissance de cause. Cela donnera du piquant au jeu, conclut-il en posant un regard gourmand sur la robe maintenant translucide de Cristabel.

— Je croyais que ce qui faisait l'intérêt du jeu, c'était la cagnotte. À moins que vous n'ayez décidé de changer cela aussi ?

— Non. Il y a d'autres innovations mineures, mais je vous les expliquerai pendant le dîner – dîner que vous risquez de manquer si vous ne gagnez pas votre chambre tout de suite. Vous connaissez la vôtre. Je vais montrer la sienne à lady Haversham.

Byrne bouillait littéralement en regardant la jeune femme prendre à regret le bras que lui offrait le maître de maison et s'engager dans l'escalier, Rosa sur les talons. Il aurait voulu arracher Cristabel à Stokely, l'entraîner jusqu'à la voiture et la ramener à Londres, et il dut faire appel à tout son sang-froid pour s'en empêcher.

Il ignorait que Stokely et elle s'étaient déjà rencontrés. Quand il avait émis l'hypothèse que le baron pouvait être attiré par la marquise, il plaisantait, mais la façon dont leur hôte la regardait ne lui plaisait pas du tout. Et savoir qu'ils dormiraient à quelques pas l'un de l'autre le mettait hors de lui.

Stokely était un séducteur invétéré, auquel peu de femmes résistaient. La plupart trouvaient irrésistibles sa crinière précocement blanchie et ses yeux d'un noir de jais.

Dans le passé, Gavin n'avait jamais vu d'inconvénient à ce que le baron s'offre un intermède avec ses maîtresses, mais que son hôte envisage, ne fût-ce qu'une seconde, de faire la même chose avec Cristabel le rendait fou.

Pourquoi cela l'ennuyait-il tant ? Parce qu'elle n'était pas encore sa maîtresse, sans aucun doute.

Il n'y avait donc qu'une solution : la séduire le plus vite possible. Il n'allait quand même pas rester les bras croisés pendant que Stokely faisait le paon devant elle.

Et une fois qu'il aurait réussi à l'attirer dans son lit, il comptait bien l'y garder longtemps.

13

Parfois, le souvenir d'un de mes anciens amants revient me hanter.

Mémoires d'une maîtresse, anonyme

Cristabel retint son souffle tandis que son hôte la guidait à travers un dédale de pièces et de couloirs. Jamais elle n'aurait imaginé que ce bel homme aux cheveux blancs qu'elle avait aperçu dans le bureau de Philip était le baron Stokely en personne.

« Elle préfère Rosevine, et j'aime autant la savoir ici », avait déclaré son mari alors qu'elle passait devant la pièce. Elle n'avait pas entendu la réponse, mais plus tard, quand elle avait demandé à Philip qui était son visiteur, il avait répondu de manière évasive. Il venait sans doute de vendre les lettres au baron...

— Cela ne vous ennuie pas de loger dans cette partie de la maison, j'espère ?

— Je suis sûre que je m'y trouverai très bien, murmura-t-elle sans se compromettre.

— Je dois vous avouer que votre... amitié avec Byrne m'a surpris lorsque je l'ai apprise. Votre défunt mari disait que vous lui aviez tiré dessus.

— Philip vous faisait ses confidences ?

— Il l'avait mentionné en passant, lorsqu'il m'expliquait les raisons de ses difficultés financières.

— C'est sa passion pour le jeu qui l'avait mis dans cette situation catastrophique. Et même si j'ai tiré sur Byrne dans un accès de colère, j'ai compris par la suite que le seul coupable, c'était Philip.

— Mais Haversham disait que vous détestiez le monde, et tout particulièrement les gens comme Byrne.

— C'est ce qu'il préférait croire, rétorqua-t-elle, parvenant même à rire.

— Je me suis effectivement demandé à l'époque s'il ne désirait pas vous garder pour lui seul. Maintenant, je comprends pourquoi, ajouta-t-il en caressant la main de Cristabel.

Elle ravala une réplique bien sentie. Apparemment, tous les joueurs d'Angleterre n'avaient qu'une préoccupation : l'attirer dans leur lit. Mais alors que les avances de Gavin éveillaient en elle un trouble délicieux, celles de lord Stokely la laissaient de marbre.

Enfin, il valait mieux ne pas se fâcher avec son hôte.

— Et moi, je comprends maintenant pourquoi mon époux ne nous a pas présentés, répliqua-t-elle avec son sourire le plus éblouissant. Il craignait certainement que vos compliments ne me fassent tourner la tête.

— C'était sa seule raison, vous êtes sûre ?

Faisait-il allusion aux lettres ? Elle les savait en sa possession, mais s'imaginait-il qu'elle allait l'admettre ?

— Je n'en vois vraiment pas d'autre. Et vous ?

— Pour l'instant, non, répondit-il après l'avoir scrutée attentivement. Vous êtes arrivée, poursuivit-il en s'arrêtant devant une porte à deux battants ouverte sur une chambre spacieuse. Je ne vais pas vous retarder plus longtemps. Nous aurons tout loisir de bavarder pendant le dîner.

Cristabel n'en avait aucune envie. Elle avait pensé invoquer une excuse pour échapper au dîner et en profiter pour fouiller la chambre de son hôte pendant qu'il mangeait. Mais après ces allusions, elle préférait ne pas prendre le risque d'éveiller ses soupçons en ne se montrant pas au repas.

— À tout à l'heure.

Une fois la porte refermée sur lui, elle respira mieux.

— Qu'y a-t-il ? demanda-t-elle en voyant la mine renfrognée de Rosa.

— Vous flirtiez avec le baron. Vous avez oublié M. Byrne ?

— Je ne flirtais pas avec lord Stokely, je m'efforçais simplement d'être aimable. De toute façon, Byrne s'en moque éperdument.

— Quelle robe voulez-vous mettre pour le dîner ? demanda la camériste sans se dérider le moins du monde.

— La rose.

Depuis le retour de Gavin, ils avaient passé toutes leurs soirées à jouer au whist. La sortie au théâtre avait donc été reportée *sine die*, et elle n'avait encore jamais eu l'occasion de porter la splendide toilette en public.

— Il faut nous dépêcher, nous avons moins d'une demi-heure.

Avec un petit cri affolé, Rosa se précipita vers les malles, tandis que la marquise commençait à ôter ses vêtements mouillés.

Elle aurait tout le temps pendant son séjour d'examiner les ravissants rideaux de soie brodés d'iris mauves, le vaste lit d'acajou au dais de mousseline, la magnifique cheminée de marbre sculpté et le somptueux tapis persan. Jamais elle n'avait occupé une pièce aussi luxueusement meublée, même à Rosevine, qui, bien que confortable, gardait quand même une certaine rusticité.

Elle se changea sans perdre une minute. Non sans difficultés, la camériste mettait la dernière main à la coiffure de sa maîtresse lorsqu'un coup discret résonna à la porte.

— Prête ? s'enquit une voix masculine.

Cristabel se leva lentement, ménageant ses effets, et Byrne, le souffle coupé, détailla lentement l'élégante silhouette.

— Jamais je n'aurais dû demander à Mme Watts de vous faire cette robe, murmura-t-il enfin.

— Et pourquoi donc ? riposta-t-elle, vexée.

— Parce que vous êtes belle à damner un saint ! Stokely ne va pas vous lâcher d'une semelle.

C'était incroyable. Voilà que Byrne était jaloux, maintenant ! En tout cas, ce n'était pas pour lui déplaire.

— Vous croyez ? fit-elle d'un ton badin.

— Pourquoi pensez-vous qu'il vous ait donné la chambre juste en face de la sienne ? C'est la plus belle de tout le château, vous savez.

— Vous exagérez, j'en suis sûre, rétorqua-t-elle gaiement en prenant son éventail. Allons-y.

— Je vous assure, il mijote quelque chose, et cela ne me dit rien de bon, insista Gavin en la prenant par la taille d'une manière curieusement possessive. Il ne loge jamais ses invités dans cette aile-ci. Elle est réservée à la famille.

— Il nous l'a dit, il manquait de chambres.

— Dans cet immense château ? Ce n'est pas sérieux ! De quoi avez-vous parlé ?

Elle lui narra par le menu sa conversation avec le baron.

— Soit il joue au chat et à la souris avec nous, soit il s'est entiché de vous. Dans un cas comme dans l'autre, cela ne me plaît pas du tout. Cela va nous rendre la tâche encore un peu plus difficile.

Le cœur de Cristabel se serra. Elle aurait dû s'en douter. Byrne n'était pas jaloux, il était préoccupé à cause des lettres.

D'ailleurs, elle ne tenait pas du tout à ce qu'il soit jaloux. Il l'attirait déjà beaucoup plus qu'elle ne l'aurait voulu.

En attendant le dîner, les invités s'étaient rassemblés dans le grand salon. Cristabel reconnut les Talbot, qui interrompirent leur conversation avec lady Jenner et un chauve dégingandé qui devait être son mari pour les saluer. À quelques pas de là, le lieutenant Markham plaisantait avec une jeune femme à la chevelure de jais que Cristabel ne connaissait pas.

En riant aux éclats, l'inconnue se tourna de profil, et la marquise sentit son cavalier se raidir.

— Anna ? murmura-t-il, incrédule.

La belle aux cheveux de nuit tourna la tête vers eux et devint livide.

— Gavin ! balbutia-t-elle.

Elle paraissait stupéfaite, et Byrne aussi.

Cristabel sentit sa gorge se nouer. Jamais elle n'avait entendu cette note de regret dans la voix de Byrne. S'agissait-il d'une de ses anciennes maîtresses ? Aucune ne l'avait jamais appelé par son prénom. C'était ce qu'il lui avait dit, en tout cas.

— Que faites-vous ici ? demanda-t-il sèchement, tandis que ses doigts serraient à la briser la taille de sa compagne.

— Lord Stokely nous a invités, Walter et moi. Venez, mon cher, je voudrais vous présenter un ami, ajouta-t-elle en prenant le bras d'un homme mûr qui se tenait un peu en retrait.

Cristabel avait du mal à retrouver sa respiration. Qu'avait fait cette Anna pour mettre Gavin dans un tel état, alors qu'aucune femme ne parvenait à l'émouvoir ?

— Pardon ? Vous disiez, ma chère ?

Le monsieur qui escortait la mystérieuse inconnue avait l'air de se réveiller en sursaut.

— Walter, je voudrais vous présenter un vieil ami, M. Gavin Byrne. Monsieur Byrne, voici mon mari, lord Kingsley.

— Très heureux, dit froidement Gavin, tandis qu'une veine battait follement à son front. Vous êtes bien loin de Dublin, il me semble.

— Nous nous sommes déjà rencontrés ? s'étonna le mari d'Anna en ajustant son lorgnon.

— Non, mais j'ai beaucoup entendu parler de vous, rétorqua Byrne avec un regard lourd de sous-entendus à l'adresse de lady Kingsley.

— M. Byrne possède un club à Londres, *Le Cygne bleu*, expliqua vivement l'énigmatique beauté, écarlate. Je suis certaine qu'il met un point d'honneur à tout savoir sur les personnages importants d'Angleterre et d'Irlande.

— Je vois. C'est étonnant que lord Stokely invite des gens comme vous, déclara-t-il en toisant Gavin. Enfin, après tout, il s'agit d'un tournoi de whist !

— Stokely adore surprendre ses invités, ironisa Gavin, qui avait apparemment retrouvé toute son assurance. Et lorsqu'on parle du loup…

Le baron se dirigeait effectivement vers eux, tout sourire.

— Ah, Byrne ! Je vois que vous avez fait la connaissance du vicomte et de la vicomtesse.

— Effectivement, répondit lady Kingsley, mais nous n'avons pas encore été présentés à l'amie de M. Byrne.

Tandis que leur hôte faisait les présentations, Cristabel s'efforça d'oublier le trouble de Gavin, l'élégance et les manières raffinées de lady Kingsley, et surtout sa beauté radieuse. La mystérieuse Anna possédait au plus haut degré les talents féminins qu'elle ne pourrait jamais avoir.

Mais elle dut se mordre les lèvres pour ne pas éclater de rire lorsque l'arrogant lord Kingsley faillit s'évanouir en apprenant qu'il avait devant lui la marquise de Haversham. Tandis qu'il bégayait des compliments, l'embarras évident de son épouse lui mit un peu de baume au cœur.

Lord Stokely paraissait s'amuser comme un petit fou.

— Lord Kingsley et moi-même nous sommes rencontrés l'année dernière à York, lança-t-il en prenant le vicomte par l'épaule. Lady Kingsley est une joueuse passionnée, et je n'ai pas pu résister au plaisir de l'inviter avec son mari. Un peu de sang neuf ne nous fera pas de mal ! Qu'en pensez-vous, Byrne ?

— Cela dépend de la quantité de sang neuf que vous comptez répandre.

— Touché ! Mais lady Kingsley est de taille à se défendre au jeu. C'est une excellente recrue pour notre petit cercle, je vous assure. Elle sait aussi captiver son public en racontant des anecdotes passionnantes sur ses débuts dans le monde, ajouta-t-il avec un sourire perfide.

— Comme c'est intéressant ! Il faudra qu'elle nous en parle un de ces soirs, rétorqua Gavin, dont les yeux de glace ne laissaient paraître aucune émotion.

— Nous y comptons tous.

La belle Anna, blanche comme un linge, paraissait plus morte que vive. Qui diable était-elle pour Byrne ?

— Le dîner est servi, poursuivit Stokely en offrant son bras à Cristabel.

Il lui était impossible de refuser. La marquise de Haversham étant la femme la plus titrée de la compagnie, il était naturel que le maître de maison l'escorte jusqu'à la table.

Ce qui signifiait malheureusement que Gavin devrait trouver une autre cavalière. Lady Kingsley, par exemple. Tandis que Cristabel s'éloignait au bras du baron, elle sentit sur elle le regard perplexe de la mystérieuse Anna. Au moins, elle n'était pas la seule à se perdre en conjectures sur les conquêtes féminines de Byrne.

Le dîner était extrêmement raffiné – autrement dit, il comportait une multitude de plats compliqués. Et pendant une bonne partie du repas, la préoccupation majeure de Cristabel fut de comprendre ce qu'on lui servait sans se ridiculiser.

Dieu merci, l'incorrigible bavarde placée à la gauche de Stokely accapara leur hôte tout le long du repas. L'autre voisin de Cristabel, un mufle aussi taciturne que glouton, ne lui adressa pas trois mots, à son grand soulagement.

Les conversations autour de la table n'étaient pas aussi distinguées qu'on aurait pu l'espérer. Malgré la présence des dames, certains convives échangeaient des plaisanteries fort lestes, dont la jeune veuve ne comprenait pas la moitié. Décidément, elle avait tort de se faire du souci. Les invités du baron n'avaient pas des manières irréprochables, loin de là. À l'exception de lady Kingsley qui, tel un cygne au milieu des vilains petits canards, picorait à petites bouchées délicates, en coulant vers Byrne des regards langoureux.

Cristabel l'aurait volontiers giflée. Elle se consolait en constatant que Gavin ne prêtait aucune attention aux œillades de la belle Anna. Ou alors, il le cachait bien.

— Ils auraient fait un couple remarquable, vous ne trouvez pas ? lui chuchota tout à coup lord Stokely.

— Qui donc ?

— Byrne et lady Kingsley.

— Ils me semblent plutôt mal assortis.

— Et si je vous disais qu'il l'avait demandée en mariage ?

— Vous ne le connaissez vraiment pas ! répliqua-t-elle, dissimulant son étonnement de son mieux.

— Cela m'a surpris autant que vous, mais c'est lady Kingsley elle-même qui me l'a raconté. Nous nous sommes liés d'amitié quand je les ai revus, elle et son mari, lors d'un séjour à Dublin. Vous savez comme les femmes en viennent rapidement aux confidences.

Ce qui ne voulait pas dire que les confidences étaient obligatoirement véridiques. Comment imaginer que Byrne le séducteur, le cynique, l'insensible ait pu un jour songer au mariage ? Si elle n'avait pas constaté elle-même la violence de son trouble en présence de la belle Anna, elle aurait ri au nez du baron.

Lord Stokely parcourut des yeux la longue tablée, et son sourire s'élargit. Cristabel suivit la direction de son regard et s'aperçut que Gavin les observait d'un air furibond.

— Et que s'est-il passé ? chuchota-t-elle, bien décidée à connaître le fin mot de l'histoire. Elle a refusé ?

— Bien entendu. Lady Kingsley est la fille d'un riche négociant, expliqua-t-il, ravi de partager un potin aussi excitant. Quand elle a fait ses débuts dans le monde, Byrne venait d'ouvrir son club, et même si ses relations lui permettaient d'être invité aux réceptions huppées, il ne pouvait pas faire un gendre convenable.

— Et quels étaient les sentiments de la jeune fille ?

— S'il avait eu une autre situation, elle l'aurait sans doute accepté. Byrne peut se montrer charmant, quand il veut. Mais ce n'est qu'un enfant naturel, après tout. Il n'a pas de famille. Il était certainement attiré par la fortune d'Anna, et elle en était bien consciente.

— C'est elle qui vous l'a dit ? s'enquit Cristabel, incapable d'imaginer Byrne en coureur de dot.

— Pas ouvertement, mais c'est l'évidence. Elle risquait de se compromettre avec un personnage peu recommandable, et lorsque Kingsley a commencé à la courtiser, ses parents l'ont poussée à l'épouser. Finalement, elle a fait ce que toute femme sensée aurait fait.

« Une femme sensée aurait laissé parler son cœur », rétorqua Cristabel en son for intérieur. Visiblement, la belle Anna avait été amoureuse de Gavin. Peut-être l'était-elle encore.

Et lui, avait-il été amoureux d'elle ? L'aimait-il encore ?

Elle ruminait la question lorsque la mine réjouie du maître de maison lui mit la puce à l'oreille.

— C'est pour cette raison que vous l'avez invitée ? Pour tourmenter Byrne ?

— Je l'ai invitée pour la même raison que vous, ma chère, parce qu'elle est une excellente joueuse de whist. Enfin, dans votre cas, ajouta-t-il ironiquement, c'est ce que je suppose, puisque Byrne vous a choisie comme partenaire.

— Vous supposez bien. J'ai l'intention de gagner la cagnotte ! déclara Cristabel, que les sous-entendus méprisants du baron avaient piquée au vif.

— Et si vous n'y parvenez pas, vous pourrez toujours gagner votre hôte à la place, lui chuchota-t-il à l'oreille.

Cette proposition sans fard glaça la jeune femme. L'intervention de Gavin lui évita de répondre.

— Expliquez-nous donc ces nouvelles règles que vous avez concoctées, Stokely, lança-t-il. Vous nous avez tenus en haleine suffisamment longtemps.

— Merci de me le rappeler, Byrne, rétorqua le baron en se levant.

Il expliqua posément que désormais, les équipes seraient tirées au sort.

— Une fois les éliminatoires commencées, poursuivit-il malgré les commentaires hostiles, les perdants devront quitter ma maison. À moins que je ne décide de faire une exception, ajouta-t-il avec un regard entendu à l'intention de la marquise.

Cristabel luttait contre l'affolement qui la gagnait. Et si elle était éliminée avant d'avoir trouvé les lettres ? Ou si elle n'arrivait pas jusqu'aux éliminatoires ?

Que voulait dire lord Stokely en parlant d'exception ?

La nouvelle soulevait l'indignation des convives, qui avaient espéré profiter de l'hospitalité de Stokely jusqu'à la fin du tournoi.

— Pourquoi tous ces changements ? demanda Gavin.

— Pour ne plus avoir une foule de spectateurs désœuvrés à la fin du tournoi. Cela favorise la triche.

— Allons, protesta lady Jenner, la véritable raison, c'est que Byrne a changé de partenaire. Reconnaissez-le, mon cher. Et c'est sa versatilité que nous payons tous.

Tous les regards se tournèrent vers lady Haversham, qui rougit jusqu'à la racine des cheveux.

— La raison, reprit le baron d'un ton glacial, c'est que l'année dernière, certains se sont plaints de ce que Byrne et moi gagnions toujours la cagnotte. Je ne peux pas tolérer qu'on m'accuse, moi ou mes amis, de tricher. Ces règles rendent les finales beaucoup plus transparentes. Et puis, je suis chez moi, et je fixe les règles comme je l'entends.

L'argument était définitif, et personne ne souleva d'objections, mais cela n'empêcha pas les invités de grommeler en passant dans la salle de bal, où avaient été dressées les tables de jeu.

Au grand soulagement de Cristabel, le tirage au sort lui donna comme partenaire lady Hungate qui, elle, parut plutôt inquiète.

— J'espère que vous allez enfin nous montrer l'étendue de vos talents, lança-t-elle d'un ton acerbe.

— Ne vous inquiétez pas, je ne vous décevrai pas !

Elle ne tenait pas du tout à être éliminée et comptait bien rester chez lord Stokely jusqu'au bout, même si cela impliquait de lui faire les yeux doux.

La peste soit de Stokely et de ses manigances ! Au bout de cinq heures de jeu, Gavin ne voyait toujours pas où leur hôte voulait en venir.

Pour commencer, ces changements dans les règles, ensuite, son intérêt marqué pour lady Haversham. Et pour couronner le tout, il avait invité Anna ! S'il y avait une femme que Byrne souhaitait ne jamais revoir, c'était bien elle ! Ce séjour ne s'annonçait plus difficile, mais cauchemardesque.

D'autant plus qu'à l'évidence, le diabolique baron savait parfaitement à quoi s'en tenir sur ses relations passées avec Anna. C'était sans doute ce qu'il avait raconté à Cristabel à table, quand Byrne les avait vus chuchoter tous les deux comme des conjurés. Il n'avait aucune envie d'être assailli de questions par cette petite fureteuse, qui en savait déjà beaucoup trop à son goût.

En ramassant le pli qu'il venait de remporter, il observa à la dérobée la table voisine, où lady Kingsley faisait équipe avec leur hôte contre lady Jenner et lady Hungate. Pourquoi le baron avait-il invité Anna ? Était-ce une manœuvre destinée à déstabiliser le partenaire qui l'avait abandonné ? Dans ce cas, il en serait pour ses frais.

Le regard de la belle croisa celui de Byrne, et elle lui décocha un sourire éblouissant.

Il détourna les yeux. Dans sa jeunesse, il aurait gaiement affronté un régiment de cosaques pour un sourire d'Anna, mais celui-ci venait avec treize ans de retard.

La trouver ici l'avait profondément troublé, mais maintenant que sa surprise était dissipée, il se rendait compte que sa présence ne provoquait en lui aucune émotion. Une certaine tristesse, peut-être.

Certes, elle était toujours aussi belle, et son rire cristallin pouvait captiver n'importe quel homme, mais il y décelait maintenant une fêlure imperceptible, comme si les larmes n'étaient pas loin.

Elle l'avait abandonné, et voilà ce qu'elle y avait gagné : un mariage ennuyeux avec un imbécile imbu de lui-même, dont les seuls mérites se résumaient à un titre de noblesse. Pourtant, ce gâchis ne le réjouissait pas.

Anna était belle, intelligente, cultivée. Elle méritait mieux. Tout à coup, le découragement le gagna. Il en avait assez de voir tant de femmes séduisantes et délaissées par leurs époux prendre un amant pour tromper leur ennui.

Il en avait assez de voir des femmes estimables poussées aux dernières extrémités par la folie de leurs conjoints.

Des femmes comme Cristabel...

Attiré comme par un aimant, son regard se tourna vers la table où elle se tenait. Pas une seule fois le sort ne les avait fait jouer ensemble, et pourtant, il avait toujours su où elle se trouvait, avec qui, quand elle riait ou quand elle se concentrait sur le jeu.

Comment se comportait-elle ? La chance lui souriait-elle ? S'affolait-elle à l'idée de perdre ?

Cette idée l'oppressait. Jamais il n'aurait dû l'amener ici. Elle n'était pas à sa place. Elle aurait pu passer des heures au milieu des pires orgies que rien n'aurait entaché son innocence. Et, il s'en rendait compte, il n'aurait pas supporté de la voir souillée.

Pourtant, il aurait obtenu plus facilement ce qu'il cherchait si elle avait basculé dans le libertinage.

Mais quel aurait été le prix à payer ? C'était exactement les mots qu'elle avait employés. Maintenant, il commençait à penser comme elle...

Elle avait dû sentir son regard sur elle, car elle leva les yeux vers lui. Le cœur de Gavin se serra, jusqu'à ce qu'elle lui sourie pour lui faire comprendre que tout allait bien, qu'il n'avait pas besoin de s'inquiéter.

— Byrne ? Cessez de reluquer votre maîtresse, vous aurez tout le temps de le faire plus tard ! gronda Talbot.

— Si notre hôte ne s'en mêle pas, ajouta Markham.

— Vous vous imaginez que lady Haversham pourrait me préférer Stokely ? Vous rêvez !

— Sauf si elle pense que cela peut l'aider à remporter la cagnotte, reprit le lieutenant.

— Lady Haversham n'a pas besoin du baron, remarqua Talbot. Avec lady Kingsley, elle m'a donné du fil à retordre. Nous avons gagné, lady Jenner et moi, mais de justesse, et elles avaient de mauvaises cartes. Et on m'a dit que lady Hungate et elle avaient battu leurs adversaires à plate couture.

Gavin ne put dissimuler sa fierté. Il savait qu'il pouvait lui faire confiance si elle voulait bien se donner la peine de se concentrer sur le jeu.

— Comment avez-vous rencontré lady Haversham ? demanda le quatrième joueur, le colonel Bradley.

— Je connaissais son mari, répondit évasivement Byrne.

— Cet imbécile n'a jamais été capable de gagner une partie, déclara Talbot. Il aurait dû faire équipe avec sa femme, il n'aurait jamais eu tant de dettes.

— C'est comme cela que cette jolie petite veuve s'est retrouvée dans votre lit ? fit Markham. Elle paie en nature les dettes de son mari ?

C'était la deuxième fois de la soirée que Gavin entendait cette accusation, et il faillit perdre son calme légendaire.

— Vous croyez que j'ai besoin de ça pour mettre une femme dans mon lit ?

— Non, mais elle n'est pas votre genre, reconnaissez-le. Enfin, j'imagine qu'une poulette avec des seins pareils est le genre de n'importe quel homme normalement constitué.

À la seule idée de ce petit imbécile reluquant les seins de Cristabel, Byrne faillit étouffer de rage. Il lui aurait volontiers fait rentrer les mots dans la gorge.

Mais enfin, que lui arrivait-il ? Markham, Talbot et lui avaient plus d'une fois comparé les mérites de leurs maîtresses respectives, leurs seins, leurs bouches, leurs chutes de reins, et le reste… Mais entendre ces deux imbéciles faire des commentaires de corps de garde au sujet de Cristabel lui était insupportable.

Son désir inassouvi expliquait certainement cette soudaine susceptibilité. S'il avait mis la jeune femme dans son lit dès le début, comme il en avait eu l'intention, son état d'esprit n'aurait pas été celui d'un adolescent boutonneux et enamouré.

— Je sais comment il l'a mise dans son lit, reprit Talbot. Il lui a raconté qu'il pouvait lui faire remporter la cagnotte. Il y a de quoi faire saliver une veuve couverte de dettes.

— Si elle a avalé ça, elle est vraiment idiote. N'importe qui pourrait lui expliquer que ce n'est pas si facile, même avec Byrne comme partenaire.

— C'est exact, mais même si elle ne remporte pas la cagnotte, je parierais n'importe quoi qu'elle sera dans les quatre finalistes.

— Vous êtes sérieux, Talbot ? intervint Stokely depuis la table voisine. Vous voulez parier ?

L'homme au grand nez se garda bien de répondre et s'absorba dans ses cartes.

— S'il ne tient pas le pari, moi je le relève ! lança Byrne d'un ton provocant. Mille livres que lady Haversham sera en finale !

La conversation avait attiré l'attention des joueurs des tables voisines, qui cessèrent de jouer en attendant la réponse de leur hôte.

Le baron jaugea du regard la détermination de Gavin avant de se tourner vers la marquise, qui se trouvait à l'autre bout de la pièce.

— Lady Haversham ! appela-t-il. Byrne est prêt à parier que vous serez parmi les quatre finalistes. Dois-je relever le défi ? Qu'en pensez-vous ?

La marquise se remit rapidement de sa surprise.

— Je ne peux pas vous conseiller, cher ami, rétorqua-t-elle avec un visage indéchiffrable qui remplit Gavin de fierté. Vous seul savez si vous pouvez vous permettre de perdre mille livres.

L'hilarité fut générale. Lord Stokely pouvait perdre dix fois plus sans même s'en apercevoir.

— Vous pensez donc que Byrne va gagner ? insista le baron.

— Byrne gagne toujours, répliqua la jeune femme, les yeux dans ceux de Gavin.

Le sang de Byrne battit plus rapidement dans ses veines. Il avait bien l'intention de gagner, et pas seulement le pari.

— Eh bien, Stokely ? Vous acceptez, oui ou non ?

— Pourquoi pas ? Contrairement à ce que pense lady Haversham, vous ne gagnez pas à tout coup.

— C'est vrai, admit Byrne en détachant à regret son regard de celui de Cristabel. Seulement quand c'est important.

Un grondement sonore vint annoncer aux participants qu'ils jouaient leur dernière partie. Il était d'usage de marquer par un coup de gong 3 heures du matin, heure après laquelle on ne pouvait plus commencer de nouvelle partie. C'était le seul moyen qu'avait trouvé le maître de maison pour obliger les passionnés à s'arrêter.

Gavin gagnait lorsqu'il vit Cristabel se lever. Elle échangea quelques mots avec ses partenaires avant de se diriger vers sa table.

— Comment cela s'est-il passé pour vous, ma douce ?

— J'ai gagné plus que je n'ai perdu.

— Parfait. Cela augure bien de l'issue de mon pari.

— Je suis épuisée, soupira la jeune femme après l'avoir regardé jouer un moment. Je crois que je vais me retirer.

— Vous pourriez rester et me porter chance...

— Comme si vous en aviez besoin ! Non, je préfère aller me reposer. Mais je vous en prie, restez aussi longtemps que vous le devrez.

Il comprit soudain pourquoi elle tenait tant à quitter la pièce avant lui. Elle voulait commencer seule ses recherches, pendant que le baron était encore occupé à jouer.

Avait-elle deux sous de bon sens ? Fouiller la maison alors que tout le monde était encore debout était une folie et pouvait se révéler dangereux si on la surprenait.

Il ne pouvait pas s'arrêter au beau milieu d'une partie sans éveiller les soupçons, mais il se faisait du souci, et il avait du mal à se concentrer sur le jeu.

Ils commençaient un nouveau pli lorsque le jeu cessa à la table voisine, celle du maître de maison.

Byrne tenta de se raisonner. Leur hôte restait toujours dans la salle jusqu'à la fin de la dernière partie.

Tandis que lady Kingsley venait se placer aux côtés de Gavin, le baron, en maître de maison attentif, fit effectivement le tour de ses invités. Voyant que son ancien soupirant ne lui prêtait aucune attention, Anna souhaita une bonne nuit aux joueurs et s'éclipsa, dépitée. Byrne commençait à se détendre lorsque Stokely rejoignit leur table et leur annonça son intention de se retirer également.

— Peut-être devrais-je demander à lady Haversham si elle ne souhaite pas un peu de compagnie ?

Les autres joueurs s'absorbèrent dans l'étude de leurs cartes, tout en observant Gavin à la dérobée.

— Je vous en prie, répondit-il d'un ton posé. Mais je vous préviens, la belle a un sommeil de plomb. Elle ne vous entendra même pas frapper.

— Nous verrons bien. Bonne nuit, messieurs !

Byrne bouillait de rage. Stokely allait tenter de séduire Cristabel pendant qu'il était cloué à une table de jeu ! C'était intolérable !

Il se reprit. Depuis quand une femme passait-elle avant ses affaires ? Il allait gagner tranquillement la partie, puis il irait expliquer calmement à la marquise qu'elle devait l'attendre pour commencer ses recherches.

Et si par malheur Stokely venait à tomber sur son poing fermé, tant pis pour lui !

14

Je ne connais rien de plus gratifiant que de voir deux hommes se battre pour vous.

Mémoires d'une maîtresse, anonyme

Cristabel aurait préféré fermer à clé la porte du bureau de lord Stokely pour entreprendre ses recherches, mais cela risquait d'éveiller les soupçons si quelqu'un tentait d'entrer dans la pièce.

Elle devait se montrer prudente, car le baron semblait être un homme d'une habileté diabolique. Cela faisait vingt bonnes minutes qu'elle fouillait méthodiquement la pièce, sans l'ombre d'un résultat. Les tiroirs du bureau n'étaient même pas fermés à clé, ce qui signifiait qu'ils ne contenaient rien d'important.

Elle se tourna vers la bibliothèque, pensant qu'elle pouvait receler un coffre. Mais tandis qu'elle suivait chaque rayonnage, le découragement la gagna. Elle mesurait maintenant l'ampleur de la tâche. Dans cette immense demeure, on pouvait cacher pratiquement n'importe où un malheureux paquet de lettres. Comment faire pour le trouver en une semaine ?

Elle se figea en entendant des pas résonner soudain dans le couloir. Elle prit vivement un livre et se mit à le feuilleter. Juste à temps.

— Ah ! Vous voilà ! Je vous croyais couchée, mais j'ai vu de la lumière, lança la voix du maître de maison.

— J'espère que vous ne m'en voulez pas. Je n'arrivais pas à dormir, alors je suis venue emprunter un livre.

— Pas du tout, vous avez bien fait. Cela nous donne l'occasion de faire plus ample connaissance, répliqua-t-il en refermant la porte derrière lui, à la consternation de Cristabel.

— Oh, mais je crois que je vous connais suffisamment, mon cher baron. Vous êtes le genre d'homme avec qui il est dangereux pour une femme de se trouver seule, déclara-t-elle, l'air mutin. Maintenant, si vous voulez bien m'excuser... ajouta-t-elle en glissant le livre sous son bras.

— Allons, ma chère, ne soyez pas si timide ! Nous savons l'un comme l'autre à quoi nous en tenir sur les raisons de votre présence ici, rétorqua-t-il avec un sourire carnassier, en lui barrant le passage.

Cristabel sentit la panique la gagner tandis que lord Stokely lui enlevait le livre et le jetait négligemment sur le bureau.

— Ce que vous cherchez, ce sont des distractions un peu plus pimentées que le whist. Et puisque Byrne est trop occupé pour vous les offrir, vous êtes venue me trouver, murmura-t-il en lui caressant négligemment la joue du bout du doigt. Notre ami devrait pourtant savoir que vous n'êtes pas le genre de femme qu'on peut faire attendre.

Cristabel réfléchissait aussi vite qu'elle le pouvait. Si Stokely était réellement attiré par elle, un petit flirt avec lui pourrait lui apporter plus d'informations que des heures de recherche.

— Dois-je prendre votre silence pour une approbation ?

— Je suis venue avec Byrne. Qu'est-ce qui vous fait croire que je lui retirerais mon affection en votre faveur ? fit-elle d'un ton léger.

— Peut-être aimez-vous la diversité ? suggéra-t-il en se penchant pour lui mordiller l'oreille ce qui, bizarrement, ne lui fit ni chaud ni froid. Ou peut-être êtes-vous agacée par la présence de lady Kingsley... Elle avait rejoint Byrne quand j'ai quitté le jeu.

Cristabel se raisonna pour refréner sa jalousie. Même si Stokely disait vrai, cela ne signifiait pas que Gavin répondait aux avances de la belle Anna.

— Du moment que c'est mon lit qu'il rejoint, je me moque de savoir qui lui tient compagnie dans la salle de jeu.

— Heureusement, lui se moque de savoir qui vous tient compagnie dans mon bureau. Nous avons partagé beaucoup de femmes, Byrne et moi. Il ne verra aucun inconvénient à ce que vous m'accordiez vos faveurs, je vous l'assure.

Il avait certainement raison, mais cela ne changeait rien, et elle ne put réprimer un mouvement de recul lorsqu'il la prit par la taille pour l'attirer contre lui.

Flirter avec lui pour découvrir ses secrets était une chose, se laisser séduire en était une autre. Mais aurait-elle le choix ? Ils étaient seuls. Stokely pouvait faire ce qu'il voulait, personne ne viendrait s'interposer.

Affolée, elle tenta de détourner la tête lorsque la bouche de son hôte s'abattit sur la sienne, mais il la maintenait fermement. Sa langue se lança à l'assaut des lèvres obstinément fermées de la marquise.

Elle levait les mains pour le repousser lorsque des coups précipités retentirent à la porte.

— Cristabel, vous êtes là ?

— Oui, je suis ici. Entrez, s'écria-t-elle immédiatement.

Gavin se figea en les trouvant dans les bras l'un de l'autre.

— Comme vous pouvez le constater, Byrne, notre amie était parfaitement réveillée, déclara lord Stokely sans même se donner la peine de lâcher Cristabel.

— C'est ce que je vois. Vous êtes prête, ma douce ? lança Byrne en lui offrant le bras.

Elle se hâta de le rejoindre, en remerciant le Ciel qu'il soit arrivé à temps, mais la voix du baron les arrêta alors qu'ils s'apprêtaient à quitter la pièce.

— Seriez-vous prêt à changer l'enjeu de notre pari, Byrne ? Mille livres si vous gagnez, mais si je gagne, c'est avec moi que lady Haversham passera la dernière nuit, proposa-t-il en enveloppant la jeune femme d'un regard suggestif.

— Cela me paraît difficile sans le consentement de l'intéressée, remarqua sèchement Gavin.

— Lady Haversham ? Qu'en dites-vous ?

Stupéfaite, Cristabel considérait Byrne. Elle comptait donc si peu pour lui qu'il pouvait calmement envisager de la voir servir d'enjeu pour un pari ?

— Je vais y réfléchir, répondit-elle, furieuse.

— Eh bien, vous me donnerez votre réponse demain.

— C'est inutile, décréta Gavin. Je refuse.

Son ton tranchant et le regard meurtrier qu'il lança au baron rassurèrent sa compagne.

— Mais lady Haversham vient de dire…

— Peu importe ! Je parie mille livres, et rien d'autre.

— Vous préférez perdre mille livres plutôt que de partager la marquise ?

— Je peux me le permettre.

Sa voix était parfaitement calme, mais sa main serrait celle de Cristabel comme un étau, et il paraissait prêt à étrangler le baron.

La jeune femme frémit de joie. Où était passée l'indifférence légendaire de Byrne ? Et elle n'était même pas sa maîtresse !

— Dans ce cas, siffla Stokely, il ne me reste plus qu'à vous souhaiter une bonne nuit. Lady Haversham doit avoir des qualités érotiques hors du commun pour que vous teniez à la garder pour vous seul !

— Vous n'aurez jamais l'occasion de le vérifier, je vous le jure, répliqua Gavin.

Sur ces mots, il passa un bras autour de la taille de Cristabel et la traîna pratiquement dehors.

Perplexe, mais plutôt satisfaite, la jeune veuve observait la rage évidente de son compagnon. Si ce n'était pas de la jalousie, elle ne comprenait plus rien à rien.

— Qu'est-ce qui vous a pris d'encourager ce débauché ? siffla-t-il en l'entraînant dans l'escalier. Ce n'est pas parce que j'ai parié que vous arriveriez en finale que vous allez obligatoirement gagner ! Vous avez envie de coucher avec Stokely ?

C'était bien de la jalousie, aucun doute n'était permis.

— Pas spécialement, mais cela me permettrait de rester ici si j'étais éliminée, expliqua-t-elle d'un ton dégagé.

— Rester avec lui ? Devenir sa maîtresse ?

— Cela m'aiderait à trouver les lettres. J'aurais la haute main sur la maison...

Il étouffa un juron et l'entraîna dans l'embrasure d'une fenêtre.

— Vous refusez de partager mon lit, gronda-t-il en l'acculant contre le mur, mais vous seriez prête à entrer dans celui de Stokely uniquement pour reprendre ces maudites lettres ?

— Ces maudites lettres, comme vous dites, vont vous rapporter un titre de baron. Que vous importe la façon dont nous entrerons en leur possession, du moment que vous avez ce que vous voulez ?

— Il y a d'autres moyens !

— Le plus simple serait certainement de séduire lord Stokely, remarqua-t-elle, bien décidée à lui faire avouer ses sentiments véritables.

— Non !

— Il suffirait de...

— Non ! Je ne vous laisserai pas vous prostituer pour ces lettres ! rugit-il, les yeux étincelants de fureur.

— Qu'est-ce que cela peut bien vous faire ? Vous avez toujours clamé haut et fort que vous vous moquiez que vos maîtresses vous soient infidèles, et vous n'êtes pas amoureux de moi. Si je parviens à séduire Stokely...

— Non ! Non, mille fois non !

Il se pencha pour l'embrasser comme jamais il ne l'avait fait auparavant, comme si sa vie dépendait de ce baiser.

Elle passa les bras autour de son cou et lui rendit son étreinte. Cela faisait plus d'une semaine qu'il ne l'avait pas touchée, plus d'une semaine qu'il ne l'avait pas embrassée !

Combien de fois avait-elle senti sur elle ce regard brûlant de désir qui lui faisait chavirer le cœur ? Combien de nuits l'avaient vue se languir de ses lèvres sur les siennes ?

— Cristabel, vous me rendez fou, chuchota-t-il.

C'était réciproque. Il s'empara de nouveau de sa bouche, mais cette fois-ci, ses mains descendirent le long de sa taille, de ses hanches, caressantes, possessives, impérieuses.

Quelqu'un qui passait dans le couloir lança une remarque salace.

— Venez, murmura Gavin en la prenant par la main.

— Où allons-nous ?

— Dans ma chambre.

— Écoutez, ce n'est pas parce que…

— Il est grand temps d'avoir une conversation sérieuse sur la façon de s'y prendre pour récupérer ces lettres, et ce n'est pas dans votre chambre, en face de celle de Stokely, que nous allons le faire !

Elle ne trouva rien à objecter et se laissa conduire par une enfilade de pièces et de couloirs jusqu'à une chambre confortable à laquelle des boiseries de chêne et des torchères de cuivre donnaient une touche masculine. Byrne devait être populaire parmi les domestiques de la maison : un bon feu brûlait haut et clair dans la cheminée, un flacon de whisky et des verres étaient disposés sur un guéridon, et les vases débordaient de fleurs.

— J'ai cru vieillir de dix ans quand j'ai vu que vous étiez seule avec le baron. J'ai craint qu'il ne vous ait surprise en train de fouiller son bureau.

— Je ne suis pas si naïve ! J'ai prétendu que j'étais venue chercher un livre, et il m'a crue.

— Alors, pourquoi voulait-il changer l'enjeu de notre pari ? Il se joue de vous, Cristabel.

— Je suis de taille à me défendre.

— Vous comptez utiliser le poignard que je vous ai offert ? ironisa-t-il.

— Si c'est nécessaire, pourquoi pas ?

— Ce n'est pas nécessaire ! Il suffit de chercher les lettres quand tout le monde dort, avant que les femmes de chambre se lèvent.

— Entre 4 et 5 heures du matin ? À ce rythme, il faudra des années pour fouiller toute la maison !

— Au moins, n'y allez pas sans moi. Nous pouvons toujours trouver un prétexte plausible si on nous surprend ensemble dans un endroit où nous n'avons rien à faire, tandis que seule...

— C'était là que vous vouliez en venir, n'est-ce pas ? Vous craignez que je ne trouve les lettres sans vous et que vous ne puissiez pas mettre la main dessus. C'est pour cela que vous faites une montagne de ces soi-disant dangers !

— Vous croyez que j'exagère ? Qu'a fait Stokely pendant que vous étiez seule avec lui ?

— Il m'a embrassée, c'est tout.

— La prochaine fois, il voudra aller plus loin, lança-t-il, les dents serrées, surtout si vous lui laissez entendre que vous pourriez être consentante !

Il avait raison. Elle le savait, mais n'était pas disposée à l'admettre devant lui.

— Je ferai en sorte qu'il ne me trouve pas seule, c'est tout.

— Alors que votre chambre est en face de la sienne ? Il peut y entrer quand cela lui chante, à toute heure du jour et de la nuit !

— Je fermerai à clé.

— Il est chez lui ! Il a un double de toutes les clés !

— Eh bien, je mettrai une chaise devant la porte. Ou alors...

— Vous passerez vos nuits ici, c'est tout ! ordonna-t-il. Vous dormirez avec moi, vous ferez vos recherches avec moi, vous...

— Vous parlez comme un mari jaloux. Pour un homme qui se moque de ce que font ses maîtresses, c'est plutôt curieux, remarqua-t-elle sans s'émouvoir.

— Ne dites pas de sottises ! Je n'ai jamais été jaloux !

— Pardon, mais on pourrait s'y tromper ! Maintenant que nous avons éclairci la question de la recherche des lettres, je vais retourner dans ma chambre.

— Vous n'irez nulle part ! rugit-il en claquant la porte qu'elle venait d'ouvrir. Vous resterez avec moi, que je puisse vous surveiller.

— Et pourquoi donc ? Donnez-moi une seule bonne raison !

— Je veux que vous restiez.

— Je regrette, mais...

Il la plaqua contre la porte et la fit taire d'un baiser. Mais cette fois-ci, elle ne répondit pas à son étreinte. Il était jaloux, quoi qu'il en dise, elle ne lui était donc pas indifférente. Mais était-il disposé à admettre ses sentiments, à reconnaître qu'il éprouvait pour elle plus qu'un simple désir physique ?

Tout à coup, un tel aveu lui parut vital. Elle devait à tout prix savoir si, derrière le libertin froid et cynique, se cachait un homme doté d'un cœur et d'une âme.

Il sentit sa réticence, et son assaut se fit plus pressant. Sa bouche descendit lentement le long de sa gorge, ses mains cherchèrent les lacets de sa robe.

— Restez avec moi, ma douce, nous dormirons ensemble. Cette abstinence ridicule ne peut plus durer, chuchota-t-il en titillant de la langue le lobe de son oreille, tandis que le sang de la jeune femme s'enflammait dans ses veines.

Il glissa la main dans son corsage pour caresser un mamelon qui se dressa sous ses doigts. Tout le corps de Cristabel s'éveillait sous ses caresses, exigeant ce qu'elle lui refusait depuis si longtemps.

— Avouez que vous étiez jaloux quand vous m'avez trouvée avec lord Stokely. Avouez-le, et je resterai.

— Je ne peux pas avouer ce qui est faux, répliqua-t-il après une légère hésitation, en délaçant sa robe.

— Pourquoi ? Si vous mentez, je ne le saurai jamais.

— Je ne vais pas m'amuser à mentir pour une sottise !

Mais il évita de croiser son regard lorsqu'il dénuda sa poitrine et prit dans sa bouche l'un de ses seins de neige, qu'il suça avec tant d'avidité qu'elle se tendit comme un arc.

— Ce ne serait pas un mensonge, dit-elle d'une voix haletante, puisque c'est vrai.

— Vous pouvez penser ce que vous voulez, marmonna-t-il en la faisant doucement pivoter pour finir de délacer sa robe.

Quand elle lui fit face de nouveau, il l'enveloppa d'un regard si brûlant, si possessif qu'elle se sentit défaillir.

— Reconnaissez-le !

Il la fit taire d'un baiser et en profita pour lui ôter avec dextérité sa chemise et sa culotte. Il prit avidement possession de ses seins, de son ventre, puis glissa sa main, si douce, si habile, entre les cuisses de sa compagne.

— Avouez-le, insista-t-elle en s'arrachant à son étreinte. « J'étais jaloux », trois petits mots !

— Alors, promettez de passer vos nuits avec moi et de ne pas faire de recherches sans moi.

— Vous savez bien que c'est impossible.

— Mais si, ma douce. Vous allez voir !

Soudain, il l'emprisonna dans ses bras, la souleva et la porta sur le lit.

Cristabel hésita. Si elle résistait, il ne la forcerait pas à rester. Mais ce soir, elle avait entrevu un nouveau Byrne, un homme capable d'émotion, et elle n'avait aucune envie d'abandonner en si bon chemin.

Sans la quitter des yeux un seul instant, il se déshabilla fébrilement, tandis qu'elle le contemplait d'un œil admiratif.

Depuis leur première rencontre, elle craignait, si elle lui cédait, de lui donner sur elle le pouvoir de percer à jour ses secrets. Elle comprenait maintenant que l'inverse était possible.

— Reconnaissez que vous étiez jaloux. Avouez que me voir dans les bras de lord Stokely vous a mis hors de vous !

— Promettez de ne jamais faire vos recherches seule, répliqua-t-il en la rejoignant sur le lit. Promettez, ma douce !

Tandis qu'il lui caressait doucement les seins, elle posa la main sur son ventre et descendit lentement jusqu'à son membre dressé, qui frémit dès qu'elle l'effleura.

— Reconnaissez d'abord que vous étiez jaloux. Reconnaissez-le, répéta-t-elle en emprisonnant son sexe dans ses doigts.

— Oh, non, vous n'allez pas recommencer ce petit jeu-là, espèce d'allumeuse ! protesta-t-il en lui saisissant le poignet.

D'une main, il emprisonna celles de Cristabel au-dessus de sa tête et, de l'autre, il chercha le petit bouton entre ses cuisses. Tandis qu'il lui prodiguait ses caresses diaboliques, sa bouche courut sur sa gorge et ses seins, les suçant doucement, les aspirant.

— Promettez-le-moi, chuchota-t-il encore.

Chacune de ses caresses communiquait à Cristabel un désir dévorant. Prise d'une fièvre ardente, elle ondulait au rythme de sa main, se tordant furieusement pour implorer un assaut plus audacieux.

— Avouez, balbutia-t-elle, éperdue. Je vous promettrai... tout ce que vous voudrez !

Elle se souleva pour atteindre ses lèvres. Il s'empara de sa bouche avec fureur, mais cela ne suffit pas à éteindre le feu qui la consumait. Lorsqu'il glissa un genou entre ses cuisses, elle s'ouvrit à lui en gémissant.

Sans abandonner sa bouche, il s'étendit sur elle, pressant son sexe gonflé sur la tendre fleur qui s'élançait au-devant du plaisir.

— Promettez ! exigea-t-il, tandis que ses assauts s'accéléraient. Promets-moi, ma douce !

Elle glissa la main entre leurs corps enfiévrés et saisit son sexe rigide pour une longue caresse qui, elle le savait bien, le rendrait fou.

— Arrête !

— Avoue ! Avoue que tu es jaloux, insista-t-elle en caressant le sexe gonflé.

— Non ! répliqua-t-il, tout en pressant son membre dans la main de sa compagne.

— Avoue-le, chuchota-t-elle en effleurant de sa langue l'oreille de Gavin.

Elle conclut ses tendres assauts par une caresse aussi pressante que voluptueuse.

— J'avoue, gémit-il en se cabrant. Arrête !

Elle s'exécuta, mais se recula. Elle n'était pas encore satisfaite.

— Avoue complètement !

— Promets-moi que tu n'iras nulle part sans moi, gronda-t-il, le regard brûlant de fièvre.

— Je te le promets !

Il chercha du doigt le sexe offert et plongea profondément en elle avec une plainte extasiée.

— Tu es si douce... Cela fait si longtemps que j'ai envie d'être en toi...

— Byrne, supplia-t-elle pendant qu'elle était encore capable de parler, dis-le !

Il se retira, mais pour mieux revenir.

— J'étais jaloux, gronda-t-il dans un assaut furieux. Je suis jaloux ! Jaloux de tous ces abrutis qui te reluquent... qui salivent quand tu marches...

— C'est vrai ?

— Et de Stokely ! Je ne supporterais pas qu'il te touche ! Personne d'autre que moi n'a le droit de te toucher, poursuivit-il en accélérant ses mouvements, de t'embrasser, d'être en toi...

Il lui mordit le lobe de l'oreille, puis lécha tendrement la morsure pour l'apaiser.

— Non, personne, soupira-elle. C'est toi que je veux.

Elle noua ses bras autour de son cou et se cambra contre lui, venant à la rencontre de ce sexe furieux qui la menait à sa guise.

— Toi seul !

— Cristabel, gémit-il en couvrant de baisers fiévreux son visage, son cou, sa gorge. Cristabel !

À chaque baiser, il pénétrait plus profondément en elle. Sa main se glissa entre eux pour presser le petit bouton qui frémissait furieusement, jusqu'à ce qu'elle sombre dans l'abîme vertigineux où l'entraînait le Prince de la Débauche, l'homme sans cœur à qui elle appartenait désormais.

Mais que lui importait de sentir sur sa chair les flammes de l'enfer ? Qu'elle s'y consume pour les siècles des siècles, pourvu que ce soit avec lui ! Mieux valait l'enfer avec Byrne que le paradis sans lui !

— Cristabel, ma douce, ma chérie... Tu es à moi !

C'était le diable qui réclamait sa proie, et elle ne demandait qu'à le suivre.

— Toi aussi, tu m'appartiens ! souffla-t-elle en sombrant dans le brasier des délices tandis qu'il se répandait en elle.

15

Il est plus sage de ne jamais questionner un amant sur ses anciennes maîtresses, car les réponses peuvent ne pas être à votre goût.

Mémoires d'une maîtresse, anonyme

Étendu sur le dos, Cristabel pelotonnée contre lui, Gavin tentait de calmer les battements affolés de son cœur.

Ce n'était pas le tourbillon de sensualité des minutes passées qui le plongeait dans un tel état, mais ce que sa compagne l'avait forcé à admettre. Cet aveu humiliant était-il vraiment sorti de ses lèvres ? Et il n'avait même pas menti pour l'amener dans son lit. Il pensait sincèrement chaque mot.

Que lui avait donc fait cette petite veuve aux allures provinciales ?

Par le passé, beaucoup de ses maîtresses avaient profité de leurs instants d'intimité pour lui arracher des présents, des bijoux ou des voyages de rêve. Mais jamais aucune ne lui avait demandé de confession. Il fallait dire que jamais encore il n'avait eu envie d'étrangler un homme parce qu'il regardait sa maîtresse avec concupiscence.

Que lui arrivait-il ? Autant s'ouvrir la poitrine et lui offrir son cœur ! « Tiens, ma douce, fais-en ce que tu veux... » Le plaisir ne suffisait pas au colonel Cristabel, il lui fallait plus. S'il n'y prenait pas garde, il allait finir comme ces idiots bêlant dans les jupes de leurs dulcinées.

Il tourna la tête pour la contempler, et toute sa rancœur s'évanouit instantanément. Elle n'avait rien d'une perfide séductrice attachée à sa perte, mais ressemblait plutôt à un chaton repu jouissant calmement de la chaleur du foyer.

Il était dans de beaux draps... Car en réalité, il était prêt à répéter dès qu'elle le lui demanderait chacune des paroles humiliantes qu'il avait prononcées, si cela lui permettait de retrouver sur son visage cette expression de bonheur tranquille. Et de se réveiller chaque matin à côté d'elle.

Il faillit s'étrangler. Que lui arrivait-il ? Il ne fallait surtout pas qu'elle devine ses sentiments, sinon il se retrouverait, avant même de s'en rendre compte, marié et doté d'une ribambelle de marmots...

Des marmots !

— Ce n'est pas possible ! J'ai oublié ! grogna-t-il en sursautant.

— Oublié quoi ? demanda Cristabel, effarée.

— Il est trop tard, de toute façon, murmura-t-il en se calant contre les oreillers. J'ai oublié de mettre un préservatif. Pour ne pas avoir d'enfant, expliqua-t-il en attirant la jeune femme contre lui.

Cela ne lui était jamais arrivé auparavant.

— Cela n'a pas d'importance. Je crois que je ne peux pas en avoir, répondit-elle d'une toute petite voix.

— Pourquoi ?

— En dix ans de mariage, je n'ai jamais été enceinte.

— C'était peut-être ton mari qui était stérile.

— Le médecin m'a dit que c'était impossible.

— Cela ne m'étonne pas ! Si les femmes commençaient à quitter leurs maris quand ils ne leur donnent pas d'enfants, où irions-nous ? S'il faut être deux pour faire un enfant, quand ça ne marche pas, cela peut être la faute de n'importe lequel des deux. C'est logique, il me semble.

— Et tu as toujours un grand sens de la logique, n'est-ce pas ?

— C'est pour ça que dorénavant, je mettrai des préservatifs, et que toi, tu utiliseras des éponges. Nous ne devons pas prendre de risques. Je ne comprends même pas comment j'ai pu oublier cette fois-ci. Tu vois ce qui arrive à un homme qui passe des jours entiers à désirer une femme, ajouta-t-il avec un sourire malicieux. Il perd toute capacité de réflexion.

— J'imagine que tu n'avais jamais passé une seule nuit sans femme, ce qui explique que, d'ordinaire, tu sois toujours aussi logique.

Sans qu'il puisse s'expliquer pourquoi, cette remarque le contraria.

— J'ai déjà passé des semaines sans faire l'amour. Contrairement à ce que tu penses, ma vie tout entière ne se déroule pas dans la chambre à coucher.

— On ne le dirait pas, à voir les invitées de lord Stokely. Combien d'entre elles ont été ta maîtresse ? Deux ? Trois ? Dix ?

— Quatre, c'est tout.

Pensivement, Cristabel laissa errer son doigt sur la poitrine nue de Gavin.

— Et lady Kingsley ? Comment définirais-tu... Anna ?

Byrne se raidit.

— Qu'est-ce que Stokely t'a raconté ? Je sais qu'il t'en a parlé.

— Il m'a dit que tu l'avais demandée en mariage, mais qu'elle avait refusé. Il prétend que tu en voulais à sa fortune, ajouta-t-elle à voix basse.

— Quelle langue de vipère ! C'est bien de lui, de médire ainsi. Je n'avais pas besoin de l'argent d'Anna, crois-moi !

— Il a peut-être mal compris. Il m'a dit que c'était elle qui le lui avait raconté. C'est peut-être ce qu'elle a pensé à l'époque. Comme tu venais juste de créer ton club...

— Si c'est elle qui a dit ça, elle a menti, gronda-t-il. *Le Cygne bleu* marchait très bien, et elle le savait parfaitement. Et elle n'a pas repoussé ma demande. Pas tout de suite, du moins. Nous étions fiancés. Secrètement, c'est vrai. J'avais tout arrangé pour que nous partions nous marier à Gretna Green. Elle était d'accord et s'était préparée de son côté. Puis le riche lord Kingsley a débarqué, poursuivit-il rageusement, et sa famille a fait pression sur elle pour qu'elle lui accorde sa main. Et c'en a été fini de nous deux.

Ce fut seulement lorsque Cristabel posa une main apaisante sur son épaule qu'il se rendit compte de l'amertume qui résonnait dans sa voix.

— Tu l'aimais, n'est-ce pas ?

— C'est ce que je m'imaginais. J'étais jeune et naïf.

— Et elle aussi t'aimait. Elle t'aime toujours. Je suis sûre qu'elle regrette d'avoir écouté ses parents.

— Eh bien, elle a tort.

— Pourquoi donc ? s'étonna Cristabel.

— Ce monde est fait pour les hommes. La seule perspective d'avenir qu'a une femme, c'est de faire un beau mariage, et je n'aurais jamais pu lui offrir le statut social que Kingsley lui a apporté. Elle aurait été Mme Byrne, la femme du bâtard, alors qu'elle est maintenant l'épouse d'un vicomte.

— Quelle importance ? insista-t-elle. Vous vous aimiez, et on devrait toujours faire passer l'amour avant tout.

— Cela ne t'a pas vraiment réussi, il me semble ? Pardonne-moi, ajouta-t-il immédiatement devant son air peiné, je ne voulais pas te blesser.

— Tu n'as fait que dire la vérité. J'aimais Philip, poursuivit-elle en se tournant de l'autre côté, et il a foulé mon amour aux pieds. Tu as sans doute raison. Les jeunes filles devraient choisir leurs époux de façon plus réaliste, pour leur argent ou leur position sociale. Ou pour leurs qualités d'amant, ajouta-t-elle dans un murmure.

La veille encore, cet aveu l'aurait transporté de joie, mais maintenant, il avait l'impression de lui avoir enlevé quelque chose d'infiniment précieux, sa foi en l'amour et en la fidélité.

Non, il ne lui avait rien enlevé. C'était Haversham qui l'avait déçue. Il ne faisait que poursuivre les leçons que son mari lui avait données.

Cette idée l'attrista profondément.

Il se rapprocha d'elle pour l'enlacer tendrement.

— Byrne ?

— Oui, ma douce ?

— Que va-t-il arriver, maintenant ?

— À quel propos ? demanda-t-il, comme s'il ne voyait pas ce qu'elle voulait dire.

— Pour nous.

— Nous allons profiter l'un de l'autre, répondit-il en resserrant son étreinte. Nous allons faire l'amour, jouer au whist...

— Non, je veux dire... ensuite. Quand toute cette histoire sera terminée.

— Cela ne changera rien. Tu seras ma maîtresse, je serai ton amant, et nous ferons l'amour.

— Pendant combien de temps ?

Quel besoin avait-elle de poser des questions aussi absurdes ? Pourquoi les femmes voulaient-elles toujours prévoir la suite ?

— Aussi longtemps que nous le désirerons.

— Mais...

— Ça suffit, ordonna-t-il en posant doucement un doigt sur sa bouche. Laissons-nous vivre pendant quelque temps, si tu veux bien.

Elle leva vers lui un regard brillant de larmes contenues, mais acquiesça en silence.

Lorsqu'il se pencha pour l'embrasser, elle se détourna.

— Quelle heure est-il ?

— Je ne sais pas. 4 h 30, 5 heures. Pourquoi ?

— Il serait temps de commencer nos recherches, souffla-t-elle.

Il fallut à Gavin quelques secondes pour se rappeler l'objet de leur séjour ici. Voilà ce qui arrivait quand on se laissait embobiner par les femmes.

— Les domestiques ne vont pas tarder à se lever.

— Nous pourrions attendre qu'ils aient fini leur travail dans le bureau et la bibliothèque et ensuite aller les fouiller.

— Peut-être, se contenta-t-il de répondre.

Ils ne trouveraient jamais ces fameuses lettres dans cette immense demeure, il en était certain. Le seul moyen de les reprendre, c'était de négocier avec Stokely. Enfin, qu'il négocie, lui, avec le baron, car il avait bien l'intention de les utiliser pour son compte personnel. Cristabel n'en pâtirait pas. Il lui rendrait les lettres une fois qu'il aurait obtenu ce qu'il voulait de Prinny.

Mais pour négocier avec Stokely, encore fallait-il connaître la valeur exacte des lettres, et donc leur contenu.

Il enfouit son visage dans les cheveux de Cristabel.

— Combien y a-t-il de lettres ? chuchota-t-il en caressant son oreille du bout de la langue jusqu'à ce qu'il la sente faiblir. De quelle taille est le paquet que nous cherchons ?

— Je ne sais pas. Il doit y avoir une dizaine de lettres. Une vingtaine, peut-être.

— Elles sont attachées ensemble ? Avec un ruban ? demanda-t-il en jouant avec son sein.

— Un ruban... jaune, souffla-t-elle.

— Je suppose que c'est ton père qui les a écrites. À un ami ? Au prince lui-même ?

Elle se raidit immédiatement.

— Tu essaies de me séduire avec des caresses pour me faire parler ! lança-t-elle en le repoussant.

— J'essaie de te séduire, mais pas de te faire parler. Je me moque de ces lettres.

— Menteur ! De toute façon, cela n'a aucune importance. Quoi que tu fasses, je ne te dirai rien.

Pas pour le moment... Ensuite, on verrait bien. Il se pencha sur elle, un sourire diabolique aux lèvres.

— Et tu ne veux pas non plus que je te séduise ?

— Il est temps de dormir, murmura-t-elle sans conviction.

Il se pencha pour effleurer de ses lèvres la gorge de la jeune femme, puis, lentement, suça un mamelon qui se durcit sous ses lèvres.

— Nous dormirons plus tard, chuchota-t-il d'une voix rauque. Je reviens !

Il sauta à bas du lit pour aller chercher ses préservatifs, mais, quand il revint, Cristabel s'était endormie. En soupirant, il posa les préservatifs sur la table de nuit. Ce n'était que partie remise. Ils auraient tout le temps demain matin. Et la nuit suivante… Et les autres ensuite…

Pendant combien de temps ?

Il chassa la question de son esprit. Mais plus tard, tandis qu'il s'endormait à son tour à côté de Cristabel, les mots de la jeune femme revinrent tournoyer dans sa tête.

Pendant combien de temps ?

16

Ne croyez jamais ce que raconte de votre amant une de ses anciennes maîtresses. Ses motifs sont toujours inavouables.

Mémoires d'une maîtresse, anonyme

Cela faisait trois jours qu'elle avait jeté toute prudence par-dessus les moulins pour devenir véritablement la maîtresse de Gavin, pensait Cristabel tandis que Rosa tentait de démêler sa longue chevelure d'ébène.

— Mais qu'est-ce que tu fais ? Tu veux me tuer ?

— C'est le prix à payer quand on a un amant trop ardent ! C'est parce qu'il vous fait l'amour toute la nuit que vos cheveux sont tellement emmêlés ?

— Quand même pas toute la nuit…

Mais suffisamment longtemps pour emmêler ses cheveux et s'approprier son cœur.

Le problème avec Byrne, c'était que lorsqu'il lui faisait l'amour, elle finissait par s'imaginer qu'il l'aimait sincèrement. Il prenait tout le temps nécessaire pour l'amener à des plaisirs qu'elle n'avait jamais osé imaginer, même dans ses rêves les plus brûlants, et elle en venait à espérer qu'il avait plus d'affection pour elle qu'il ne voulait bien l'avouer.

Mais lorsqu'ils jouaient au whist ou qu'ils fouillaient le château, c'était le joueur froidement efficace qu'elle retrouvait, et elle ne savait plus quoi penser.

— Vous avez de la chance d'être ici avec M. Byrne, et pas un de ces jeunes étourneaux, reprit Rosa en démêlant avec ses doigts une mèche rebelle. Il est aussi habile au jeu qu'au lit. Il va vous faire gagner une fortune qui vous arrangera bien.

— Je ne suis pas certaine de vouloir m'enrichir de cette façon.

— En plumant des imbéciles comme ce lieutenant Markham ? Cet homme est une insulte vivante à tous les soldats dignes de ce nom, avec ses grands airs et son phaéton ! Vous devriez être contente d'avoir gagné jusqu'à son dernier sou, et même son phaéton, avec M. Byrne.

La veille, le sort avait enfin décidé que Gavin et Cristabel feraient équipe. La marquise en avait été ravie, jusqu'à ce que Gavin fasse preuve d'une dureté qui l'avait choquée.

— Il n'aurait pas dû le pousser à jouer aussi ses chevaux. Ce n'était pas nécessaire.

— Personne ne l'y a obligé. S'il l'a fait, c'est qu'il espérait gagner. Il aurait dû se rendre compte qu'avec M. Byrne, vous étiez invincibles !

— Je ne comprends pas pourquoi Byrne tenait tellement à gagner ses chevaux.

— Qu'est-ce que ça peut bien faire ? Ce qui compte, c'est que vous ayez gagné !

— Mais il aurait quand même pu lui laisser ses chevaux ! insista Cristabel. Lord Stokely avait déjà demandé au lieutenant de quitter le château, puisqu'il avait perdu tout ce qu'il avait. Le pauvre garçon n'a plus aucun moyen de rentrer à Londres. Comment va-t-il faire ?

— On m'a dit qu'il était parti à pied pour Salisbury et qu'il avait mis sa montre en gage pour payer son billet de diligence.

Lady Jenner était venue avec son mari qui, même s'il avait l'esprit large, n'avait certainement pas envie de prêter sa voiture à l'amant de sa femme. Et apparemment, personne d'autre n'avait fait le moindre geste pour venir en aide au lieutenant.

Voilà le genre de gens qu'elle fréquentait maintenant. Décidément, elle était tombée bien bas ! Et tout cela pour quelques nuits de plaisir dans les bras d'un homme qui ne l'aimerait sans doute jamais !

Mais quelle importance, après tout ? Elle n'avait aucune envie de s'attacher à un joueur qui se vantait de n'avoir ni sentiments ni morale et qui avait essayé à plusieurs reprises de lui arracher ses secrets. À sa grande fierté, elle n'avait pas cédé.

Ils n'avaient toujours rien trouvé, et leurs espoirs s'amenuisaient à mesure que le temps passait. Gavin pensait que les lettres devaient être cachées dans un coffre-fort, mais ils avaient fouillé de fond en comble le bureau et la bibliothèque, ainsi que plusieurs petits salons, en vain.

Enfin, il lui restait un dernier espoir, et avant la fin du jour, elle en aurait le cœur net.

— Tu as bientôt fini ? fit-elle, impatiente.

— Presque. Mais pourquoi êtes-vous tellement pressée ? Votre M. Byrne ne vous attend pas, il est à la chasse avec les autres messieurs.

C'était exact. Il l'avait beaucoup surprise en lui suggérant de chercher de son côté pendant que leur hôte était absent, et elle comptait bien profiter de l'occasion pour fouiller la chambre de Stokely. S'il possédait un coffre-fort, il y avait des chances qu'il soit là. Ensuite, il ne resterait plus qu'à l'ouvrir.

Dès que Rosa eut planté la dernière épingle à cheveux dans sa coiffure, elle bondit vers la porte.

— Merci ! Je te retrouverai ici tout à l'heure.

Tous les matins, après avoir passé la nuit avec Byrne, elle se faufilait dans sa chambre avant le réveil des autres invités. Mais elle était bien la seule dans toute cette grande maisonnée à se préoccuper de discrétion.

Elle s'assura que l'antichambre était vide et se dirigea vers la porte de la chambre du baron. Les domestiques du rez-de-chaussée étaient occupés par le petit déjeuner, même s'il était plus de midi, tandis que les soubrettes aidaient les dames qui n'avaient pas amené leurs propres femmes de chambre à s'habiller. Ici, dans l'aile réservée à la famille, les domestiques avaient terminé leur ouvrage, et elle avait de bonnes chances de ne pas être dérangée.

Pour plus de sûreté, elle avait trouvé un prétexte pour expliquer sa présence devant la chambre du maître de maison.

La porte était fermée à clé.

Pourquoi le baron fermait-il sa porte à clé alors qu'ils n'étaient que deux dans cette aile de la maison ? Peut-être n'était-il pas parti à la chasse avec les autres ?

— Lord Stokely ? appela-t-elle à mi-voix en frappant deux petits coups. Vous êtes là ?

Rosa passa une tête étonnée dans l'antichambre.

— Il est parti à la chasse, je l'ai vu. Qu'est-ce que vous lui voulez ? chuchota-t-elle.

— J'ai à lui parler ! Et si j'avais besoin de toi, je t'appellerais ! Tu ne devais pas laver mon linge ?

À contrecœur, la camériste rentra dans la chambre, mais la marquise savait parfaitement que la curieuse garderait l'oreille collée à la porte jusqu'à ce que sa maîtresse s'en aille. Elle essaya de faire jouer la serrure avec la lame de son éventail, mais en vain.

Si lord Stokely fermait sa chambre à clé, c'était sans doute qu'il y cachait quelque chose de valeur. Pourquoi pas les lettres ?

Enfin, comme elle ne pouvait être sûre de rien, elle allait quand même fouiller un petit salon du rez-de-chaussée que personne n'utilisait jamais.

Son entrée surprit un groupe d'invitées qui écoutaient, bouche bée, lady Jenner leur lire des extraits d'un petit livre.

— Oh, lady Haversham ! s'écria Mme Talbot. Venez vous joindre à nous. Ce livre est passionnant !

— Vous pourrez nous donner vos commentaires, lança Éléonore comme Cristabel allait s'éclipser.

— À quel sujet ?

— Les amants, bien entendu, intervint lady Hungate. Une dame vient de publier un livre de Mémoires racontant ses liaisons avec tout ce qui compte à Londres. Nous essayons de deviner de qui il peut bien s'agir.

Cristabel mourait d'envie d'en apprendre plus.

— Il faut absolument que vous nous donniez votre avis. À part lady Kingsley, nous avons toutes eu une liaison avec Byrne. Nous devons comparer nos expériences.

La marquise ferma la porte derrière elle. Elle avait voulu se persuader qu'aux yeux de Gavin, elle était différente des autres, qu'elle était plus qu'une maîtresse ordinaire. Écouter celles qui l'avaient précédée lui remettrait les idées en place, ce dont elle avait grand besoin.

— Regardez si l'auteur parle de Byrne ! supplia Mme Talbot. Il doit figurer dans les derniers chapitres.

— J'en doute, intervint Elizabeth Hungate. Il s'agit visiblement d'une demi-mondaine, et les maîtresses de Byrne sont toutes des femmes de qualité, mariées de surcroît.

— Hormis une qui est veuve, l'exception qui confirme la règle ! remarqua lady Kingsley d'un ton acerbe.

Savait-elle que Cristabel était au courant de ses amours passées avec Gavin ? Probablement. Lord Stokely aimait trop les ragots pour avoir résisté au plaisir de le lui dire.

— J'ai lu le livre jusqu'au bout, et nulle part il n'est question de Byrne, déclara lady Jenner.

— Il a peut-être payé pour qu'on ne parle pas de lui, suggéra Mme Talbot. J'ai entendu dire que l'auteur avait proposé à certains messieurs de ne pas les mentionner, contre espèces sonnantes et trébuchantes, bien entendu.

— Byrne, céder à un maître chanteur ? fit lady Hungate en pouffant. Il se moque bien du qu'en-dira-t-on. Parfois, je me demande même s'il ne prend pas plaisir aux commérages qui courent sur ses amours.

— C'est certain, renchérit la comtesse. Il est sûrement ravi de sa réputation d'homme au sang chaud et au cœur froid.

— Vous exagérez ! Et puis, vous reconnaîtrez que ses prouesses au lit compensent largement sa froideur extérieure.

Un soupir général approuva la remarque d'Elizabeth.

— Est-ce qu'il fait toujours... commença Mme Talbot en s'adressant à lady Haversham.

— Voyons, ma chère ! Nous n'avons pas besoin d'entrer dans l'intimité de chacune ! coupa lady Hungate.

— Et pourquoi pas ? protesta la rousse Mme Talbot. Vous savez, ce qu'il fait avec ses doigts... Ne me dites pas que vous n'aimiez pas ça !

Cristabel voyait parfaitement de quoi elle parlait. Et elle aimait ça, elle aussi. Seigneur, elle n'était décidément qu'un nom de plus sur une longue liste !

— Byrne est merveilleux, c'est vrai, intervint une dame que la marquise n'avait pas remarquée. Mais enfin, ce n'est pas le seul ! J'ai eu un amant...

Pendant une heure entière, la jeune veuve participa à la conversation la plus instructive et la plus indécente qu'elle ait jamais entendue. Elle écouta avec avidité, fascinée par les nombreuses manières dont disposait un homme pour procurer du plaisir à une femme. Et inversement. Peut-être que si elle arrivait à satisfaire Gavin avec de telles techniques, il la garderait lorsque toute cette histoire serait réglée...

Il la garderait ! Elle n'apprendrait donc jamais rien ? Au lieu de rêver d'un impossible avenir avec un libertin, elle ferait mieux de s'inquiéter pour celui de son père, qui était bien compromis si elle ne retrouvait pas ces lettres !

— Pour en revenir à Byrne, reprit lady Jenner, il y a au moins une chose que je ne regrette pas chez lui, c'est sa manie des préservatifs. J'aime sentir la chair de l'homme qui est en moi, et je ne suis pas une prostituée qui peut rapporter toutes sortes de maladies ! S'il a peur de faire des enfants, il n'a qu'à se retirer au dernier moment, comme tout le monde.

Cristabel cacha de son mieux sa surprise. Il ne lui était jamais venu à l'idée que les hommes avaient cette ressource.

— Moi, j'aime bien les préservatifs, répliqua Mme Talbot. C'est plus propre. Est-ce qu'il en met toujours, lady Haversham ?

Cristabel s'empourpra.

— Je... je préférerais changer de sujet.

— Voyez comme vous rougissez ! s'écria Éléonore. J'espère que notre franchise ne vous choque pas ?

— Mais pas du tout, mentit la jeune femme.

— Vous n'avez pas dit grand-chose. Donnez-nous quelques détails. Y a-t-il quelque chose qui vous ennuie chez Byrne ?

— Eh bien, commença-t-elle, cherchant un détail qui ne soit pas trop intime, il prend toutes les couvertures. Je me réveille gelée au milieu de la nuit.

Un silence étonné accueillit cette remarque anodine, tandis que ces dames échangeaient des regards perplexes.

— Vous voulez dire qu'il passe toute la nuit avec vous ? s'enquit lady Hungate.

— Oui, bien sûr.

— Ça n'a rien d'une évidence, expliqua Mme Talbot. Byrne ne restait jamais dormir avec moi. Il s'assoupissait quelquefois une heure ou deux, mais pas plus.

— Il n'a jamais passé une nuit entière avec aucune d'entre vous ? demanda Cristabel, le cœur battant à tout rompre.

— Jamais ! répondit lady Hungate.

— C'est parce qu'elle est veuve, fit lady Jenner avec une moue dédaigneuse. Il dort avec elle parce qu'elle n'a pas de mari qui l'attend.

— Je ne crois pas, objecta la jeune inconnue. Mon mari n'était jamais là, et mes domestiques sont discrets, mais Byrne n'a jamais voulu rester une nuit entière avec moi, même quand j'insistais.

Mais il dormait avec Cristabel, et toutes les nuits que Dieu faisait ! Finalement, elle n'était peut-être pas pour lui une maîtresse ordinaire. À moins qu'il ne veuille la protéger des avances de lord Stokely, tout simplement.

— Ce qui m'agaçait toujours chez Byrne, reprit Elizabeth, c'était sa manie de m'appeler « ma douce » ou « mon petit ».

— C'est son côté irlandais, remarqua Mme Talbot. Ils adorent donner des petits noms.

— Je n'y vois aucun inconvénient, mais ceux qu'il choisissait m'agaçaient. Je ne suis plus une « petite » depuis longtemps, et je n'ai certainement rien de doux !

— Moi, ça ne me gêne pas, intervint la marquise. Et j'aime bien quand il m'appelle « chérie ».

De nouveau, les dames échangèrent des coups d'œil intrigués.

— Il vous appelle « chérie » ? s'écria Mme Talbot, incrédule.

— Eh bien, voilà qui est fort intéressant, murmura rêveusement Elizabeth Hungate.

— Cela ne veut rien dire, décréta sèchement lady Jenner. Je suis certaine qu'il a dû m'appeler « chérie » une ou deux fois. Je n'y ai pas attaché d'importance, c'est tout !

— Moi, je m'en souviens très bien, reprit l'inconnue. Il ne m'a jamais appelée « chérie ».

— Moi non plus, reconnut Mme Talbot.

— Apparemment, Byrne a montré à lady Haversham une facette de sa personnalité qu'il nous avait toujours cachée, remarqua lady Hungate.

— C'est ridicule, siffla la comtesse. Un léopard ne change pas de taches ! S'il se conduit différemment avec elle, c'est qu'il veut quelque chose.

Songeuse, Cristabel jouait avec son éventail. La blonde harpie avait sans doute raison, même si elle ne voyait pas bien comment le fait de l'appeler « chérie » pouvait aider Byrne en quoi que ce soit.

— Avec l'âge, les hommes en ont parfois assez de papillonner, reprit Elizabeth. Même les hommes comme Byrne peuvent tomber amoureux et avoir envie de se marier.

— Byrne, se marier ? Il est incapable d'aimer, encore moins de se fixer ! Alors, le mariage, vous pensez !

— Ce n'est pas vrai, dit calmement une voix mélodieuse venue du fond du salon.

Tous les regards se tournèrent vers lady Kingsley, qui s'empourpra légèrement.

— Byrne a déjà aimé et proposé le mariage à une femme. Je... je l'ai bien connue.

— Celle qui vous a raconté ça est folle, ou alors c'est une menteuse, glapit lady Jenner. Si vous avez le malheur de parler d'amour à Byrne, tout est fini entre vous. Il couchera peut-être avec vous une dernière fois, mais le lendemain, il vous signifiera votre congé, même si vous lui expliquez que c'était une plaisanterie.

Elle s'interrompit, réalisant visiblement qu'elle en avait trop dit. Mais elle n'était pas femme à se taire bien longtemps.

— Si vous voulez rompre avec lui, vous n'avez qu'à lui dire : « Je t'aime », et c'est lui qui rompra.

La gorge de Cristabel se noua à l'idée que Gavin pourrait un jour l'abandonner aussi cavalièrement.

— C'est vrai, renchérit Mme Talbot. Ne lui parlez jamais d'amour si vous voulez rester sa maîtresse.

La marquise jeta un regard plein de rancune à la belle Anna. C'était à cause d'elle que Byrne était devenu aussi cynique. Comment avait-elle osé piétiner ses sentiments pour obtenir une position dans la haute société ? Elle lui avait appris à se méfier des femmes, à fermer son cœur, à ne même pas vouloir entendre parler d'amour.

Enfin, elle n'était pas la seule coupable. Même si elle lui avait fait beaucoup de mal, la trahison du prince et la mort de sa mère avaient déjà profondément marqué Byrne.

— Que savez-vous de l'incendie qui a tué Mme Byrne ?

— Un poêle qui tirait mal, je crois, ou quelque chose de ce genre, expliqua Mme Talbot. Ils avaient un logement très modeste, apparemment, et ce genre d'incendie arrive souvent dans les quartiers pauvres.

— Mais comment se fait-il qu'il n'ait pas été là ?

— Mais il était là ! Il était tard, il dormait. Quand sa mère est rentrée, l'immeuble était en feu. Elle s'est frayé un chemin jusqu'à leur logement et a réussi à le sortir de là, mais ses brûlures étaient trop graves, et elle est morte à l'hôpital.

— Mme Byrne a brûlé… On dirait une comptine, ricana lady Jenner.

— Éléonore, je vous en prie ! Un peu de respect pour les morts, intervint lady Hungate.

— Oh, ne soyez pas aussi collet monté !

— Excusez-moi, murmura Cristabel en se levant.

Elle en avait assez des plaisanteries douteuses de cette harpie, de ses sous-entendus malsains et de sa dureté. Elle préférait quitter la pièce avant de lui arracher les yeux.

— Où allez-vous donc ? demanda la comtesse. Vous partez rejoindre les hommes à la chasse ? Vous avez un bon coup de fusil, d'après ce que j'ai cru comprendre. Mais il est vrai que tirer sur des gens est plus facile que d'abattre des oiseaux en plein vol.

Cristabel se figea sur le seuil. Décidément, lord Stokely était une vraie commère !

— Je suis à votre disposition pour vous donner un aperçu de mes talents sur n'importe quel genre de cible, rétorqua-t-elle avec son sourire le plus suave. Quand il vous plaira, ma chère !

Mme Talbot dissimula un sourire derrière son éventail, tandis que lady Hungate riait ouvertement.

— Pourquoi pas maintenant ? proposa la comtesse en se levant à son tour. Je ne suggère pas de tirer sur des gens, bien entendu, les oiseaux suffiront. Je ne me défends pas trop mal avec un fusil… Allons-y toutes ensemble ! Nous n'avons rien de vraiment passionnant à faire, de toute façon !

— Cela ne plaira pas beaucoup à ces messieurs, objecta Mme Talbot.

— Ne vous inquiétez pas, intervint Elizabeth Hungate avec un regard entendu à l'intention de Cristabel. À part lord Jenner, nos amis ne sont pas passionnés de sport. Notre arrivée leur fera une distraction, si vous voulez mon avis.

Pourquoi pas, après tout ? songea Cristabel. Quand les dames auraient rejoint les messieurs, la partie de chasse ferait certainement place à un autre genre de sport, surtout par ce bel après-midi tiède et ensoleillé. Byrne et elle auraient alors toute latitude de revenir fouiller la chambre du baron.

— Pour donner un peu de piment à notre équipée, lady Haversham, reprit la comtesse, je vous parie que j'abattrai trois oiseaux d'affilée avant vous. Cent livres contre cet éventail que Byrne vous a offert !

— Qu'est-ce qui vous fait croire que cet éventail est un cadeau de Byrne ? demanda Cristabel en serrant l'arme déguisée entre ses doigts.

— C'est tout à fait le genre de cadeau qu'il fait : voyant, vulgaire, et parfaitement inutile.

— Si vous le trouvez de mauvais goût, pourquoi voulez-vous le gagner ?

— Ce doit être un objet de valeur, sinon vous ne l'emporteriez pas partout avec vous.

Et surtout, la harpie adorerait enlever à la marquise un objet auquel elle tenait.

Était-elle prête à risquer sa seule arme dans un pari ridicule ?

Eh bien, oui ! Il était grand temps de rabaisser l'orgueil de cette sorcière. Et puis, cent livres l'arrangeraient bien. Elle se sentirait un peu moins à la charge de Gavin.

— J'accepte ! lança-t-elle à sa rivale.

17

Il est parfois utile de surprendre son amant en arrivant à l'improviste.

Mémoires d'une maîtresse, anonyme

À l'orée d'un petit bois, Gavin, adossé à un arbre, écoutait d'un air absent ses compagnons parier sur quel arbre tel ou tel oiseau allait se percher. Il aurait volontiers saisi un fusil et tiré sur le petit groupe pour les faire taire. Quelle manie avaient donc les Anglais de toujours parier sur tout et n'importe quoi ? Il était joueur dans l'âme, mais un jeu qui ne demandait ni talent ni réflexion ne l'intéressait pas.

Ses demi-frères avaient peut-être raison, il vieillissait. Sinon, comment expliquer que les petits jeux de Stokely ne l'amusent plus, ou qu'il en ait tellement voulu à Markham de ses remarques sur les seins de Cristabel ?

Mais non, l'âge n'avait rien à voir là-dedans. C'était cette diablesse, la cause de ce changement. Cette femme lui ramollissait le cerveau. Il pensait sans cesse à elle. À peine avait-elle tourné les talons qu'elle lui manquait déjà. Depuis qu'elle était devenue sa maîtresse, son désir pour elle, loin de faiblir, ne lui laissait plus aucun répit.

Comme si ses pensées s'étaient matérialisées, il aperçut alors un groupe de femmes qui se dirigeaient vers eux d'un pas décidé, Cristabel en tête, telle Jeanne d'Arc menant ses troupes à la bataille.

Mais la Pucelle d'Orléans n'avait pas cette splendide chevelure de jais, ni ces rondeurs pleines de sensualité.

Son sang battit plus rapidement dans ses veines. Comme il s'était vite habitué à enfouir son visage dans la masse d'ébène de ses cheveux, à s'endormir la main sur ses hanches voluptueuses, à se réveiller en la trouvant pelotonnée dans ses bras, à lui faire l'amour toutes les nuits...

Voilà que tous ses sens étaient en ébullition, rien qu'à la voir monter la colline. Bientôt, il bêlerait des vers de mirliton pour lui déclarer son amour !

— Attention, messieurs, lança-t-il. Ces dames montent à l'assaut.

— Vous ne remarquez rien dans ce groupe, mon cher Byrne ? fit Stokely, amusé.

— Elles me paraissent très déterminées. À votre place, je m'inquiéterais. C'est vous le maître de maison, après tout.

— Mais elles ont toutes été vos maîtresses, rétorqua sèchement le baron. Si l'un de nous est dans de sales draps, c'est sûrement vous.

Il avait sans doute raison. Ce ne pouvait pas être un hasard.

— Bonjour, mesdames ! s'écria-t-il. Nous vous manquions ?

Lady Hungate s'esclaffa.

— Ne rêvez pas, espèce de vaurien ! Nous sommes venues nous joindre à vous. Lady Jenner et lady Haversham ont fait un pari.

Tous les hommes présents éclatèrent de rire. Ils s'imaginaient probablement que c'était une plaisanterie. Mais Gavin, lui, savait que, si le mari d'Éléonore ne valait rien au lit, c'était une fine gâchette, et qu'il avait appris à tirer à sa femme. Quant à Cristabel...

— Et quel est l'enjeu ?

— Cent livres contre mon éventail à celle qui abattra trois oiseaux la première, expliqua posément la marquise.

Il n'en fallut pas plus pour que l'assistance se partage en deux camps. Chacun choisit sa candidate et se mit à parier. Du regard, Gavin interrogea Cristabel, mais le visage de la jeune femme resta impénétrable. Lui qui la croyait occupée à fouiller la maison ! Il était à peu près certain qu'elle ne trouverait rien, mais il pensait que pendant ce temps, elle serait à l'abri des perfidies de son ancienne maîtresse.

Apparemment, même quand elle essayait de ne pas se faire remarquer, les ennuis allaient au-devant d'elle.

— Byrne ! Vous ne pariez pas ? demanda lord Stokely.

— Bien sûr que si ! Vingt livres sur lady Haversham.

Talbot nota immédiatement la somme sur le petit carnet qui ne le quittait jamais.

— Moi aussi ! renchérit le baron. Quand on est capable de trouer un chapeau à cinquante mètres, on peut abattre n'importe quelle perdrix.

— Comment savez-vous qu'elle visait le chapeau ? lança lady Jenner. Moi, j'aurais visé plus bas.

— Verriez-vous un inconvénient à ne plus évoquer les différentes parties de mon individu qu'une femme peut viser ? s'enquit Byrne. Au milieu de tous ces fusils chargés, cela me rend nerveux.

— Si vous n'étiez pas si strict sur les dettes de jeu, personne n'aurait envie de vous tirer dessus, remarqua Talbot.

— Si je n'étais pas si strict, je serais ruiné, rétorqua Byrne, et vous devriez tous aller au *White's*, où la nourriture est exécrable, et la boisson encore pire.

— C'est vrai, admit Talbot en gloussant. Mais nous devrions peut-être suivre l'exemple de ce pauvre Haversham et demander à nos épouses de vous accueillir à coups de tromblon quand vous venez réclamer votre argent.

— C'était un fusil à répétition, précisa sèchement Cristabel, et mon mari a payé ses dettes.

— Si vous étiez venue à Londres de temps en temps avec votre époux, il ne se serait peut-être pas montré si assidu aux tables de jeu, suggéra perfidement la comtesse.

La marquise blêmit. Gavin s'apprêtait à intervenir, mais lord Stokely ne lui en laissa pas le temps.

— Haversham ne tenait pas à ce que sa femme vienne en ville, il me l'avait dit lui-même. Il était extrêmement jaloux, et il craignait qu'elle ne rencontre des hommes de ma trempe, ou de celle de Byrne.

— C'est ridicule, intervint l'intéressée. S'il ne voulait pas que je vienne à Londres, c'était pour pouvoir rencontrer tranquillement sa maîtresse.

— Il n'avait pas de maîtresse, répliqua Stokely. Il nous en aurait parlé. De toute façon, il était amoureux comme un collégien. Il n'arrêtait pas de nous chanter la beauté et l'intelligence de son épouse, que nous n'aurions jamais la chance de connaître, car nous n'en étions pas dignes.

La jeune veuve paraissait stupéfaite. Gavin aurait donné cher pour connaître l'idiot qui l'avait persuadée que son mari avait une liaison. La marquise se ressaisit rapidement et observa les valets qui chargeaient des fusils pour les dames.

— Attention, Byrne ! fit Talbot. Lady Haversham examine ces fusils avec beaucoup d'attention. J'espère que vous ne l'avez pas contrariée cette nuit, sinon elle pourrait bien suivre la suggestion de lady Jenner et viser au mauvais endroit !

Gavin regarda Cristabel, qui haussa discrètement les épaules. Dire qu'elle avait été tellement choquée lors de cette partie chez Éléonore ! S'agissait-il vraiment de la même femme ? Elle s'était adaptée à ce nouveau milieu avec une facilité qu'il ne pouvait s'empêcher d'admirer.

Il leva les yeux et croisa le regard d'Anna, qui l'observait attentivement. Il la salua avec une certaine froideur. Si la jeune femme avait été à la place de Cristabel, obligée de se faire passer pour ce qu'elle n'était pas...

C'était tout simplement inimaginable. Elle n'avait pas eu le courage de s'opposer à son père, comment aurait-elle osé se lancer dans une telle aventure pour le sauver ? Elle n'avait jamais eu le goût de l'aventure. En fait, elle était parfaitement prévisible. Elle adorait les présents, les colifichets, les sorties ; elle était aussi frivole que les autres jeunes filles qui avaient fait leur entrée dans le monde en même temps qu'elle. Ses parents l'avaient toujours gâtée, et tout ce qu'elle demandait, c'était que son époux en fasse autant.

S'ils s'étaient mariés, elle aurait été malheureuse comme les pierres au bout d'un mois. Son père l'aurait déshéritée et, tandis que Gavin se serait battu pour développer ses affaires, elle n'aurait cessé de se plaindre de ses horaires tardifs et de lui demander des meubles plus luxueux, une maison plus grande ou une calèche pour se promener avec ses amies.

Peut-être lui avait-elle rendu service, après tout. Il ne serait probablement pas là où il en était maintenant s'il l'avait épousée. Et il n'aurait pas pu lui offrir le titre auquel elle tenait tant, contrairement à Cristabel...

Il revint à la marquise, occupée à choisir un fusil. Que serait-il arrivé s'il l'avait rencontrée quand il débutait ? Si c'était lui qui l'avait secourue à Gibraltar ?

C'était une supposition ridicule. Il n'avait jamais secouru qui que ce soit de sa vie. Mais si elle avait été à la place d'Anna treize ans plus tôt, il était certain qu'elle n'aurait pas hésité et qu'elle l'aurait suivi à Gretna Green, avec ou sans le consentement de sa famille. Cristabel ne faisait pas les choses à moitié, elle se donnait corps et âme. Pour un homme qui se laissait rarement aller, c'était extrêmement rafraîchissant.

De toute façon, la jeune veuve lui avait clairement signifié qu'elle n'avait aucune envie de tomber de nouveau sous la coupe d'un mari. Et lui n'avait aucune envie de s'embarrasser d'une épouse. Vraiment aucune.

Les messieurs s'étaient à présent regroupés autour des concurrentes. Talbot avait proposé de servir d'assistant à Éléonore, et lord Kingsley en avait fait autant pour la marquise.

Stokely rappela les règles de la compétition.

— Les domestiques rabattront les perdrix, et je donnerai le signal des tirs. Talbot suivra les oiseaux abattus par lady Jenner, et lord Kingsley ceux tués par lady Haversham. Ces dames en tueront trois chacune, et la dernière à faire feu sera la perdante. J'arbitrerai en cas de conflit.

La comtesse et la marquise ayant donné leur accord à ces règles, les rabatteurs se mirent en route et, quelques secondes plus tard, dans un fracas assourdissant, les deux femmes tirèrent, changèrent de fusil, tirèrent encore. Avant même que la fumée se fût dissipée, Byrne savait que son ancienne maîtresse avait tiré la dernière. Pourquoi alors rayonnait-elle comme si c'était elle la gagnante ?

— La marquise a fini la première, déclara Stokely. Talbot, Kingsley, quel est votre décompte ?

— Lady Jenner a tué trois perdrix, annonça Talbot.

— Lady Haversham en a tué deux, bafouilla Kingsley.

— Et une bécasse ! ajouta Cristabel. Cela fait trois.

Les chiens cherchaient effectivement à l'endroit qu'elle désignait.

— C'est une magnifique bécasse, cria lord Kingsley en les rejoignant.

— Les bécasses ne comptent pas ! tonna la comtesse.

— Je vous demande pardon, rétorqua la jeune veuve. Le pari était de tuer trois oiseaux de trois balles.

— Trois perdrix, insista lady Jenner.

— Désolée, Éléonore, intervint lady Hungate, mais vous aviez dit trois oiseaux.

— Ces messieurs sont partis chasser la perdrix, reprit la comtesse. Il va de soi que notre pari visait également des perdrix.

— Si le but était de déterminer le meilleur fusil, remarqua Gavin, la démonstration est faite, perdrix ou non.

— Il s'agissait de perdrix, c'était évident pour tout le monde, et lady Haversham le sait parfaitement ! Vous avez perdu, alors donnez-moi votre éventail !

— Certainement pas ! C'est vous qui me devez cent livres !

La comtesse arracha des mains d'un valet un fusil chargé et le pointa sur la marquise.

— Donnez-moi cet éventail, petite garce !

— Ce n'est qu'un jeu, intervint Byrne, le ventre soudain noué d'angoisse. Si vous voulez, nous pouvons recommencer, avec des perdrix uniquement.

Le baron s'avança à pas de loup derrière la blonde furie et empoigna le fusil, dirigeant le canon vers le ciel. Le coup partit, et la balle alla se loger dans les branches d'un chêne.

Deux secondes plus tard, lorsque Éléonore poussa un cri strident, Gavin comprit que la balle avait ricoché et l'avait blessée. Elle releva sa jupe, révélant sa bottine déchirée et sa jambe ensanglantée.

À la vue du sang qui giclait de sa cheville, lady Jenner s'évanouit, ce qui provoqua un grand désordre. Certaines dames se précipitèrent vers la blessée, d'autres semblaient sur le point de s'évanouir aussi, tandis que les messieurs blâmaient la légèreté de lord Stokely, qui aurait dû faire immédiatement décharger les fusils inutilisés.

— Écartez-vous ! ordonna Cristabel.

D'un pas décidé, elle se dirigea vers lord Jenner qui, agenouillé dans l'herbe, soutenait la tête de sa femme, qui revenait à elle. Lorsqu'elle aperçut lady Haversham penchée sur elle, elle se mit à hurler :

— Chassez cette meurtrière ! Elle a essayé de me tuer !

— Cessez vos simagrées ! C'est vous qui vous êtes blessée. Maintenant, montrez-moi votre cheville.

Éléonore éloigna sa jambe, ce qui lui arracha un cri de douleur.

— Montrez-lui cette blessure, renchérit Gavin. Lady Haversham a suivi l'armée pendant des années, elle a l'habitude de panser des blessures.

— Effectivement. Allons, cela ne vous fera aucun mal de me laisser voir.

Lady Jenner s'exécuta de mauvaise grâce, et la marquise écarta le cuir de la bottine, découvrant la plaie avec une délicatesse et une habileté de chirurgien.

— Je pense que la blessure est superficielle, mais il faut nettoyer la plaie pour avoir la certitude que l'os n'est pas fracturé. Vous devriez faire appeler un médecin, poursuivit-elle en s'adressant au baron. Cela dépasse mes maigres compétences.

— Je m'en occupe immédiatement.

Visiblement contrarié, Stokely donna des instructions pour qu'un domestique parte immédiatement chercher un médecin.

— Il faut la ramener dans la maison, ajouta Cristabel en levant les yeux vers Byrne.

En grommelant, il souleva son ancienne maîtresse dans ses bras et la porta jusqu'à la maison. Il aurait pu demander à un valet de s'en charger, mais la comtesse avait accusé Cristabel d'avoir tiré sur elle. Si jamais il lui arrivait quelque chose entre le moment où la marquise l'avait examinée et l'arrivée du médecin, il ne voulait pas qu'elle s'en prenne de nouveau à la jeune femme.

— Votre amie est un véritable fléau, dit lady Jenner entre ses dents. Sa place n'est pas ici.

— Vous avez raison. Elle est beaucoup trop bien pour cet endroit. Mais il se trouve que c'est une bonne joueuse de whist et que je lui suis très attaché. Elle restera donc ici avec moi, et je serais extrêmement irrité si quelque chose de fâcheux lui arrivait. Vous m'avez compris ?

— Parfaitement, murmura la mégère, pâle de douleur et de rage.

Dieu merci, Éléonore le connaissait suffisamment pour savoir qu'il ne parlait pas à la légère. À cette minute précise, il l'aurait volontiers étranglée pour avoir osé s'en prendre à Cristabel.

Le médecin confirma le diagnostic de lady Haversham. La balle n'avait pas touché l'os, mais la blessure nécessitait quelques points de suture. Il interdit à la comtesse de sortir pendant quelques jours, mais décréta qu'après une bonne nuit de repos, elle serait parfaitement en mesure de descendre et de participer au tournoi. Il lui ordonna cependant d'attendre le lendemain, ce qui souleva de vives protestations chez l'intéressée, car les éliminatoires commençaient le soir même.

Enfin, après avoir arraché à lord Stokely la promesse d'interrompre le tournoi et de n'autoriser aucune partie, même amicale, avant le lendemain, lady Jenner consentit à avaler le laudanum que la faculté lui avait prescrit.

Cristabel et Byrne suivirent lord Stokely, lord Jenner et le médecin dans l'escalier.

— Félicitations, chuchota Gavin à l'oreille de sa compagne, tandis que les autres s'entretenaient avec le praticien. Tu as réussi à battre Éléonore sans même toucher une carte.

— Ce n'est pas ma faute si elle s'est blessée ! Et tu sais parfaitement que j'avais gagné.

— Je te taquinais, ma douce. Ne t'inquiète pas, personne ne t'en veut. En revanche, moi, je m'en veux. Éléonore a plus de bon sens, d'habitude, mais elle est furieuse que j'aie humilié son amant. Si j'avais su qu'elle s'en prendrait à toi, je n'aurais pas poussé Markham à bout hier soir.

— Et si tu n'avais pas couché avec la terre entière… murmura la marquise entre ses dents.

— Pardon ?

— Rien. Puisque nous sommes libres ce soir, j'ai une occupation toute trouvée.

— Dis-moi que cette occupation nécessite un lit et une bouteille de champagne bien frais !

— Je sais où sont les lettres : dans la chambre de Stokely. J'ai voulu la fouiller pendant que vous étiez à la chasse, mais la porte était fermée à clé. Nous n'avons plus qu'à crocheter la serrure…

— Nous ? Tu as donc d'autres talents cachés ?

— Non, mais je pensais que tu…

— J'ai eu une jeunesse tumultueuse, je l'admets, mais je n'ai jamais eu l'occasion de pratiquer le cambriolage et l'effraction.

C'était vrai, et s'il était effectivement capable de crocheter une serrure, elle n'avait pas besoin de le savoir. Il comptait bien fouiller seul la chambre de Stokely, pendant que Cristabel serait profondément endormie. À supposer que les lettres soient dans la chambre du baron...

— Tu avais dit que tu pouvais ouvrir n'importe quel coffre...

Elle s'interrompit en voyant un valet de pied se diriger vers eux, une enveloppe à la main.

— Un message urgent pour vous, monsieur !

Le cœur battant, Gavin parcourut le billet, qu'il enfouit dans la poche de son gilet.

— Je dois partir pour Bath.

— Maintenant ? Mais... et les éliminatoires ?

— Elles ne commenceront que demain soir. J'ai le temps de faire l'aller-retour. Ne t'inquiète pas, ma douce, je ne t'abandonnerai pas au milieu des fauves, assura-t-il en lui caressant la joue.

— Pendant ton absence, je fouillerai la chambre de lord Stokely. Je m'y faufilerai une fois qu'il sera endormi, et...

Le seul fait d'imaginer Cristabel seule dans la chambre du baron en plein milieu de la nuit fit sursauter Byrne.

— Il n'en est pas question ! protesta-t-il. C'est impossible, de toute façon. Tu viens à Bath avec moi.

18

Je n'ai jamais laissé personne m'insulter. Être la maîtresse d'un homme ne l'autorise pas à se montrer grossier.

Mémoires d'une maîtresse, anonyme

À l'expression de Byrne, Cristabel vit tout de suite qu'il avait parlé sans réfléchir. Son désarroi était presque comique. Mais il se ressaisit bientôt et répéta d'un ton parfaitement résolu :

— Tu viens avec moi. Nous partons tout de suite !

Un instant, elle fut tentée de refuser. Elle tenait une chance unique de chercher les lettres seule. Mais pénétrer dans la chambre de Stokely était risqué, et si les lettres étaient cachées dans un coffre-fort, elle ne pourrait rien faire.

Bien entendu, toutes ces belles excuses n'étaient que des prétextes pour ne pas s'avouer la vérité. Elle mourait d'envie de voir le domaine de Byrne, de connaître son refuge secret.

— Il faut que j'emmène Rosa.

— Si c'est par souci des convenances, tu ferais mieux de la laisser ici. Nous passerons la nuit chez moi, mais nous rentrerons demain matin. Tu n'as rien à emporter, il te suffit de me retrouver au bout du parc. Si on lui pose des questions, elle n'aura qu'à prétendre qu'après l'incident avec Éléonore, tu ne te sentais pas bien. Il lui suffira d'interdire ta chambre aux autres domestiques, et personne n'aura le moindre soupçon.

Il avait raison. Et même si sa réputation lui paraissait déjà bien compromise, il était plus prudent de garder secret ce voyage.

— Nous partons dans une demi-heure. Je t'attendrai derrière les haies au bout de la grande pelouse. Comme ça, personne ne te verra de la maison.

Avant qu'elle ait pu répondre, il avait disparu. Elle eut à peine le temps de glisser quelques objets de toilette dans un de ses vieux sacs à main qu'il était déjà temps de partir.

Elle ne se détendit un peu qu'une fois loin du château.

— Tu as prévenu Stokely de ton départ ?

— Oui, et il m'a paru très content. Il a dû se dire que je lui offrais une occasion idéale de te séduire.

— Je ne comprends pas pourquoi il s'intéresse à moi. Enfin, cela peut nous être utile.

— Comment ?

— Si tu ne sais pas crocheter une serrure, dit-elle d'un air innocent, et que nous ne trouvons pas d'autre moyen de pénétrer dans la chambre de notre hôte, je pourrai toujours flirter avec lui jusqu'à ce qu'il m'y amène.

— Il n'en est pas question ! Tu ne prendras pas de tels risques.

— Je ne te dis pas que je vais sauter dans son lit, mais je pourrais le laisser m'embrasser un peu…

— Une fois dans sa chambre, rétorqua Byrne, tu n'auras plus le choix. Tu finiras dans son lit, que tu le veuilles ou non.

— Tu crois que je vais me laisser séduire aussi facilement ?

— Il ne s'agit pas de séduction, ma douce. Il te traitera d'aguicheuse et te prendra de force. Il considérera que si tu es venue dans sa chambre, c'est pour partager son lit, quoi que tu puisses dire, et personne n'ira le blâmer pour ça.

— Je suis de taille à me défendre. Et puis, tu pourras toujours attendre dehors et intervenir si je suis en difficulté.

— C'est trop dangereux. Je ne te laisserai pas te prostituer pour ces maudites lettres.

— Et qu'est-ce que je fais depuis quelques jours ?

Gavin se figea.

— Tu veux dire que si tu fais l'amour avec moi, c'est pour t'assurer mon aide ?

— Bien sûr que non. Mais le fait est que si je suis entrée dans ton lit, c'est à cause de notre plan.

— Tu n'es pas une putain, Cristabel.

— Qu'est-ce que je suis, alors ?

— Ma maîtresse.

Comme les autres. Comme toutes les autres.

— Je ne vois pas très bien la différence, reprit-elle, la gorge serrée. C'est toi qui finances mes mises et qui as payé mes robes. Une prostituée échange ses faveurs contre des avantages matériels, si je ne m'abuse ?

Même si ces derniers jours s'étaient révélés enchanteurs, l'ambiguïté de sa situation n'avait cessé de la tourmenter.

— Une maîtresse reçoit des cadeaux, je te l'accorde. Mais ce n'est pas la même chose, insista-t-il, visiblement en colère.

Cristabel avançait en terrain glissant. Après tout, elle jouait auprès de Byrne le rôle qu'avait tenu la mère de son amant auprès du prince de Galles. Mais il fallait absolument qu'il comprenne ce qu'elle éprouvait.

— Une fille de joie fait l'amour une seule fois avec des clients différents, tandis qu'une maîtresse fait l'amour plusieurs fois avec le même. À part ça, je ne vois pas bien la différence.

Le mot « clients » le fit grincer des dents.

— Si tu avais vu ce que j'ai vu, tu comprendrais tout de suite la différence ! J'ai passé toute mon enfance au milieu des prostituées. J'ai vu des femmes battues à mort, d'autres à qui on cassait un bras ou une jambe en toute impunité, parce que leur vie n'avait pas plus de prix que celle d'un animal. Tu n'auras jamais besoin de partir racoler les hommes dans les rues pour te payer quelques heures de sommeil sur une paillasse infestée de puces, serrée contre deux ou trois autres miséreuses pour te tenir chaud. Tu ne verras jamais un journalier abruti par le gin se trancher la gorge de désespoir, tu...

— Je t'en prie, ça suffit ! supplia-t-elle, le cœur serré.

Toutes ces horreurs, il les avait connues avant même d'être en âge de les comprendre.

Livide, les poings serrés, il la fixait sans la voir, le regard hanté.

— Tu n'as rien à voir avec ce monde-là, ni même avec le demi-monde, ajouta-t-il lorsqu'il eut retrouvé son calme.

Cristabel hésita. Il était bouleversé, et sans doute était-il cruel d'insister. Mais alors, il ne comprendrait jamais.

— Je te l'accorde, les filles dont tu parles ont une vie tragique, mais cela ne change rien au fait que, prostituée ou maîtresse, les deux touchent de l'argent en échange de leurs faveurs.

— L'une a le choix, l'autre pas.

— Et en quoi une maîtresse a-t-elle le choix ?

— Elle peut parfaitement refuser de partager le lit de son amant.

— Elle ne restera pas longtemps sa maîtresse, dans ce cas. Et une prostituée peut refuser un client qui ne lui plaît pas.

— Mais enfin, c'est ridicule ! Tu n'es pas une catin ! s'écria-t-il, excédé. Tu ne me crois pas ? Eh bien, je vais te montrer la différence ! Déboutonne ta robe ! ordonna-t-il après avoir tiré les rideaux de la voiture.

— Pardon ?

— Tu es une putain, n'est-ce pas ? J'ai payé pour toi, alors fais ce que je te dis ! Déboutonne ta robe. Tout de suite !

— Très bien. Monsieur désire autre chose ?

— Montre ta poitrine !

La brutalité de l'injonction la fit sursauter, mais, loin de la rebuter, elle l'excita, sans doute parce que cette situation lui rappelait leur partie d'effeuillé.

— Maintenant, caresse-toi, ordonna-t-il.

— Comment ?

— Caresse-toi les seins, que je te regarde. C'est ce que j'aime, regarder.

La flamme inquiétante qui luisait au fond de son regard de glace la brûlait comme un tison, et son sang battit plus vite dans ses veines.

Quant à Gavin, il n'en croyait pas ses yeux. Peu à peu, il perdait le contrôle de la leçon qu'il avait voulu lui donner. Mais comment deviner que cette diablesse se prendrait si bien au jeu ?

L'air canaille, elle caressa lentement l'un de ses seins, puis l'autre, pétrissant doucement les aréoles brunes, titillant du bout des doigts les mamelons, qui se dressèrent fièrement. Il dut faire appel à toute sa volonté pour ne pas se précipiter et sucer ces globes délicieux jusqu'à ce qu'elle demande merci.

Mais il fallait absolument lui démontrer que leur relation n'avait aucun rapport avec le lien sordide qui existait entre une prostituée et son client.

Il ouvrit son pantalon et son caleçon, découvrant son érection naissante.

— Maintenant, suce-moi, ordonna-t-il. Putain ! se força-t-il à ajouter.

L'effet désiré ne se fit pas attendre. La jeune femme devint livide.

— Je ne comprends pas, balbutia-t-elle, les lèvres tremblantes.

— Qu'est-ce qu'il y a à comprendre ? Tu mets mon sexe dans ta bouche, et tu le suces jusqu'à ce que je jouisse, exactement comme je jouis dans ta chatte.

Il déglutit avec peine. Il avait du mal à utiliser un mot grossier devant elle.

— Agenouille-toi et suce-moi. C'est un service que j'ai payé !

Il était certain qu'elle n'oserait pas. Même les plus libertines de ses maîtresses s'autorisaient rarement de telles privautés. La petite marquise ne s'y résoudrait jamais, il en était sûr.

Même lorsqu'elle tomba à genoux entre les banquettes, il crut qu'un cahot l'avait déséquilibrée. Il aurait pourtant dû savoir que le colonel Cristabel préférerait subir les pires affronts plutôt que de lui laisser le dernier mot.

N'en croyant pas ses yeux, il la regarda envelopper de ses lèvres le gland offert.

Il se pencha pour saisir la nuque de sa compagne, mais au lieu de l'écarter, comme il en avait eu l'intention, il la pressa contre lui, jusqu'à ce que son sexe soit presque tout entier dans la bouche de la jeune femme. Elle commença à sucer, et une onde brûlante le parcourut tout entier. Il était prêt à exploser.

— Ça suffit. Tu ne peux pas faire ça, murmura-t-il d'une voix rauque en la repoussant gentiment.

— Et pourquoi ? s'enquit-elle avec un sourire narquois. Je m'y prends mal ? ajouta-t-elle, son sourire s'évanouissant.

Il se rappela ce qu'elle lui avait dit – qu'elle se reprochait de ne pas avoir su satisfaire son mari.

— Si tu continues, tu vas m'emmener tout droit au septième ciel, ma douce. Là n'est pas la question.

— Et quelle est la question, alors ? Je fais mon travail, tout simplement, reprit-elle ironiquement.

— Tu n'es pas une putain ! s'écria-t-il en hissant l'entêtée sur ses genoux.

Et pour l'empêcher de discuter plus longtemps, maintenant qu'elle pensait avoir eu gain de cause, il s'empara de sa bouche. Il l'embrassa sauvagement, bien décidé à la convaincre qu'elle n'était pas une femme entretenue. Il allait lui montrer ce qu'elle était pour lui, même s'il n'était pas très sûr de le savoir lui-même.

— Byrne, souffla-t-elle en s'écartant.

— Chut, murmura-t-il en couvrant de baisers sa peau si douce, tout en glissant la main sous ses jupes. Laisse-moi te faire l'amour, ma chérie.

— Non. C'est mon tour. J'ai appris qu'une femme aussi pouvait faire l'amour à un homme, expliqua-t-elle en commençant à dénouer la cravate de Gavin.

— Et où as-tu appris ça ? s'étonna-t-il.

— Auprès de tes anciennes maîtresses. Nous avons eu une conversation extrêmement intéressante sur les différentes façons de satisfaire un homme, poursuivit-elle en déboutonnant son gilet.

— Ça ne me plaît pas beaucoup, grommela-t-il.

— Et pourquoi donc ? demanda-t-elle d'un air matois.

— Parce que, telle que je te connais, tu es bien capable d'utiliser ta science toute neuve pour me mettre à genoux.

— Comme toi tu viens de me mettre à genoux ?

Elle prit tout son temps pour lui enlever sa chemise, avant de laisser courir ses doigts sur sa poitrine, son ventre, et plus bas encore. Mais lorsqu'elle passa la main le long de son sexe pour en caresser le bout, Byrne l'arrêta fermement.

— Ne te venge pas en me torturant avec ta jolie petite main. Je veux être en toi. Tout de suite.

— À votre service, monsieur. Le client est roi !

— Écoute… commença-t-il, de nouveau agacé.

— Tu as pris tes préservatifs ?

Il les avait oubliés.

— Comment allons-nous faire ? D'après lady Jenner, si tu y tiens tellement, c'est que tu considères tes maîtresses comme des prost…

— Oublie lady Jenner ! coupa-t-il en lui arrachant presque ses vêtements. Et si tu prononces encore une seule fois le mot « prostituée », je te jure que je te laisse aller à Bath à pied !

— Pour ça, je ne m'inquiète pas ! Qu'est-ce que tu ferais de ça ? s'écria-t-elle en riant avec une caresse sur son sexe rigide.

Pour le dérider, elle couvrit de baisers le visage de Gavin.

— Pourquoi cela t'ennuie-t-il tellement de me considérer comme une courtisane ?

— Parce que je ne veux pas que tu te rabaisses.

— Tu m'as dit une fois que les sentiments de tes maîtresses ne t'intéressaient pas, objecta-t-elle.

— Mais les tiens m'intéressent beaucoup !

Décidément, il était en train de tourner à l'imbécile enamouré. Et il s'en moquait éperdument.

— Pourquoi mes sentiments t'importent-ils, alors que tu ne t'es jamais soucié de ce qu'éprouvaient tes autres maîtresses ? En quoi suis-je différente ?

— Je croyais que tu allais me faire l'amour ?

Il s'écarta un peu pour se débarrasser de son pantalon et de son caleçon, avant d'installer sa compagne à califourchon sur ses genoux.

La petite lueur qui luisait au fond de son regard émeraude aurait dû l'alerter. Il poussa un gémissement lorsqu'elle prit en elle son membre dressé et comprit où elle voulait en venir quand elle s'arrêta brusquement.

— En quoi suis-je différente des autres ? répéta-t-elle en se retirant lentement.

— Dieu me protège des petites aguicheuses, soupira-t-il en essayant vainement de la ramener sur lui.

— Tu disais que tu aimais regarder, reprit-elle en suçant son doigt, avant de le passer lentement sur ses seins.

— Viens ! fit-il, haletant, tandis que son érection atteignait des proportions impressionnantes.

— Qu'est-ce que j'ai de différent ? insista-t-elle.

Elle n'abandonnerait pas, même si elle devait lui arracher les mots. Voilà tout ce qu'il avait gagné à lui faire rencontrer ses anciennes maîtresses.

— Tu es honnête et franche, tu n'aguiches pas les hommes. Sauf au lit.

En souriant, elle reprit sa délicieuse torture, lentement, à petits mouvements réguliers, affolants.

— Et puis ?

Il était déjà prêt à demander grâce. Pour une femme qui venait de découvrir les plaisirs des sens, elle savait admirablement se faire désirer.

— Tu... tu ne me considères pas comme une machine à distribuer des cadeaux.

Avec un sourire satisfait, elle accéléra le rythme de sa danse enivrante jusqu'à ce que, éperdu, il pense mourir du plaisir d'être en elle, de contempler son visage rosi et ses yeux brillants de fièvre. Et tout cela pour lui, tout cela à cause de lui.

— Quoi d'autre ? murmura-t-elle encore en le chevauchant avec ardeur, sa longue crinière de jais flottant sur ses épaules, ses seins généreux se dressant avec tant d'orgueil qu'il ne put résister à la tentation d'en saisir le bout entre ses lèvres et de le sucer jusqu'à ce qu'elle se cambre en gémissant.

— Pourquoi mes sentiments t'importent-ils tant ? balbutia-t-elle.

— Parce que avec toi, chuchota-t-il, j'ai envie de me conduire convenablement.

— Et moi, avec toi... j'ai envie de me conduire mal.

Le sang bouillonnait dans les veines de Gavin, qui sentait l'orgasme monter en lui. Retenant son plaisir, il glissa la main entre les jambes de Cristabel pour la caresser, jusqu'à ce qu'elle se resserre autour de son membre pour l'amener enfin à cette volupté si longtemps attendue.

— Nous pourrons... trouver... un juste milieu, ma chérie.

Avec un cri rauque, elle s'effondra contre lui, et il se répandit en elle en gémissant.

Bien plus tard, bercé par le roulis de la voiture, Cristabel sur ses genoux, Byrne se rendit compte qu'il n'avait jamais été aussi heureux. Il aurait voulu rester éternellement sur cette route, enfermé avec sa compagne comme dans une bulle de bonheur.

— Byrne ?

— Oui, ma douce ?

— C'est vrai, ce que disait lord Stokely ? Philip n'a jamais eu de maîtresse ?

Qu'elle puisse penser à son mari dans un moment pareil jeta une ombre sur sa félicité.

— Quelle importance ? soupira-t-il.

— S'il en avait une, cela veut dire que je ne lui suffisais pas.

— Non ! Cela voudrait dire qu'il était trop bête pour apprécier le trésor qu'il possédait.

— C'est pour ça que tes amis ont tous un amant ou une maîtresse ? Parce qu'ils sont idiots ?

— J'ai aussi des amis capables de fidélité. Draker et Iversley sont fidèles à leurs femmes, et celles-ci les adorent.

— C'est vrai, admit-elle.

— Quant à mes autres amis, reprit-il, la plupart ont fait des mariages de convenance, et non d'inclination. Choisir son conjoint pour l'argent ou la position sociale qu'il apporte n'est pas le meilleur moyen de rencontrer l'âme sœur.

— Et même dans un mariage d'inclination, l'un des deux peut se lasser et fuir la compagnie de l'autre pour aller chercher ailleurs.

— Haversham appréciait ta compagnie, d'après ce qu'il a dit à Stokely, lui rappela-t-il en la serrant contre lui. Sa passion, c'étaient les cartes. Tu n'y étais pour rien, mon petit. Il avait sans doute la passion du jeu bien avant de te rencontrer, et quand il a eu le temps et les moyens de jouer autant qu'il le voulait, personne au monde n'aurait pu l'empêcher de le faire.

— Alors, tu penses qu'il n'a jamais eu de maîtresse ?

— Apparemment, personne ne lui en connaissait. Qui t'a dit qu'il avait une liaison ? demanda-t-il tandis qu'elle méditait ses paroles.

— Peu importe. J'ai probablement tiré des conclusions hâtives.

— Mais qui te l'a dit ?

— Le régent, murmura-t-elle. Mais maintenant, je ne suis plus si sûre d'avoir compris ce qu'il voulait dire.

— Répète-moi exactement ses paroles. Et raconte-moi comment vous en êtes venus à discuter des frasques de ton mari, ajouta-t-il en lui caressant les cheveux pour se faire pardonner sa brusquerie.

— Avant d'être appelée à Londres, je ne m'étais pas aperçue de la disparition des lettres. Le prince m'a dit que Philip avait vendu des lettres appartenant à mon père. Il ignorait ce que je savais, et je lui ai tout de suite expliqué que je connaissais leur contenu. Il m'a alors expliqué que lord Stokely menaçait de les publier s'il ne lui accordait pas ce qu'il demandait.

— Et que demande-t-il ?

Cristabel garda obstinément le silence.

— Cela ne t'engage à rien de me dire ce que veut Stokely, plaida Gavin en lui prenant tendrement le menton pour la regarder dans les yeux. J'ai bien compris que ces lettres concernaient Prinny au moins autant que ton père. Tu ne trahiras donc aucun secret.

— Tu as sans doute raison, soupira-t-elle après un moment de réflexion. Figure-toi que le baron demande la main de la princesse Charlotte, maintenant que ses fiançailles avec le prince d'Orange sont rompues.

— Il est devenu fou ?

— Pas tout à fait. Quand elle était plus jeune, la princesse a entretenu une correspondance clandestine avec un capitaine de la garde. Stokely doit s'imaginer qu'un baron constituerait un progrès appréciable.

— Cela m'étonnerait que le régent soit du même avis. D'après Draker, il cherche pour Charlotte un mariage politiquement intéressant.

— Son Altesse n'a visiblement pas l'intention de céder au chantage, mais lord Stokely est bien décidé à obtenir la main de sa fille.

— Il faut croire qu'il en a assez d'être mis au ban de la bonne société. Il doit s'imaginer qu'en épousant une princesse, il retrouvera une réputation sans tache.

— Probablement, mais cela n'excuse pas son chantage.

— Effectivement, admit Gavin, mal à l'aise.

Après tout, s'il arrivait à s'emparer de ces lettres, lui aussi les utiliserait pour obtenir ce qu'il désirait. Mais cela n'engagerait que lui-même.

Pourquoi tenait-il tant à ne pas être mis sur le même pied que le baron ? Avec Prinny, tous les moyens étaient bons. Il n'y avait aucun scrupule à avoir.

— Continue, reprit-il, s'arrachant à ses pensées. Le prince t'a raconté le chantage de Stokely. Et ensuite ?

— Je ne pouvais pas croire que Philip avait trahi ma confiance. Même lorsque le régent m'a montré la lettre que lord Stokely lui avait envoyée, j'ai refusé de croire à sa culpabilité. Il a alors déclaré que si ce n'était pas mon mari, ce ne pouvait être que moi ou une personne très intime avec lui, comme… comme…

— Comme ? demanda Gavin, le cœur serré devant ses yeux pleins de larmes.

— Sa… maîtresse, hoqueta Cristabel en éclatant en sanglots. Je lui ai dit… qu'il n'avait pas de maîtresse… Et il… m'a répondu que s'il en avait eu une… j'aurais été la dernière à le savoir ! C'est tout.

Byrne la serra plus fort contre lui en essuyant ses larmes.

— J'ai pensé que le régent devait avoir raison, mais en y réfléchissant, je crois que c'était une simple supposition. En tout cas, pour moi, tout concordait : les séjours de Philip à Londres, son refus de m'emmener avec lui…

— Et c'est à ce moment-là que tu as accepté de t'introduire chez Stokely pour reprendre les lettres ?

— Oui.

— J'en étais sûr ! Tu étais bouleversée, et il en a profité !

— Tu penses que ses allusions étaient préméditées ?

— C'est parfaitement possible, mais Prinny est tellement cynique dès qu'il s'agit des femmes et du mariage qu'il a pu trouver évident que Haversham ait une liaison.

— Tu n'aimes vraiment pas beaucoup le régent.

— Dire que je le déteste autant que je le méprise serait plus exact.

— Papa dit toujours que la haine glisse sur la personne haïe et blesse seulement celui qui hait, murmura-t-elle en lui caressant la joue. C'est un sentiment contre-productif.

Elle ne lui avait jamais beaucoup parlé de son père, et la profonde affection qu'il entendait dans sa voix lui donna envie d'en savoir plus.

— Quelles seraient les conséquences pour ton père si ces lettres étaient publiées ?

— Au mieux, il perdrait son poste et tomberait en disgrâce, expliqua-t-elle d'une voix blanche. Au pire, il serait pendu pour haute trahison.

Quel secret cachaient donc ces maudites lettres ? Et qu'adviendrait-il de la jeune femme si jamais Gavin réussissait à s'en emparer ?

Aucun mal ne lui arriverait, se promit-il en resserrant son étreinte. Il y veillerait. Il n'avait pas l'intention de publier ces documents, il comptait simplement s'en servir pour obliger le prince à reconnaître publiquement le tort qu'il avait fait à sa mère.

— Eh bien, rien de tout ça ne lui arrivera, déclara-t-il d'un ton décidé. Nous y veillerons. J'y veillerai !

Comme si cette promesse apportait une solution définitive, elle lui adressa un sourire radieux et, rassurée, posa tendrement la tête au creux de son épaule.

Elle s'était endormie depuis longtemps qu'il ruminait encore de sombres pensées. Et s'il ne réussissait pas à reprendre les lettres, qu'arriverait-il à Cristabel ? Que pourrait-il faire pour la protéger ?

19

Une fois de temps en temps, on peut trouver un amant capable d'une affection sincère.

Mémoires d'une maîtresse, anonyme

Cristabel était perdue dans un rêve des plus étranges. Elle flottait au milieu des cieux, portée par une main caressante qui la déposait sur un nuage. Détachée de tout lien terrestre, une voix céleste résonnait à ses oreilles :

— Laissez-la dormir, elle en a besoin.

Le bruit d'une porte qui se refermait la réveilla. Elle ouvrit les yeux dans une chambre inconnue, éclairée uniquement par le grand feu qui brûlait dans la cheminée. Ce n'était donc pas un rêve. Ils étaient arrivés, et Byrne avait dû la porter dans la maison et la coucher sur ce lit moelleux.

Elle se rappelait vaguement s'être réveillée dans les bras de Gavin. Ils avaient fait l'amour encore une fois, doucement, lentement, délicieusement, avant de s'arrêter pour dîner dans une auberge et de reprendre leur route. Elle s'était de nouveau assoupie, recrue de fatigue.

Elle chercha des yeux une pendule. Minuit... Mais où était donc son fougueux amant ?

Cette chambre ne pouvait pas être celle de Byrne. Un feu brûlait haut et clair dans la cheminée, mais il restait encore des relents d'humidité caractéristiques des pièces inoccupées depuis longtemps. Et surtout, la décoration était typiquement féminine. Les murs, la courtepointe, le tapis, tout était rose. Le lit bateau à col-de-cygne n'avait rien de masculin non plus.

Où était-il donc ? Elle se leva et sortit dans une vaste antichambre circulaire en haut d'un escalier. Un rai de lumière filtrait de la porte la plus éloignée. Sans même se soucier de remettre ses chaussures, elle se dirigea vers le murmure étouffé qui en provenait.

Elle reconnut la voix de Byrne.

— Le médecin est vraiment certain qu'elle va mieux ?

Elle ? De qui s'agissait-il ? Elle s'approcha à pas de loup, prenant bien soin de rester dans l'obscurité.

— Oui, je vous assure. Je regrette de vous avoir fait venir.

— J'avais bien dit que ce n'était pas la peine de te déranger, intervint une voix féminine, dont la faiblesse n'altérait en rien l'autorité. Ce n'est qu'un rhume tout bête !

— Maman, c'est ce que tu dis toujours, même quand tu craches du sang ! protesta gentiment Gavin. Heureusement qu'Ada te connaît suffisamment pour ne pas t'écouter.

« Maman » ! La mère de Byrne était en vie ? Cristabel n'en revenait pas.

Tout le monde la croyait morte dans l'incendie. Pourquoi cachait-il qu'elle avait survécu ? En tout cas, elle comprenait enfin les départs précipités de son amant.

— Je vais passer la nuit ici, Ada, reprit Gavin, mais il faut que je reparte très tôt demain matin. Si vous êtes vraiment certaine qu'elle va bien…

— Le docteur May me l'a assuré, mais comme vous m'aviez dit…

— Vous avez bien fait de m'appeler. N'hésitez jamais à le faire. Allez vous coucher, maintenant. Je vais rester un moment avec maman, j'ai à lui parler.

— Très bien. Bonne nuit !

Affolée, la marquise n'eut pas le temps de se cacher, mais ladite Ada se dirigea de l'autre côté du couloir et ne la remarqua même pas.

— J'ai amené quelqu'un avec moi, reprit Gavin, et j'aimerais beaucoup que tu rencontres cette personne.

— Encore un médecin ? Je t'en prie, Gavin, ça suffit. Je vais beaucoup mieux ces derniers temps, quoi qu'en dise Ada, et le docteur May s'occupe très bien de moi.

— Il ne s'agit pas d'un médecin, mais d'un ami. D'une amie, en fait.

— Je vois. Alors, tu lui as dit la vérité à mon sujet ?

— Bien sûr que non ! Je t'ai promis de ne jamais en parler, et j'ai toujours tenu parole. Je sais que tu ne veux voir personne, poursuivit-il, très tendu, mais je te demande de faire une exception pour elle. Je t'en prie !

Jamais elle n'aurait imaginé Byrne capable de supplier qui que ce soit. Quelles surprises ce voyage lui réservait-il encore ?

— Si tu y tiens tellement... Amène-la-moi demain matin avant votre départ.

— Merci ! s'écria-t-il, visiblement soulagé. Et maintenant, reprit-il, toute son autorité lui revenant, occupons-nous de toi. Il fait un froid de canard dans cette chambre. Et ta carafe d'eau est presque vide ! Je vais appeler pour qu'on la remplisse.

Cristabel n'eut pas le temps de reculer, il était déjà sur le pas de la porte. Il s'arrêta devant elle, interdit.

— Gavin ? Qu'y a-t-il ? demanda sa mère.

— Je crois que tu vas rencontrer mon amie un peu plus tôt que prévu, maman, dit-il avec un sourire.

— Je... je suis désolée, balbutia-t-elle. Je ne voulais pas être indiscrète. Je me suis réveillée, j'étais toute seule, et...

— Ne t'inquiète pas. Viens, que je te présente.

La jeune femme désigna d'un air désolé sa robe froissée, ses pieds nus et sa chevelure en désordre.

— Ne t'en fais pas pour ta tenue, maman n'attache aucune importance à ce genre de chose. Allons, viens.

Cristabel le suivit dans une grande pièce faiblement éclairée. Dans le coin le plus sombre se dressait un lit à baldaquin. Une odeur entêtante de médicaments se mêlait au suave parfum de fleurs fraîchement coupées.

D'après ce qu'elle pouvait voir dans la pénombre, la chambre était meublée avec goût. Elle distingua une élégante coiffeuse, des chaises aux pieds tournés et des rideaux imprimés qui devaient donner une touche de gaieté à la lumière du jour. Mais l'occupante du lit, elle, restait invisible, dissimulée par les rideaux à moitié tirés.

— Maman, laisse-moi te présenter mon amie Cristabel, marquise de Haversham. Cristabel, voici ma mère, Sally Byrne.

— Bonsoir, milady, murmura la voix à peine audible de Mme Byrne. Et où est donc votre mari ?

— Elle est veuve, intervint Gavin.

— Je suis ravie de faire votre connaissance, madame, dit Cristabel en esquissant une petite révérence.

— Vraiment ? Je n'aurais jamais pensé qu'une marquise viendrait jusque dans ma chambre pour le plaisir de faire ma connaissance ! Approchez, mon petit, que je vous voie ! ordonna la maîtresse de maison.

Bien qu'intimidée, la jeune femme obéit au geste impérieux de la main noueuse qui lui faisait signe d'avancer.

Elle distinguait maintenant dans l'ombre du lit une fragile silhouette, où seul brillait l'éclat métallique d'un regard perçant.

— Elle est très jolie, je te l'accorde, mais elle est petite.

— Maman, je t'en prie !

— Je suis du même avis, être petite est un défaut bien ennuyeux par moments, intervint sèchement Cristabel.

— Je ne suis pas bien grande non plus, rétorqua en riant la mère de Gavin. Nous partageons donc le même défaut, si c'en est un. Je ne sais pas comment j'ai pu engendrer ce grand escogriffe !

Un ange passa. Chacun connaissait la réponse : le prince était un homme de haute taille.

— Gavin, s'il te plaît, reprit Mme Byrne, veux-tu aller me chercher de l'eau pendant que je bavarde avec ton amie ?

— Pour que tu puisses la bombarder de questions sur son caractère, ses goûts, sa famille, et toute sa vie en général depuis sa naissance ?

— Pas d'impertinence, mon garçon, sinon, tu pourrais bien te faire taper sur les doigts, le réprimanda-t-elle affectueusement.

— C'était la punition favorite de ma mère, expliqua-t-il en souriant à Cristabel, un bon coup de règle sur les doigts. C'est un miracle que je puisse encore tenir des cartes !

— Effectivement, parce que tu avais souvent besoin de punitions ! Maintenant, va me chercher cette carafe d'eau, je meurs de soif. Et rapporte-moi aussi un petit pain beurré, s'il te plaît. Tu en trouveras à la cuisine.

Après un instant d'hésitation et un regard inquiet à sa compagne, Byrne s'exécuta.

— Et ne t'avise pas d'écouter dans le couloir ! Si tu mets trop longtemps, je saurai que tu t'es caché pour nous espionner.

— Voilà comment ma mère me traite ! s'exclama-t-il en riant.

— Venez vous asseoir, lady Haversham, demanda Mme Byrne d'un ton sans réplique, dès que son fils eut franchi la porte.

Cette voix chaude et ces intonations impérieuses rappelaient tellement Gavin à Cristabel qu'elle ne put réprimer un sourire.

— Maintenant, poursuivit Sally Byrne, dites-moi ce que fait une femme de votre rang avec mon fils.

Le sourire de la jeune femme s'effaça aussitôt. Que pouvait-elle répondre ? Décidant que la meilleure défense était l'attaque, elle riposta :

— Et qu'y a-t-il d'extraordinaire à cela ? C'est un homme charmant et travailleur.

— Ce n'est pas ce qui séduit les marquises, en général.

— Justement, je suis fille de général, je l'étais bien avant de devenir marquise, et il se trouve que j'apprécie les hommes capables et sérieux.

Cette remarque provoqua une quinte de toux chez Mme Byrne.

— Cela n'explique pas votre présence ici avec lui, alors que votre place se trouve dans la haute société.

Seigneur, si elle savait !

— Votre fils m'aide à recouvrer quelque chose que mon défunt mari avait perdu au jeu.

— Le marquis avait perdu beaucoup d'argent au *Cygne bleu* et vous payez ses dettes dans le lit de Gavin ?

— Je ne suis pas le genre de femme à prendre un amant pour de l'argent, répliqua Cristabel, indignée, et votre fils ne profiterait pas d'une veuve de façon aussi méprisable !

— C'est exact. Donc, vous n'êtes pas sa maîtresse ?

La marquise manquait d'expérience dans ce domaine, mais elle ne voyait vraiment pas comment avouer élégamment à une dame qu'on était la maîtresse de son fils.

— Eh bien, c'est-à-dire…

— Je ne vous demande pas de me répondre. Je ne suis pas née d'hier, vous savez, et j'ai entendu parler des liaisons de Gavin. Pas par lui, bien sûr, un homme ne fait pas ce genre de confidences à sa mère. Mais je sais lire entre les lignes des rubriques mondaines, et quand Ada va en ville, elle me rapporte les commérages qu'elle entend.

Une nouvelle quinte de toux l'obligea à s'interrompre. Elle se renversa sur ses oreillers pour reprendre son souffle et, pendant un moment, disparut complètement dans l'ombre des rideaux.

— Mais Gavin n'a jamais amené personne ici, et il ne m'avait encore jamais demandé de recevoir une de ses amies. Jamais, vous entendez ?

— Je suis désolée de vous décevoir, mais s'il m'a amenée ici, c'est parce qu'il y était obligé. Il n'avait tout simplement pas le choix.

— Gavin, obligé ? s'écria Mme Byrne en riant. Vous avez déjà vu mon fils obligé de faire quoi que ce soit ?

— Non, admit Cristabel, dont l'espoir renaissait.

— S'il vous a amenée ici, c'est qu'il l'avait décidé, même s'il refuse de l'admettre. Ce que je veux savoir, c'est pourquoi. Qu'est-ce que vous êtes pour lui ?

— Si seulement je le savais !

— Qu'est-ce qu'il est pour vous, alors ?

La question plongea la jeune femme dans un abîme de perplexité. Que représentait Gavin pour elle ? Un simple moyen de se faire inviter chez lord Stokely ? Certainement pas, puisqu'elle était devenue sa maîtresse bien après avoir reçu l'invitation.

Il était son amant, à présent, et les sentiments qu'elle éprouvait pour lui étaient beaucoup plus profonds qu'elle ne l'aurait voulu. Et jamais il n'éprouverait pour elle des sentiments aussi intenses.

— Là non plus, je ne saurais pas vous répondre, murmura-t-elle d'une voix légèrement tremblante.

— Vous l'aimez ? demanda Mme Byrne, considérablement radoucie.

— Il faudrait que je sois folle, puisque lui ne m'aimera jamais.

— Et pourquoi donc ? Il est tombé amoureux de cette idiote d'Anna, je ne vois pas pourquoi il n'aimerait pas une femme aussi charmante que vous.

— Mais il y a un instant, vous disiez...

— Je voulais vous mettre à l'épreuve, voilà tout. J'ai confiance en Gavin, mais ce n'est qu'un homme. Il ne sait pas résister à une jolie femme.

— Ce sont surtout elles qui ne savent pas lui résister !

— C'est vrai ! admit en riant Mme Byrne. Il sait s'y prendre avec les femmes, je vous l'accorde, mais aucune n'a encore touché son cœur. S'il compte vraiment pour vous, il faut que je vous explique deux ou trois petites choses. Il y a un chandelier sur la cheminée. Allumez-le et apportez-le ici, s'il vous plaît.

Cristabel obéit et revint près du lit.

Même si elle s'y attendait un peu, le visage qu'éclairaient les flammes était si horriblement défiguré qu'elle ne put retenir une exclamation, qu'elle tenta de masquer par une toux diplomatique.

— Ce n'est pas la peine de tousser comme ça, mon petit. J'ai un miroir, je sais à quoi je ressemble !

— Je suis désolée...

— Il n'y a pas de quoi. Ces cicatrices prouvent que j'ai sauvé la vie de mon fils, et j'en suis fière ! Enfin, la plupart du temps, ajouta Sally Byrne avec un sourire amer.

Maintenant qu'elle la voyait en pleine lumière, Cristabel comprenait avec horreur les souffrances terribles qu'elle avait dû endurer. Elle avait perdu tous ses cheveux, et son crâne n'était plus qu'une masse de chairs boursouflées. Une de ses oreilles avait pratiquement disparu, et ses lèvres craquelées étaient celles d'une vieille femme.

— Je savais que vous aviez été prise dans un incendie, mais je me demande comment vous avez pu...

— Comment j'y ai survécu ? Cela n'a pas été facile, mais je ne voulais pas mourir. Je ne pouvais pas laisser mon petit garçon seul au monde.

— Mais pourquoi avoir fait croire à votre mort ?

— C'est une longue histoire, expliqua Sally Byrne en lui faisant signe de venir s'asseoir sur le lit. Les suites de l'incendie ont été très confuses, vous savez J'ai réussi à sortir avec mon fils, et je me suis évanouie. Je suis revenue à moi à l'hôpital St. Bartholomew, où on avait emmené tous les blessés, mais entre-temps, on avait dit à Gavin que j'étais morte. J'étais méconnaissable, et la plupart des blessés n'ont effectivement pas survécu. Il a fallu des semaines avant que je sois capable de donner mon nom et de demander où était mon fils.

Lorsque Mme Byrne lui prit la main, Cristabel comprit que ce n'était pas l'âge qui l'avait ridée et déformée de cette façon, mais le feu.

— Quand j'ai enfin su où il était, un bookmaker l'avait pris sous son aile, et il était en sécurité. J'ai pensé qu'il valait mieux ne pas lui imposer la charge d'une invalide défigurée, et j'ai demandé aux gens de l'hôpital de ne rien lui dire.

— Et comment...

— Mon garçon est trop intelligent pour son bien, coupa-t-elle avec un sourire fier. Je suis restée près d'un an à St. Bartholomew, puis une des infirmières m'a proposé d'aller habiter chez elle à la campagne. Elle avait trouvé une bonne place dans une famille de l'aristocratie, mais elle ne pouvait pas emmener son enfant avec elle, et elle m'a demandé de m'en occuper.

Sa main se crispa douloureusement sur celle de Cristabel.

— Je ne pouvais pas quitter Londres sans revoir mon fils. Comme je ne voulais pas qu'il me voie, je suis allée aux courses le visage dissimulé sous un capuchon. Je me suis postée à l'écart, et j'ai regardé mon petit garçon prendre les paris et tenir tête aux mauvais coucheurs comme s'il avait fait ça toute sa vie.

Sa voix tremblait d'émotion, tandis que son interlocutrice avait le plus grand mal à retenir ses larmes.

— Mais un champ de courses n'est pas un endroit pour une femme, surtout si elle boitille avec une canne et si elle est vêtue bizarrement. Des imbéciles ont eu l'idée de tirer mon capuchon pour voir mon visage. Vous imaginez la réaction des badauds autour de moi, les cris horrifiés, les quolibets... Mais Gavin les a fait taire, poursuivit-elle, les yeux pleins de larmes. « Ne faites pas attention, madame, ce sont des idiots », m'a-t-il dit en remettant en place mon capuchon.

Cristabel pleurait maintenant à chaudes larmes, sans même essayer de se cacher.

— Il a suffi que je dise : « Merci, mon petit » pour qu'il me reconnaisse. Si vous nous aviez vus tous les deux ! Nous nous embrassions en pleurant et en riant en même temps, les gens nous croyaient fous. Regardez-moi, conclut-elle en lâchant la main de la jeune femme pour s'essuyer les yeux, cela fait plus de vingt ans, et je ne peux pas m'empêcher de pleurer !

— Il faudrait avoir un cœur de pierre pour ne pas pleurer ! balbutia Cristabel en lui tendant son mouchoir.

— Gavin se moquerait de nous s'il nous voyait, fit Mme Byrne en se tamponnant les yeux.

— Sans doute. Les hommes ne comprennent jamais rien ! Que s'est-il passé ensuite ? demanda la marquise quand la malade eut retrouvé son calme.

— Je lui ai fait jurer de ne dire à personne que j'étais encore en vie. Je lui ai dit que je disparaîtrais et qu'il ne me reverrait jamais s'il en parlait à quelqu'un. Il m'a promis de se taire, et je suis partie à la campagne vivre chez Ada, l'infirmière dont je vous ai parlé. Et mon fils est resté à Londres.

— Mais pourquoi ? Vous auriez pu rester en ville avec lui. Si vous ne vouliez pas montrer votre visage, vous auriez pu porter une perruque, un voile, des gants.

— Ce n'est pas pour ça que je suis partie vivre au loin. Pour Gavin, c'était déjà difficile avant l'incendie, quand il entendait les gens m'appeler « la putain irlandaise ». J'avais beau lui dire que cela n'avait aucune importance, puisque lui et moi savions que ce n'était pas vrai, dès qu'il a compris ce que cela voulait dire, il a commencé à se battre contre tous ceux qui m'insultaient. De plus en plus souvent, il revenait en sang pour m'avoir défendue.

— C'est toujours un sujet sensible pour lui, murmura la jeune femme avec un demi-sourire.

— Ça ne m'étonne pas. Vous imaginez sa réaction, s'il avait entendu dire que cet incendie était une punition pour les péchés de sa mère ? C'est ce qu'on murmurait à l'hôpital pendant qu'on me croyait inconsciente. Si j'étais restée à Londres, il aurait vu les gens reculer d'horreur devant moi, il aurait entendu tous les jours que « Mme Byrne avait brûlé », ou ce genre de plaisanteries scabreuses.

Les paroles de lady Jenner revinrent à la mémoire de Cristabel, dont le visage se crispa.

— Vous l'avez entendu, vous aussi ? poursuivit la malade, à qui, décidément, rien n'échappait. Les gens sont cruels, parfois. Je savais que pour survivre à Londres, Gavin aurait besoin de toute sa volonté et de toute son énergie. Seul, il pouvait y arriver, mais s'il avait dû s'occuper de moi...

— Mais ce n'était encore qu'un petit garçon !

— Pas Gavin ! Cela faisait déjà des mois qu'il gagnait sa vie tout seul. À Londres, je ne pouvais lui être d'aucune utilité, j'aurais été une charge pour lui. J'étais heureuse de ne pas dépendre de lui et de pouvoir subvenir à mes besoins chez Ada.

— Pourquoi ne l'avez-vous pas emmené avec vous à la campagne ?

— Qu'est-ce qu'il aurait pu y faire ? Travailler aux champs ? Servir d'apprenti au forgeron ? Il était trop intelligent, il avait trop d'ambition. J'ai souffert d'être séparée de mon fils, croyez-moi, de ne jamais savoir s'il mangeait à sa faim, s'il était en bonne santé... Mais il ne serait pas allé si loin si j'étais restée à Londres !

Cristabel n'en était pas si sûre, mais elle ignorait ce qu'elle aurait fait devant un choix aussi difficile.

— Regardez-le maintenant, ajouta Sally Byrne avec fierté. Il est devenu un homme puissant, un gentleman accompli, un véritable fils de prince ! Vous savez qui est son père, n'est-ce pas ?

— Oui, mais il ne semble pas très heureux de cette parenté.

— Je sais. Il rend Prinny responsable de tous nos malheurs.

— Il n'a pas entièrement tort.

— Sans doute, mais ce sont nos souffrances à tous les deux qui ont fait de lui ce qu'il est, un homme plein de force et de fierté. Si le régent avait continué à nous verser cette rente, il serait resté le bâtard d'une actrice. S'il est devenu riche, c'est par son travail, et il a acheté ce domaine pour que je puisse...

— T'exiler en province, acheva Byrne depuis le pas de la porte. Tu lui as raconté notre triste histoire dans les moindres détails ? demanda-t-il sévèrement, en regardant les bougies qui éclairaient le lit et les joues encore humides de Cristabel.

— Il le fallait bien, rétorqua la jeune femme. Si j'avais dû compter sur toi...

— Je ne pouvais pas. J'avais promis de ne rien dire.

— Vous voyez ? intervint Mme Byrne. J'ai un bon fils.

— Un très bon fils, renchérit Cristabel, le cœur débordant d'émotion, en regardant Gavin déposer le plateau qu'il avait apporté sur la table de nuit et remplir un verre d'eau pour sa mère.

Il s'assit sur la chaise que la marquise avait abandonnée et la contempla avec un sourire carnassier.

— Garde cette opinion pour toi. Si tu détruis ma réputation d'homme sans scrupule, les joueurs refuseront de payer leurs dettes, et d'ici à ce qu'ils envoient leurs femmes me tirer dessus...

— Je te préviens...

— C'est comme ça que nous nous sommes rencontrés, expliqua-t-il à sa mère, une lueur diabolique dansant dans ses yeux azur. Lady Haversham m'a tiré dessus quand je suis venu réclamer ce que son mari me devait.

— C'est vrai ? fit sa mère en riant. Je comprends ce qui t'a plu chez elle, maintenant. Ta devise a toujours été : « Si elle ne fait pas ce que tu veux, séduis-la. »

— Maman, je t'en prie !

— Oh, je sais à quoi m'en tenir ! D'ailleurs, j'ai fait la même chose avec ton père, et je ne le regrette pas, puisque tu es là. Je suis tellement heureuse que cela compense largement les souffrances passées. Surtout ce soir, conclut-elle en prenant la main de Cristabel.

La malade retomba sur ses oreillers, épuisée par tant d'émotions.

— Il est temps de te laisser dormir, déclara tendrement Gavin.

— Dans quelle chambre as-tu installé lady Haversham ? demanda sa mère lorsqu'il se pencha pour l'embrasser.

— La chambre rose, c'est la plus jolie.

— Tu as bien fait. C'est plus convenable.

L'intéressée réprima son envie de rire. Pour une femme si au fait des amours de son fils, Mme Byrne se montrait très à cheval sur les convenances.

— Bonne nuit, maman.

— Bonne nuit, mon chéri.

Ils étaient sur le seuil lorsque la jeune femme lâcha le bras de Gavin pour revenir déposer un baiser sur la joue ridée de sa mère.

— Merci de m'avoir dit la vérité à son sujet, chuchota-t-elle.

— Merci de le comprendre si bien, murmura l'infirme, les yeux embués de larmes.

— Je suppose que vous avez passé ma vie en revue, ma mère et toi, et qu'elle t'a bombardée de questions sur notre relation, remarqua Gavin quand ils furent sortis de la pièce.

— Nous avons eu une conversation privée.

— Justement, j'espère qu'elle le restera lorsque nous aurons quitté cette maison.

— Je ne trahirai jamais ta confiance ni la sienne, tu le sais bien.

— Je ne t'aurais pas amenée ici si j'avais eu le moindre doute. Mais j'aimerais qu'elle me laisse révéler la vérité à d'autres et qu'elle vienne vivre avec moi à Londres. Elle y serait mieux soignée.

— De quoi souffre-t-elle exactement ?

— Des poumons. Les médecins prétendent que l'incendie n'y est pour rien, mais j'ai des doutes. Depuis quelques années, en automne et en hiver, elle a de violents accès de fièvre. C'est pour cela que je suis souvent obligé de m'absenter. Euh... je crois que cette nuit...

— Je vais dormir seule, acheva-t-elle en souriant. Je l'avais deviné.

— Et cela t'amuse ?

— De voir ce séducteur de Byrne loger dans une autre chambre que sa maîtresse par respect pour sa mère ? Pourquoi voudrais-tu que cela m'amuse ? plaisanta-t-elle.

— Je devrais peut-être te rappeler d'où vient cette réputation de séducteur... fit-il en la prenant dans ses bras.

Il l'embrassa avec tant de passion et de tendresse que le cœur de Cristabel s'emballa. Mais cette fois-ci, ce n'était pas le désir qui la faisait défaillir. Et lorsqu'il s'écarta, après un long moment, elle crut lire dans le regard de Gavin un sentiment nouveau.

— Merci, murmura-t-il.

— De quoi ?

— De traiter maman comme un être humain.

— Mais c'est un être humain !

— Je sais, mais les gens ont tendance à vous traiter comme un monstre quand vous avez un visage monstrueux. Merci de voir au-delà du visage de ma mère.

— Je t'en prie. Mais si tu continues à m'embrasser, chuchota-t-elle d'une voix étouffée par l'émotion, tandis qu'il se penchait de nouveau vers elle, je risque de perdre ce sens des convenances auquel tu tiens tellement.

— Alors, je ferais mieux de te dire bonsoir, ma chérie.

— Bonne nuit... Gavin. Maintenant, il y a deux femmes qui t'appellent par ton prénom, ajouta-t-elle devant son regard dubitatif.

— Pourquoi pas ?

— Bonne nuit, mon beau prince, souffla-t-elle en le suivant des yeux tandis qu'il se dirigeait vers sa chambre.

Son beau Prince de la Débauche...

Elle entra dans sa propre chambre, un peu perdue sans lui. Il n'était pas aussi immoral qu'il voulait bien le laisser croire, après tout. C'était un homme digne de confiance, digne d'affection... digne d'amour.

Si vous avez le malheur de parler d'amour à Byrne, tout est fini entre vous.

Les larmes aux yeux, elle se déshabilla en songeant aux paroles de lady Jenner. Quel avenir avait cet amour ? Car elle aimait Gavin, elle ne pouvait plus se le cacher. Et elle commençait à croire qu'avec le temps, il pourrait finir par partager ses sentiments.

Mais voilà, ils n'avaient pas le temps. Entre eux, il y avait ces maudites lettres. Il ne lui laisserait pas un instant de répit tant qu'il n'en connaîtrait pas le contenu.

Et si elle lui faisait confiance et lui révélait la vérité ? Si elle lui expliquait qu'elle devait protéger son père comme il avait toujours protégé sa mère, il se rendrait peut-être à ses raisons.

Sans Byrne, elle n'arriverait jamais à reprendre ces lettres, elle en avait conscience, et la promesse d'une baronnie ne suffisait pas à le ranger définitivement de son côté. Aucun titre n'effacerait jamais les souffrances de sa mère, des souffrances qui le rongeaient depuis des années. Gavin ne trouverait pas le repos avant d'avoir fait justice. À moins qu'elle ne parvienne à le convaincre que la rancune ne menait qu'à d'autres souffrances.

Parce que avec toi, j'ai envie de me conduire convenablement.

Seigneur, pourvu qu'il ait dit vrai ! Car s'il trahissait sa confiance et décidait d'utiliser ses confidences pour assouvir sa vengeance...

Mais il ferait le bon choix, elle en était convaincue. C'était un pari qu'elle ne pouvait se permettre de perdre.

20

L'homme est toujours le dernier à savoir que la flèche de l'amour l'a frappé.

Mémoires d'une maîtresse, anonyme

Gavin ne savait comment interpréter le silence de Cristabel. Depuis qu'ils avaient quitté Bath, elle gardait le regard obstinément fixé sur le paisible paysage de collines et de bosquets roussis par l'automne.

Il avait peut-être eu tort de lui faire rencontrer sa mère, mais il était trop tard pour le regretter. Il aurait aimé savoir où Sally s'était arrêtée dans le récit de ces sombres années, mais sa compagne avait refusé de lui rapporter leur conversation.

— Qu'est-ce qui ne va pas, ma douce ? Tu ne dis rien.

— Je pense à ce qui nous attend chez lord Stokely.

— Tu te fais du souci pour les éliminatoires ? s'enquit-il, soulagé que cela ne concerne pas sa mère.

— Non. Je devrais ?

— Tout dépend des personnes qui restent en lice.

— À partir de maintenant, nous ferons équipe. Cela me rassure.

— Bien sûr, mon ange. Ce soir, Stokely va réunir tous les joueurs qui ont suffisamment d'argent pour suivre les mises. Quand il nous demandera de choisir notre partenaire, nous n'aurons qu'à nous désigner mutuellement. C'est aussi simple que cela. À partir de ce moment, nous ne nous quitterons plus, pour le meilleur et pour le pire.

— Jusqu'à ce que la mort nous sépare, ironisa Cristabel. C'est pour cela que tu n'as jamais fait équipe avec tes maîtresses ? Parce que cela aurait pu impliquer un lien plus étroit ?

— Ma chérie, si je n'ai jamais fait équipe avec une femme, c'est parce que aucune ne valait Stokely. Jusqu'à maintenant.

— N'essaie pas de me flatter. Si je n'étais pas obligée de jouer pour rester et si tu n'avais pas fait ce pari avec le baron, j'abandonnerais tout de suite. Je sais que je ne suis pas à la hauteur de ceux qui restent.

— Ce n'est pas vrai. Quand tu te concentres sur ton jeu, tu es au même niveau. La seule qui m'inquiète, c'est Éléonore, parce que avec elle, tu risques de perdre ton sang-froid. Sinon, Elizabeth joue mieux que toi, mais elle n'a pas ton mordant. En face de lady Kingsley, tu devrais l'emporter, à condition de faire attention et de te rappeler qu'elle a tendance à garder ses atouts.

— À partir de ce soir, je ne vais plus penser qu'au jeu. Mais avant, continua-t-elle en prenant son courage à deux mains, je veux te dire quelque chose d'important.

Depuis qu'elle avait rencontré sa mère, il s'attendait à tout. Et puis, comment interpréter ce « jusqu'à ce que la mort nous sépare » ? Songeait-elle au mariage ? Bizarrement, penser qu'elle pouvait avoir ça en tête ne lui donnait pas envie de fuir à toutes jambes.

Il commençait à penser qu'une brève liaison ne lui suffirait pas. Ni même une longue liaison. Il avait besoin d'elle, et cela le terrifiait. Depuis l'enfance, il s'était appliqué à ne jamais dépendre de rien ni de personne.

— Jouons cartes sur table, si tu me passes l'expression. Si tu trouvais les lettres, que ferais-tu ?

Gavin étouffa une légère déception. C'était donc ça qui la préoccupait tellement !

— Qu'est-ce que tu veux dire ?

— Nous savons l'un comme l'autre que tu as l'intention de les utiliser pour ton compte. Si tu les avais en ta possession, si je te les donnais, qu'en ferais-tu ?

— Tout dépend de leur contenu.

— Si je te disais qu'il peut faire énormément de tort à Son Altesse ?

— Tu veux dire, provoquer un scandale ?

Le silence de Cristabel constituait une réponse éloquente.

— Je m'en servirais pour obtenir des excuses publiques envers ma mère, pour commencer. J'exigerais que Prinny reconnaisse qu'elle n'a jamais été la menteuse et la putain qu'il a décrite, mais la mère d'un de ses bâtards.

— Il n'acceptera jamais. Sa réputation est déjà exécrable, il ne peut pas reconnaître publiquement qu'il s'est conduit comme le pire des scélérats et le dernier des menteurs !

— C'est pourtant ce qu'il est.

— Sans doute, soupira-t-elle, et je comprends ta rancœur. Qui sait ? Peut-être acceptera-t-il si tu retrouves les lettres. Je vais te dire ce qu'elles contiennent.

— Pourquoi maintenant ? demanda-t-il, stupéfait.

— Parce que j'espère que quand tu auras compris leur importance, tu seras clément envers le régent, malgré tous ses torts. Je veux croire qu'un fils aussi aimant que toi ne fera jamais de mal à une autre mère qui s'est sacrifiée pour son enfant.

— De qui parles-tu ?

— De Maria Fitzherbert, répondit-elle après un instant d'hésitation, que beaucoup considèrent comme l'épouse légitime du prince. Son fils vit à Gibraltar, où mon père l'a emmené il y a vingt ans. Dans ces lettres, elle explique comment faire passer le bébé pour celui d'un soldat qui nous accompagnait en Espagne.

— Mme Fitzherbert a eu un enfant de Prinny ? lança-t-il, saisi de vertige. Tu sais ce que cela veut dire ?

— Bien entendu. Pourquoi crois-tu qu'on l'ait caché pendant toutes ces années ?

— S'il s'agit bien de son fils, l'ordre de succession au trône peut être remis en question, murmura-t-il, incapable de dissimuler son agitation. Beaucoup de gens considèrent son mariage avec Mme Fitzherbert comme valide, et le Parlement n'acceptera jamais de le laisser devenir roi si la question de sa succession peut donner lieu à contestation.

— Exactement. C'est pour cela que le régent tient tellement à retrouver ces lettres. Si elles venaient à être publiées, il n'aurait plus aucun espoir de monter sur le trône.

— Nom de Dieu ! s'exclama-t-il. Je voulais avoir barre sur lui pour lui arracher des excuses, mais je n'espérais pas trouver le moyen de débarrasser notre pays de ce misérable !

— Gavin, je t'en prie, écoute-moi ! dit-elle, blanche comme un linge. Je ne peux pas te blâmer de haïr le prince, mais ces lettres ne doivent à aucun prix être rendues publiques.

— Pourquoi donc ? protesta-t-il. Ce scélérat est une honte pour l'Angleterre, et notre pays se porterait beaucoup mieux sans lui.

— Mais il serait partagé entre les partisans du prince et ses opposants. L'Angleterre serait livrée au chaos pendant de nombreuses années. Il a fallu plus de cinquante ans et deux guerres civiles pour régler la succession de Charles II !

— Mais enfin, tu ne comprends pas ? C'est une chance unique de débarrasser l'Angleterre de Prinny ! Qu'il souffre à son tour...

— Tu veux lui faire payer le mal qu'il vous a fait, à ta mère et à toi. Tu ne penses qu'à te venger, poursuivit-elle, les yeux pleins de larmes, même si le prix de ta vengeance est une guerre civile !

— Mais non ! Le frère du régent, le prince Frédéric, monterait sur le trône, tout simplement.

— Même si tu as raison, et je suis loin d'en être convaincue, as-tu pensé aux risques que tu cours ? Tu deviendras l'homme par qui le scandale est arrivé, celui qui aura porté atteinte à l'honneur et à la réputation de la couronne !

— Qu'est-ce que tu veux que cela me fasse ? On a déjà dit bien pire de moi et de ma mère.

— Mais maintenant, tu as une position dans le monde, tu es un homme respectable et respecté. Tu crois que ta mère, qui est si fière de ta réussite, sera heureuse de te voir traîné dans la boue ?

— Elle comprendra, déclara-t-il après un temps de réflexion. Et elle me félicitera.

— Tu en es certain ? Tout ce qu'on a pu raconter sur elle ressortira, et cette fois, ce sera dix fois pire. Peut-être la retrouvera-t-on...

— Au moins, justice lui sera enfin rendue.

— Et tu as pensé à moi ? Et à mon père ?

— Qu'est-ce que tu veux dire ?

— Je te l'ai déjà expliqué. Si les lettres sont publiées, il perdra son poste. Il pourrait même être accusé de haute trahison !

— C'est ridicule ! Personne n'oserait s'attaquer à un héros, surtout pour lui reprocher sa loyauté envers la couronne.

— Tu t'imagines que Prinny ne le poursuivrait pas ? Il ne monterait peut-être pas sur le trône, mais il resterait prince et garderait son influence. Papa avait reçu l'ordre de brûler les lettres, et il a désobéi. Et moi aussi, en en parlant à Philip, ajouta-t-elle dans un murmure presque inaudible. Son Altesse ne laisserait pas cette faute impunie.

— Je l'empêcherai de s'en prendre à toi, ma chérie ! s'exclama-t-il en saisissant ses mains, qui étaient glacées. Quant à ton père, je le protégerai aussi, je te le jure ! J'ai mes réseaux, et avec l'aide de mes frères...

— Tes frères ? Je suis au courant pour lord Draker, mais tu veux dire que lord Iversley est aussi le fils naturel du régent ? Je me demandais ce qui vous rapprochait, tous les trois.

— Et Alexandre est pair du royaume, cela compte aussi. À nous trois, nous pourrons protéger ton père. Je ne pense pas qu'il serait relevé de son commandement, après tous les services qu'il a rendus, mais si c'était le cas, il pourrait venir vivre au domaine, et toi aussi.

— Il serait certainement ravi de vivre avec sa fille et son amant.

— Et avec son gendre ?

Les mots lui avaient échappé, mais il ne songea pas un seul instant à les retirer. Cristabel, sa femme ! Cette perspective lui aurait fait hausser les épaules quelques semaines plus tôt, mais maintenant, elle n'avait plus rien d'absurde. S'ils se mariaient, rien ne pourrait les atteindre. Ensemble, ils pourraient affronter le monde entier !

— Tu raconterais n'importe quel mensonge pour avoir ces lettres ! s'écria-t-elle, les lèvres tremblantes.

— Je suis tout à fait sérieux, protesta-t-il en retenant ses mains dans les siennes. Et cela n'a aucun rapport avec les lettres. Pourquoi ne pas m'épouser ? Nous ferions un beau couple, toi et moi !

— Toi, moi, et ta maîtresse du moment !

— Avec toi, je serai fidèle.

Il n'en revenait pas de s'entendre dire ça, mais il était sincère. Quant à Cristabel, sa mine sceptique était éloquente.

— Je serai un mari fidèle, je te le jure ! répéta-t-il d'un ton farouche.

— Et pour obtenir cette situation enviable, il me suffirait de t'aider à trahir notre pays, à condamner mon père à une vie de réprouvé, à...

— Cela n'a aucun rapport avec nous deux !

— Au contraire ! répliqua-t-elle. Si tu dérobes ces lettres pour les publier, tu n'es pas le genre d'homme que je peux épouser !

— Tu préfères prendre le parti de ce misérable ?

— Ce n'est pas lui qui m'importe ! s'exclama-t-elle, rouge de colère. Oublie un moment les conséquences de ton geste pour le prince et pour notre pays. Oublie ce qui arriverait à mon père et à moi. Pense seulement à Cameron.

— Qui est Cameron ?

— Le fils de Mme Fitzherbert. Celui dont parlent ces lettres... Depuis sa plus tendre enfance, il croit que le capitaine qui l'a élevé est son père. Ce soldat et sa femme lui ont donné une famille, un foyer, tout ce dont un enfant a besoin, et tu viendrais détruire tout cela ?

— Arrête-moi si je me trompe, mais il doit avoir vingt-deux ans environ, n'est-ce pas ?

— À peu près. Pourquoi ?

— J'avais à peine dix ans quand j'ai perdu le seul foyer que j'aie jamais connu et quand ma mère a dû, pour les raisons que tu sais, m'abandonner. Alors, ne me demande pas de prendre en pitié un jeune homme qui a eu jusqu'à maintenant une vie heureuse dans un foyer confortable. Grâce à la protection du régent, un avenir prometteur s'ouvre certainement à lui. Tu sais quel avenir j'avais lorsque j'avais dix ans ?

— Gavin, écoute-moi !

— Sais-tu qu'après l'incendie, le bookmaker qui m'avait recueilli a expliqué à Son Altesse que j'étais seul au monde et lui a demandé son aide à plusieurs reprises ? Tu sais que Prinny n'a jamais daigné lui répondre ? Il ne voulait pas, en m'envoyant un peu d'argent, avoir l'air de me reconnaître !

Cristabel n'aurait jamais imaginé Gavin capable d'une telle fureur. Lui, toujours si pondéré, si maître de lui, ressemblait à un fauve prêt à se jeter sur sa proie.

— Il ne voulait pas reconnaître qu'il s'était conduit comme le pire des scélérats et le dernier des menteurs, tu l'as dit toi-même ! Il a préféré laisser à la rue un enfant qu'il savait être le sien et calomnier sa maîtresse de façon si ignoble qu'il ne lui restait qu'un seul moyen d'aider son fils : disparaître !

Livide de rage, les poings serrés, il hurlait presque.

— Tu as vu ma mère. Tu devines comme elle a dû souffrir de me laisser seul. Tu sais pourquoi elle a été si gravement brûlée ?

— Je sais qu'elle t'a sauvé.

— Il était tard dans la nuit, elle rentrait de je ne sais quel travail dégradant, et elle a trouvé la maison en flammes. Quand elle a su que j'étais à l'intérieur, elle s'est enveloppée dans une couverture mouillée pour aller me chercher, mais elle n'a pas pu me réveiller. Elle ne pouvait pas me porter si elle restait sous la couverture, alors elle m'a enveloppé dedans et a affronté les flammes à visage découvert.

Toute cette souffrance jamais apaisée l'étouffait, et il devait lutter pour refouler les larmes qu'il n'avait jamais laissées couler. Il n'était pas prêt à le faire maintenant. Il tenait à se montrer aussi courageux que sa mère l'avait été au cours de cette terrible nuit.

— Si ce maudit prince avait tenu sa promesse, elle aurait habité une maison solide dans un quartier que les incendies ne ravagent pas. Elle n'aurait pas été obligée de me laisser seul la nuit pour aller travailler comme une esclave pour quelques sous. Il est temps de lui rendre justice !

— Mais elle ne demande pas justice ! protesta Cristabel. Il faut oublier le passé et regarder vers l'avenir, et ce n'est pas en cherchant à assouvir une quelconque vengeance que tu y parviendras.

— Chaque fois que je la regarde...

— Elle est heureuse, Gavin ! Tu ne t'en rends pas compte ? Tu briserais ce bonheur en voulant la venger. Et moi, je ne peux pas te laisser détruire la réputation de mon père sans rien dire, voire signer son arrêt de mort, quel que soit l'amour que j'ai pour toi.

L'amour ! Le grand mot était dit.

S'il l'avait entendu dans la bouche d'une autre femme, il aurait pris ses jambes à son cou. Mais l'aveu de Cristabel résonnait comme la promesse d'une vie nouvelle – une vie qui le terrifiait, même s'il la désirait. Le mariage était un arrangement raisonnable. Mais l'amour ?

— Ne dis pas de sottises ! rétorqua-t-il.

— Ce ne sont pas des sottises. Je t'aime, je n'y peux rien.

— Ce que tu prends pour de l'amour est une illusion. Après ta conversation avec ma mère, tu t'es mis dans la tête que j'étais bon, noble et généreux, mais c'est faux ! Si j'ai pu survivre à toutes ces années de pauvreté, c'est que j'ai réussi à étouffer en moi tout sentiment et toute moralité !

— Mais cette période est révolue. Tes affaires sont florissantes, tu as une famille, des amis...

— Je ne peux pas retrouver ce que j'ai perdu, Cristabel. Tout ce qu'il me reste, c'est une volonté implacable. Je n'ai ni sentiments ni conscience. Si tu peux l'accepter, nous ferons un couple raisonnablement heureux. Mais c'est tout ce que j'ai à t'offrir. Je n'ai pas de morale, rappelle-toi.

— Je ne te crois pas. Tu es indulgent envers tes domestiques, généreux envers des tricheurs, et tu défends bec et ongles ceux que tu aimes. Je le sais, je l'ai vu ! Si ce n'est pas une morale, je ne sais pas ce que c'est !

Comment résister à son regard brûlant, à son visage rayonnant de tant d'amour ? Mais pour se montrer digne de la foi qu'elle avait en lui, il lui aurait fallu renoncer à sa vengeance. Et cela, il ne pouvait s'y résoudre.

— Pense ce que tu veux, ce n'est qu'une illusion. Je ne me suis jamais laissé bercer par des mots d'amour, ce n'est pas aujourd'hui que je vais commencer, conclut-il en lâchant ses mains.

— Si tu trouves ces lettres, tu les publieras, n'est-ce pas ? souffla-t-elle d'une voix blanche.

— Je compte les utiliser au mieux pour abattre Prinny.

— Je ne peux pas te laisser faire. À partir de maintenant, nos chemins se séparent, murmura-t-elle faiblement.

— Que veux-tu dire ?

— Je ferai seule mes recherches. Et je dormirai dans ma chambre.

— Tu n'es pas la première à me faire ce genre de chantage, ma douce, gronda-t-il, saisi d'une rage irraisonnée, et ce n'est pas une méthode qui marche avec moi.

Devant le visage défait de Cristabel, il regretta ses paroles.

— Ce n'est pas du chantage, mais je ne peux pas te regarder piétiner tout ce qui compte pour moi et faire comme si de rien n'était. Ce qui veut dire que je ne peux plus partager ton lit. Ce serait trop douloureux.

— Très bien !

Sa fureur était telle qu'il craignit de ne pas pouvoir se contenir s'il restait un instant de plus dans cette voiture.

— Cocher ! Arrêtez !

— Qu'est-ce que tu fais ?

— Puisque ma présence t'est si pénible, lança-t-il, la main sur la poignée de la portière, je vais faire le reste du chemin à cheval.

Il sauta à terre, puis se retourna vers elle.

— Et je te souhaite bonne chance pour trouver ces lettres sans moi. Ou plutôt, pour les trouver avant moi. Parce que je compte bien les obtenir, d'une façon ou d'une autre !

21

Certains amants ne renoncent jamais.

Mémoires d'une maîtresse, anonyme

D'une façon ou d'une autre…

Pour la centième fois depuis leur retour, Cristabel se demanda ce que Gavin avait voulu dire. Comptait-il négocier avec lord Stokely la restitution des lettres ? Les objectifs des deux hommes étant totalement opposés, elle en doutait fort. Le baron ne tenait pas du tout à ce que ces lettres soient publiées. Ce qu'il désirait, c'était épouser la princesse, tandis que Byrne voulait empêcher Prinny d'accéder au trône.

Son cœur se serra. Jamais il ne la comprendrait, il était trop obnubilé par son désir de vengeance. Elle avait perdu son pari.

Pourtant, elle ne regrettait pas de lui avoir dévoilé la vérité. Au moins, s'il trouvait les lettres avant elle, il connaîtrait leur contenu et pourrait réfléchir avant d'agir. Peut-être se rappellerait-il ses paroles et oublierait-il sa colère ?

— Voulez-vous couper, lady Haversham ? lança une voix masculine impatiente.

Gavin et leurs adversaires attendaient son bon vouloir. Elle coupa et lui tendit le paquet de cartes pour qu'il les distribue. Il l'avait malgré tout choisie comme partenaire, sans lui laisser le choix : dès leur retour de Bath, il avait annoncé devant tout le monde qu'ils feraient équipe.

Elle avait bien compris qu'il voulait la surveiller, mais n'avait élevé aucune objection. Il lui fallait absolument rester au château le plus longtemps possible, et c'était avec lui qu'elle jouait le mieux. Ils se comprenaient sans mot dire.

Et, pour ne pas être éliminée, elle devait le considérer comme un simple partenaire de jeu et étouffer le chagrin qui lui serrait le cœur chaque fois qu'elle levait les yeux vers son visage fermé ou qu'elle croisait son regard glacé. C'était le seul moyen de rester en lice.

Comment croire que l'étranger qui disposait ses cartes avec une précision d'automate et l'amant passionné qui l'avait initiée au plaisir et lui avait proposé le mariage ne faisaient qu'un ?

Enfin, de toute façon, cette demande en mariage n'avait pas d'autre but que de la ranger à ses côtés. Elle poussa un profond soupir.

— Vous avez de mauvaises cartes, lady Haversham ? s'enquit le colonel Bradley.

— Si c'était le cas, je ne ferais pas la sottise de vous le dire, rétorqua-t-elle ironiquement.

— Eh bien, s'il s'agit de je ne sais quel signal à l'intention de Byrne, je ne manquerai pas d'en faire part à lord Stokely !

— Vous insinuez que lady Haversham et moi sommes des tricheurs ? intervint Gavin de cette voix de velours qui annonçait chez lui les pires tempêtes.

Bradley devint livide. Pareille accusation pouvait justifier un duel.

— Je plaisantais, mon vieux, ne vous vexez pas.

— Nous voir gagner ennuie le colonel, c'est tout, déclara Cristabel d'un ton apaisant.

Byrne n'était pas d'humeur conciliante, ces derniers jours, et un rien pouvait le mettre hors de lui.

De toute façon, ils étaient sur le point de gagner la partie.

Ils étaient arrivés, après une compétition farouche, dans les huit meilleures équipes et approchaient les cent points. Au grand soulagement de la marquise, l'abandon de lady Jenner, affaiblie par sa blessure, avait éliminé une adversaire particulièrement pugnace, mais deux équipes les devançaient, celle de lady Hungate et de son amant, ainsi que le tandem formé par Stokely et lady Kingsley.

Leur association en avait surpris plus d'un, mais elle n'avait pas étonné la jeune femme. Visiblement, en choisissant Anna pour partenaire, leur hôte voulait provoquer Gavin, son adversaire le plus dangereux. Et le mari de la belle n'avait vu, dans cette sulfureuse association, qu'un hommage à l'habileté de sa femme. Il était donc obligeamment parti s'installer à l'auberge du village, où les joueurs éliminés avaient élu domicile.

Cristabel, qui ne voulait à aucun prix les rejoindre, refoula les émotions qui l'assaillaient et s'appliqua à devenir une machine à jouer, comme son partenaire.

Personne ne parlait dans la salle de jeu. Les commérages et les plaisanteries qui avaient égayé la première partie du tournoi n'étaient plus de mise. Rien ne devait venir distraire les joueurs dans leurs efforts pour remporter la cagnotte qui, d'après ce qu'on disait, atteignait déjà les quarante mille livres.

Gavin et Cristabel venaient de remporter la partie lorsque le gong retentit, annonçant la fin des jeux pour la soirée.

— Nous avons atteint les cent points, ma douce, dit Byrne avec un sourire, en lui tendant le décompte. Nous serons en demi-finale.

La proclamation des résultats révéla qu'il manquait encore près de trente points à la quatrième équipe, ce qui leur donnait quelques heures de répit avant le début des épreuves.

Ces heures seraient utilement employées à chercher, car le temps commençait à manquer. Il ne leur restait plus qu'une journée et deux nuits...

Leurs adversaires les saluèrent et partirent en quête de nouvelles distractions, laissant la marquise seule face à Gavin. Elle se leva, bien décidée à éviter tout tête-à-tête, étouffant son désir de se jeter à son cou et d'embrasser ses lèvres au pli amer.

— Tu les as trouvées ? demanda-t-il à voix basse.

Elle jeta un rapide coup d'œil autour d'elle, mais les derniers joueurs qui s'attardaient avec le maître de maison ne pouvaient les entendre.

— Si c'était le cas, je ne serais plus ici. Et toi ?

— Non.

Cette réponse laconique l'agaça, mais l'heure était grave, et il valait mieux garder un semblant de coopération. Si elle lui disait où elle en était, sans doute ferait-il de même.

— J'ai fouillé tous les salons et certaines chambres d'invités, mais je n'ai pas pu pénétrer dans la chambre de lord Stokely. Elle est toujours fermée à clé.

— Elles ne s'y trouvent pas. Je l'ai fouillée la nuit dernière après le jeu.

— Tu as forcé la serrure ?

Il acquiesça silencieusement.

— La tienne aussi, mais je n'ai pas pu entrer.

— J'avais poussé un meuble devant la porte, pour parer aux ardeurs de notre cher baron.

— Tu as renoncé à flirter avec lui pour pénétrer dans sa chambre ? demanda-t-il, soudain très tendu.

— Oui.

Il s'absorba dans la contemplation du jeu de cartes, mais son soulagement était évident.

— Tu sais, nous cherchons une aiguille dans une botte de foin. Il vaudrait mieux négocier avec Stokely, déclara-t-il.

— Il ne renoncera jamais aux lettres, et lui proposer un marché, ce serait lui mettre la puce à l'oreille.

— Je sais bien, c'est pour cela que je ne l'ai pas fait. Mais s'il n'y a pas d'autre solution...

— Je n'ai rien à lui offrir en échange. Rien qu'il désire suffisamment, en tout cas. Tandis que toi, tu as de l'argent et des relations. Tu peux peut-être trouver un moyen de pression. Et je ne peux pas t'en empêcher.

Elle tourna les talons, la gorge serrée, les larmes aux yeux, mais il l'arrêta.

— Attends un instant, s'il te plaît, demanda-t-il, soudain radouci. Tu vas bien ?

— Aussi bien que possible.

— Tu as l'air fatiguée...

Compte tenu des circonstances, cette prévenance la mit en colère.

— Quand un désastre menace ta famille, il est difficile de trouver le sommeil !

— Et moi, je n'arrive pas à dormir sans toi.

La colère de Cristabel s'évanouit devant le regard suppliant de Gavin. Elle aurait voulu le prendre dans ses bras, enfouir son visage au creux de son épaule, tout oublier de ces derniers jours. Cela faisait trois nuits qu'ils n'avaient pas partagé le même lit, trois longues nuits solitaires hantées de rêves angoissants, perturbées par un désir lancinant qu'elle noyait dans les larmes.

Pourquoi ne pas céder, se jeter dans ses bras, lui expliquer qu'ils étaient l'un à l'autre, quelles que soient les conséquences ?

— Essaie le laudanum, il paraît que c'est souverain contre les insomnies, lança-t-elle.

— Cristabel, je t'en prie...

— Lady Haversham !

La voix de leur hôte les empêcha de poursuivre. Les autres invités étaient partis, et le baron s'avançait vers eux, un sourire mielleux aux lèvres.

— J'ai appris que vous étiez en lice pour le prochain tour.

— Nous allons gagner le prochain tour, corrigea Gavin.

— Nous verrons, murmura Stokely en coulant un regard suggestif vers la marquise. J'espère que votre partenaire vous a expliqué que pour les finales et les demi-finales, le jeu commence juste après le petit déjeuner, vers 13 heures.

— Je le lui ai dit, intervint Byrne.

— J'enverrai un domestique vous prévenir, reprit le maître de maison en l'ignorant superbement. Bien entendu, il se peut que nous commencions un peu plus tard, pour peu que des occupations plus excitantes me gardent éveillé cette nuit. Voulez-vous venir prendre une liqueur avec moi dans mon bureau, lady Haversham ?

Un instant, elle envisagea d'accepter. Si Stokely était ivre...

Non, c'était impossible. Elle ne pouvait pas laisser Gavin s'imaginer le pire. Et puis, maintenant qu'elle connaissait mieux leur hôte, elle était convaincue que son partenaire avait raison. Le baron jouait au chat et à la souris avec elle. Elle ne tirerait jamais de lui aucune information utile, mais il était parfaitement capable de la violer, et elle ne tenait pas à prendre ce risque.

— Je vous remercie, mais cette longue journée m'a épuisée. Je préfère aller me coucher immédiatement.

Il la prit par le bras au moment où elle passait devant lui.

— Allons, ne soyez pas si...

— Laissez-la tranquille ! intervint Gavin d'une voix tranchante comme l'acier.

— Ne faites pas l'idiot, Byrne ! Je sais que vous ne partagez plus le même lit. Alors, puisque vous en avez fini avec la dame et qu'elle est libre...

— Pour commencer, ce qui se passe dans notre lit ne vous regarde pas, gronda-t-il. Ensuite, je suis loin d'en avoir fini avec lady Haversham, comme vous dites. Et même si c'était le cas, cela ne vous donnerait pas le droit de la brutaliser !

— Mais je ne la brutalise pas !

— Si vous ne la lâchez pas immédiatement, je vous casse les doigts un par un !

Lord Stokely s'exécuta avec une célérité remarquable.

— Vous êtes complètement fou, ma parole ! Nous poursuivrons cette conversation quand votre ancien amant ne se prendra plus pour un chien de garde, chère madame, conclut-il en s'inclinant sèchement devant Cristabel.

Elle sentit derrière elle le mouvement menaçant de Gavin tandis que leur hôte sortait précipitamment.

Ils étaient seuls, à présent, et la jeune femme ne savait quel parti adopter. Elle préférait ne pas suivre le baron de trop près, mais elle ne tenait pas non plus à affronter Byrne en tête à tête, surtout s'il était d'humeur aussi belliqueuse.

— Attends ! demanda-t-il doucement tandis qu'elle tournait les talons.

— Gavin, je t'en prie, c'est inutile !

— Inutile ?

En deux enjambées, il la rejoignit, prit son visage dans ses mains et se pencha pour l'embrasser, lentement, longuement. De toutes ses forces, elle repoussa l'élan qui l'entraînait vers lui et se força à rester de marbre sous son étreinte.

— Tu peux dire et faire ce que tu veux, tu me désires autant que je te désire, lança-t-il en s'écartant. Je me languis de toi, et je sais bien que je te manque aussi. Pourquoi es-tu si entêtée ?

— Et toi ? Moi, je ne fais que protéger tout ce qui m'est cher.

— Je ne laisserai jamais personne vous faire du mal, à toi et à ton père, je te l'ai déjà dit. Mais ma mère mérite justice.

— Ouvre les yeux ! Tu te mens à toi-même !

— Tu crois que je fais tout ça pour moi ? Je renonce au titre que notre cher prince m'offre si généreusement ! Et comme tu l'as toi-même fait remarquer, je risque ma réputation et la position que j'ai acquise dans le monde. Je ne vois vraiment pas quel avantage je vais retirer de cette affaire !

— En finir avec ce sentiment de culpabilité qui te ronge.

— De quoi parles-tu ? demanda-t-il, interdit.

— J'y ai pensé sans cesse depuis Bath. Tu t'en veux parce que tu ne t'es pas réveillé.

— Comment peut-on dormir en plein incendie ? Ma mère a été obligée de me porter !

— Tu n'étais pas endormi, Gavin, expliqua-t-elle doucement. Tu étais inconscient, intoxiqué par la fumée. Tu n'as rien à te reprocher. Si elle ne t'avait pas enveloppé dans cette couverture, tu serais mort asphyxié. Elle a fait ce que n'importe quelle mère aurait fait à sa place, elle a préféré sauver son enfant. Tu n'as rien à réparer ou à te faire pardonner !

— Il n'y a pas que l'incendie, murmura-t-il d'une voix brisée. J'aurais dû être à l'hôpital avec elle pendant tous ces mois où elle a souffert le martyre. On m'avait raconté qu'elle était morte, et comme un imbécile, je l'ai cru.

— Tu avais dix ans ! Même si tu gagnais déjà ta vie, tu n'étais qu'un enfant. Des adultes t'ont dit qu'elle était morte, tu n'avais aucune raison de ne pas les croire. Je comprends ta rancœur et ton amertume, poursuivit-elle en posant la main sur son bras, mais détruire le prince ne t'apaisera pas. Et cela n'aidera certainement pas ta mère.

— Il aurait mieux valu pour elle que je ne sois jamais né !

— Ne crois pas ça, mon amour ! C'est parce que tu étais là qu'elle a surmonté toutes ces épreuves. Je sais qu'elle n'a jamais regretté une seconde ta naissance et qu'elle ne voudrait pas te voir gâcher ton avenir. Tout ce qu'elle désire, c'est que tu vives heureux. Et c'est aussi ce que je souhaite, ajouta-t-elle dans un murmure.

— Tu as une curieuse façon de me le montrer, rétorqua-t-il, furieux. Tu fais chambre à part et tu refuses de m'épouser !

— Comme si tu étais sérieux quand tu me l'as proposé !

— Bien sûr que j'étais sérieux, et je le suis toujours !

— J'étais persuadée que tu changerais d'avis dès que tu aurais réfléchi.

— Eh bien, tu te trompais. C'est toi qui mets des conditions à notre mariage, chuchota-t-il en l'enlaçant pour l'attirer contre lui. Moi, je veux t'épouser, quoi qu'il arrive.

— Alors, il faut oublier ton désir de vengeance et penser à notre avenir, plaida-t-elle, déchirée entre son amour pour lui et ses craintes.

— Si nous sommes ensemble, rien ne peut nous atteindre !

— Et nos enfants, y as-tu pensé ? Tu tiens à ce qu'ils grandissent en entendant pis que pendre sur leur père et leur grand-père ? Tu devrais pourtant savoir comme les enfants sont sensibles à ce qu'on dit de leurs parents !

Visiblement, il n'avait jamais envisagé leur avenir sous cet angle.

— Je ne suis pas certaine de pouvoir en avoir, balbutia-t-elle, comme il ne disait rien, mais j'aimerais essayer. J'espère... enfin, si nous nous marions... Mais tu n'en veux peut-être pas, conclut-elle, navrée par son silence.

La porte s'ouvrit brusquement. Talbot et le colonel Bradley firent irruption dans la pièce, visiblement éméchés.

— Byrne ! s'écria le colonel. Venez goûter le cognac de Stokely, il est fameux ! Oh, je vous demande pardon, lady Haversham, nous ne voulions pas vous déranger !

— Il n'y a pas de mal, je partais me coucher, affirma-t-elle, heureuse de cette interruption.

Au moins, ils lui évitaient d'avoir à écouter Gavin lui expliquer qu'il ne voulait pas et ne voudrait jamais d'enfants. Elle s'esquiva avant qu'il puisse la retenir.

Gavin était encore sous le choc. Des enfants... avec Cristabel. Il n'y avait jamais pensé, mis à part ses précautions habituelles pour ne pas en avoir.

— Allons, Byrne, insista Talbot, puisque votre dulcinée est partie se coucher, venez donc prendre un verre. Stokely a sorti ses meilleures bouteilles.

— Évidemment ! s'écria Gavin, tournant sa colère vers les deux importuns. Il va vous faire boire toute la nuit, et demain, vous serez trop abrutis pour jouer convenablement. C'est ce qu'il fait tous les ans. Pourquoi croyez-vous qu'il gagne à chaque fois ? Je me demande ce que je fiche avec des idiots comme vous ! poursuivit-il d'un air dégoûté. Si Stokely vous plume comme des poulets, vous n'aurez que ce que vous méritez !

— Enfin, mon vieux, ce n'est pas la peine de...

Talbot n'eut pas le temps de finir sa phrase. Gavin était déjà dans le couloir, sur les pas de Cristabel.

Mais la marquise avait disparu. Il savait qu'elle attendait pour commencer ses recherches que tout le monde soit endormi. Elle s'était donc probablement barricadée dans sa chambre, aussi inaccessible que si elle avait été enfermée dans la tour de Londres.

Impossible de poursuivre leur conversation sur leur avenir, le mariage... et les enfants.

Il imagina une ribambelle de gamins courant dans les couloirs de son manoir de Bath. Cette grande demeure s'animerait enfin... Et s'il devenait baron, il transmettrait le titre à son fils aîné. Mais s'il voulait être anobli, il lui fallait abandonner tout désir de vengeance.

Certes, il n'avait jamais envisagé d'avoir des enfants, n'en avait jamais voulu, mais il ne pouvait chasser de son esprit la question de la jeune femme : « Et nos enfants ? »

Les images de Cristabel berçant un bébé potelé, d'une petite fille aux boucles cuivrées pelotonnée sur ses genoux, d'un garçon aux cheveux de jais courant vers lui dansèrent devant ses yeux.

Des rires avinés le tirèrent de sa rêverie. Dans le grand salon, Stokely remplissait généreusement les verres de ses invités. Ils seraient tous fin soûls quand ils monteraient se coucher, et le lendemain matin, aucun d'eux ne serait en état de distinguer un pique d'un trèfle. Sauf le maître de maison, bien entendu.

Qu'ils aillent tous au diable ! Voilà ce qu'il leur dirait dès qu'il serait baron.

Puis il se rappela qu'il ne deviendrait jamais baron et que les calomnies prendraient une ampleur jamais égalée quand il aurait barré les marches du trône à Prinny.

Tu te mens à toi-même !

Cristabel avait raison, Sally Byrne n'avait jamais réclamé vengeance. Au début, il l'avait souvent entendue maudire le prince qui les avait abandonnés, mais elle avait changé après l'incendie. Frôler la mort lui avait fait comprendre que la vie était trop précieuse pour la passer à haïr, avait-elle coutume de répéter.

Quel besoin aurait-elle eu de haïr ceux qui les avaient fait souffrir ? Il s'en chargeait pour elle. Il haïssait tous ceux qui l'avaient traitée de putain, il haïssait le régent, il se haïssait lui-même.

Oui, il se haïssait. Parce qu'il ne s'était pas réveillé pendant l'incendie, parce qu'il n'avait pas su protéger sa mère, parce qu'il était né, tout simplement. S'il désirait si ardemment se venger, c'était pour étouffer à jamais ce remords de n'être qu'un bâtard et d'avoir gâché en naissant la vie de sa mère.

Cristabel avait raison sur un autre point. Ce que sa mère souhaitait avant tout, c'était qu'il soit heureux. Sinon, elle n'aurait pas fait tous ces sacrifices pour lui.

En se fermant toute possibilité de bonheur, il lui briserait le cœur à jamais. Car sans Cristabel, il ne vivrait jamais heureux.

Il s'immobilisa sur le seuil de sa chambre. Il n'en pouvait plus. Il ne pouvait plus supporter son absence, ces interminables nuits dans ce grand lit vide, ces réveils solitaires. Il avait besoin de la regarder, de lui parler, de la taquiner, de la caresser. Seules deux femmes l'avaient jamais sincèrement aimé.

Seules deux femmes voyaient en lui un homme de valeur, un homme de chair et de sang, tout simplement.

Et il s'apprêtait à les décevoir l'une et l'autre, à briser son avenir et le leur, pour le maigre plaisir de nuire à un prince qui n'était pas digne de respirer le même air qu'eux. C'était de la folie.

Il tourna les talons et rebroussa chemin. Il était grand temps de revenir à la raison. Il allait chercher ces lettres, et il allait les trouver, même s'il devait y passer la nuit. Et si ses efforts restaient vains, il irait négocier avec Stokely.

Quoi qu'il lui en coûte, il les reprendrait. Et il les remettrait à Cristabel.

22

Si vous trouvez un amant fidèle, ne le quittez plus.

Mémoires d'une maîtresse, anonyme

Il était 13 heures lorsque Cristabel entra dans le grand salon pour l'inspecter. À part les deux équipes déjà sélectionnées, les invités étaient en train de jouer et, même s'il n'était pas en lice, lord Stokely devait s'occuper d'eux. Quant à Gavin, elle l'avait aperçu dans le salon de musique.

Et ce n'était pas le moment de penser à lui, même si elle avait croisé lady Kingsley qui marchait dans cette direction. Ils avaient peut-être rendez-vous ? Après tout, la belle Anna était la seule femme qu'il ait jamais aimée.

Il était temps d'envisager un avenir sans Byrne, même si cette perspective lui était insupportable, et de se préparer à voir une nouvelle maîtresse à son bras.

Ravalant l'angoisse qui l'oppressait, elle posa son éventail sur une console près de la porte. Le présent de Gavin faisait un prétexte commode pour expliquer sa présence dans les endroits les plus incongrus. Si quelqu'un la surprenait en train de fouiller, elle prétendait l'avoir égaré.

Elle avait maintenant une technique bien réglée. Elle commençait ses recherches près de la porte et faisait un premier tour pour fouiller les meubles, même si elle se doutait bien qu'elle avait peu de chances de trouver les lettres dans le tiroir d'une commode. Ensuite, elle sondait les murs, guettant toute anomalie susceptible de cacher un coffre-fort. Évidemment, si elle en trouvait un, elle devrait faire appel à Gavin, qui saurait certainement quoi faire. Mais elle n'en était pas là.

Elle inspectait rapidement un petit cabinet chinois lorsqu'une voix familière s'éleva.

— Vous ne les trouverez certainement pas ici, lady Haversham. Vous me prenez pour un imbécile ?

Son sang se glaça lorsqu'elle vit lord Stokely tourner la clé dans la serrure et la glisser dans sa poche.

— Je cherchais mon éventail, expliqua-t-elle en s'efforçant de dissimuler sa peur.

Le baron lui emprisonna le poignet, tandis que, de sa main libre, il saisissait l'éventail, qui prit le même chemin que la clé.

— Je sais parfaitement ce que vous cherchez, Byrne et vous, et vous pouvez être certaine que vous ne trouverez pas ces précieuses missives dans un meuble du salon. Elles sont en sécurité, je peux vous l'assurer. Bien entendu, vous avez des arguments convaincants pour me persuader de partager avec vous le fruit de mes efforts, poursuivit-il en portant à ses lèvres la main de la jeune femme. Ces lettres appartenaient à votre famille, après tout.

Quand il suça goulûment son index, elle dut se retenir pour ne pas le griffer. Mais il était trop tôt pour engager la bataille. Mieux valait rester en bons termes avec lui jusqu'à ce qu'elle lui ait soutiré les informations dont elle avait besoin.

— Et que seriez-vous donc prêt à partager ? s'enquit-elle en ravalant son dégoût.

— Je savais que vous étiez une personne raisonnable. Votre cher époux ne vous a pas laissé grand-chose, et vous ne pouvez plus compter sur la générosité de Byrne. Et puis, le prince doit vous harceler.

— J'attends votre proposition, rétorqua-t-elle, impassible.

— Petite gourmande ! Mais votre appétit n'est pas pour me déplaire, déclara-t-il. Je suis certain que mon offre va vous intéresser. Si vous dites au régent que vous êtes prête à authentifier les lettres au cas où elles seraient publiées, je ferai de vous une femme riche au-delà de toutes vos espérances.

— Byrne m'a offert une vie dorée, lui aussi. En quoi votre offre est-elle plus intéressante ?

— Moi, j'ai les lettres. Et quand Prinny m'aura accordé la main de la princesse Charlotte...

— Il n'acceptera jamais ! Elle a des prétendants autrement prestigieux.

— S'il a le choix entre me donner sa fille et renoncer au trône, ce n'est pas Charlotte qu'il choisira, vous pouvez me croire. Et s'il est assez bête pour ne pas accepter mes conditions, je pourrai toujours vendre ces lettres pour une somme rondelette. Surtout si vous certifiez leur authenticité, ajouta-t-il en l'attirant contre lui. Les éditeurs se battront pour les publier. Quel âge aviez-vous quand votre père a accompagné le fils du prince à Gibraltar ? Six, sept ans ?

— Huit ans.

— À cet âge-là, on comprend beaucoup de choses.

— Vous paraissez oublier mon père. Il risque la pendaison si les lettres sont publiées.

— Le général a les moyens de fuir en Amérique ou ailleurs. C'est à vous qu'il faut penser, ma belle, chuchota-t-il à son oreille, les autres importent peu.

Quand il posa les lèvres sur son cou, elle tourna précipitamment la tête, réprimant un frisson de dégoût.

— Et je suppose que mon affection fait partie du contrat ?

— Bien entendu ! acquiesça-t-il en la contemplant d'un œil concupiscent. Je serai un amant généreux, vous verrez. Je sais que vous n'avez nulle part où aller, mais je vous installerai dans la demeure que vous choisirez. Dans un château, si cela vous chante. Je suis déjà riche, et la princesse m'apportera une dot opulente. Je pourrai vous couvrir de bijoux et de toilettes luxueuses.

— Je vous remercie, mais je n'aime pas particulièrement les bijoux, les toilettes et les châteaux, objecta-t-elle en se dégageant. Et je n'ai aucune envie de devenir votre maîtresse.

— C'est le mariage que vous voulez ? Ce n'est pas réaliste, vous savez. Une marquise sans le sou n'est pas très demandée. Bien entendu, vos charmes évidents peuvent vous aider, mais à part ça, vous n'avez pas grand-chose pour attirer un époux.

— Dans ce cas, pourquoi voulez-vous devenir mon amant ?

— Parce que j'apprécie votre beauté et que, de votre côté, vous avez prouvé que vous appréciiez les hommes de mon espèce, expliqua-t-il en l'enlaçant.

Il était temps d'en finir. Cristabel se dégagea prestement et se dirigea d'un pas décidé vers la porte.

— Je suis désolée, mais je suis obligée de décliner votre intéressante proposition. Un seul amant me suffit. J'avais rendez-vous ici avec Byrne pour fouiller cette pièce, il ne va sans doute pas tarder. Vous savez qu'aucune serrure ne lui résiste ?

— C'est bien trouvé, mais je ne suis pas dupe. Je l'ai vu sortir avec lady Kingsley. Pourquoi croyez-vous que j'aie choisi ce moment pour venir vous parler ? Vous connaissez cette vieille maxime : « Diviser pour mieux régner » ? La belle Anna est toute prête à reprendre son ancienne idylle avec votre cher Byrne, et moi, je ne demande qu'à en commencer une avec vous.

— Et moi, cela ne m'intéresse pas ! protesta-t-elle en se débattant tandis qu'il tentait de la prendre dans ses bras.

— Cela viendra. Laissez-moi seulement vous prouver que je suis un meilleur amant que Byrne.

Il se pencha vers elle pour s'emparer de sa bouche, ne lui laissant plus le choix.

Elle saisit ses parties intimes et serra de toutes ses forces, beaucoup plus fort qu'elle ne l'avait fait la première fois que Gavin avait voulu l'embrasser. On apprenait toujours de ses erreurs.

La technique se révéla efficace. Lord Stokely fit un bond en arrière, les yeux exorbités.

— Lâchez-moi, ordonna-t-elle.

— Petite garce !

Cristabel resserra sa pression jusqu'à ce qu'il s'exécute. Sans le lâcher, elle recula jusqu'à la porte, l'entraînant avec elle.

— Vous n'écoutez jamais ce qu'on vous dit ? Quand une femme dit « non », cela ne veut pas dire « oui » ! La prochaine fois, vous vous en souviendrez.

— Oui, oui, souffla-t-il, le visage congestionné.

De sa main libre, elle reprit dans la poche du baron la clé du salon et son éventail.

— Merci pour cette intéressante conversation, lança-t-elle, une fois la porte ouverte.

Après une dernière pression qui arracha à Stokely un cri perçant, elle le lâcha et referma la porte à clé derrière elle.

Le cœur battant, elle s'éloigna aussi vite que possible. Le temps qu'il se remette et qu'on vienne le délivrer, elle aurait mis une bonne distance entre eux deux.

Elle se dirigea rapidement vers les jardins. Il lui fallait absolument trouver Gavin. Poursuivre leurs recherches n'avait plus aucun sens, maintenant. Il ne leur restait plus qu'à passer un marché avec Stokely, mais seul Byrne avait suffisamment de répondant pour négocier avec lui. Elle devait absolument le convaincre de renoncer à sa vengeance !

Des éclats de voix lui parvinrent d'un petit belvédère enfoui sous les fleurs, et elle se dirigea de ce côté. Le baron n'avait pas menti. Gavin était bien avec lady Kingsley.

Son premier mouvement fut de faire irruption dans le pavillon, mais elle se ravisa. Le cœur battant, elle s'approcha à pas de loup d'une des fenêtres et écarta légèrement les volets.

Elle n'avait pas l'habitude d'écouter aux portes, mais comment s'en empêcher ? La capiteuse Anna avait été le premier amour de son amant, le seul à ce jour.

— Ça suffit, disait-il. Ce n'est pas la peine de passer des heures à m'expliquer pourquoi tu as écouté tes parents il y a treize ans. Je te le répète, cela n'a plus aucune importance. J'ai oublié le passé, et je te conseille d'en faire autant. Et si tu m'as amené jusqu'ici pour me demander pardon, ou une sottise de ce genre…

— Ce n'est pas ton pardon que je veux !

Cristabel se hissa sur la pointe des pieds. Lady Kingsley n'était qu'à quelques pas de la fenêtre, son profil de médaille en pleine lumière. De nouveau, elle fut frappée par la beauté éblouissante de sa rivale. Comme Gavin avait dû l'aimer !

— Qu'est-ce que tu veux donc ? grommela-t-il. Je n'ai pas beaucoup de temps.

— Ne me dis pas que tu es pressé de retrouver cette virago qui te sert de maîtresse ! Il paraît qu'elle ne couche plus avec toi depuis quelques jours…

— Qui t'a raconté ça ? s'enquit-il d'un ton menaçant.

— Lord Stokely, bien entendu. Les domestiques le lui ont dit.

— Tiens donc ! Vous m'avez l'air très proches, Stokely et toi, maintenant que ton mari est parti.

— Tu es jaloux ? demanda-t-elle, pleine d'espoir.

— Désolé de te décevoir, mais ce temps-là est bien fini.

À ces mots, la respiration de Cristabel se fit plus légère, tandis que la belle Anna fronçait ses sourcils parfaitement dessinés.

— Tu n'as aucune raison de t'inquiéter au sujet du baron, il n'est pas du tout mon genre. Et cette petite marquise n'est pas le tien non plus, tu t'en rends bien compte. Il te faut une femme distinguée, élégante, une femme comme…

— Comme toi ? Merci, mais j'en ai assez des femmes comme toi.

— Oh, Gavin ! susurra-t-elle d'une voix sucrée qui fit grincer les dents de Cristabel, je ne peux pas te blâmer de m'en vouloir. Jamais je n'aurais dû écouter ma famille !

— Mais tu l'as fait, Anna, et tu as eu raison. Notre mariage aurait été un échec. Tu aurais souffert de mes absences continuelles, tu m'aurais reproché le temps que je devais passer au club les premières années, tu te serais irritée du manque d'argent...

— Je ne suis pas aussi superficielle que tu le crois, protesta lady Kingsley. J'aurais parfaitement compris ta situation financière.

— Peut-être, admit-il sans grande conviction, mais je n'aurais pas pu passer mon temps à me faire du souci à ton sujet. Je ne pouvais pas t'offrir tout ce que tu désirais. Si les hommes attendent d'être un peu plus âgés et d'avoir une position établie pour se marier, ce n'est pas par hasard. Ils le font quand ils ont le temps et les moyens de se consacrer à leur femme et à leurs enfants.

— Ou à leur maîtresse. Tu sais, je n'aurais pas grand mal à convaincre Walter d'acheter une maison à Londres, poursuivit-elle avec une œillade suggestive entre ses longs cils. Nous pourrions nous voir à notre aise. Tu m'as aimée, murmura-t-elle en faisant mine de dénouer la cravate de Byrne.

— Il y a longtemps de ça, répliqua-t-il en écartant fermement sa main. Et ce n'est pas une maîtresse que je veux, c'est une épouse.

— Tu comptes épouser lady Haversham ?

— Si elle veut bien de moi.

Cristabel en eut le souffle coupé. Ainsi, il était sincère. Il voulait vraiment l'épouser !

Mais un tel détail était trop insignifiant pour arrêter lady Kingsley.

— Tu peux très bien avoir une femme et une maîtresse. C'est ce que font la plupart des hommes. Épouse cette petite dinde puisque tu tiens tant à ta respectabilité, et nous...

— Tu ne comprends pas. C'est elle que je veux, et elle seule. Tu as raison sur un point, elle n'est pas mon genre, Dieu merci. Cristabel est sincère, généreuse et honnête, beaucoup trop bien pour moi, mais ce n'est pas cela qui va m'arrêter. Je compte bien l'épouser, à n'importe quel prix.

— Si tu tiens tellement à te marier, je peux convaincre mon mari...

— De divorcer ? Ne dis pas de sottises, Anna, fit-il en riant. Même s'il acceptait, tu n'irais pas risquer un tel scandale ! De toute façon, je suis désolé, mais même si demain matin, tu venais frapper à ma porte, libre comme l'air, je ne t'épouserais pas. Je ne veux et je n'ai besoin que d'une femme au monde, lady Haversham. Rien de ce que tu pourras dire ou faire n'y changera quoi que ce soit.

— Je ne te crois pas ! s'écria-t-elle en jetant ses bras autour du cou de Byrne. Tu m'aimes toujours, je le sais. Et je vais te le prouver.

Lorsque la vicomtesse posa ses lèvres sur celles de Gavin, une rage irrépressible s'empara de Cristabel.

— Ne touchez pas à mon fiancé, espèce de petite garce ! hurla-t-elle en faisant irruption dans le pavillon comme une furie. Il fallait avoir le courage de le suivre quand il vous le demandait ! Maintenant, c'est trop tard ! Et si vous le touchez encore, ajouta-t-elle en sortant la lame de son éventail, je vous saigne comme un poulet !

Avec un petit couinement de souris, lady Kingsley s'écarta précipitamment de Byrne.

— Tu ferais bien de prendre son avertissement au sérieux, Anna. Elle est parfaitement capable de mettre sa menace à exécution, déclara Gavin avec un sourire.

— Absolument, renchérit Cristabel. Vous voyez, les viragos comme moi manquent de finesse, mais elles ont une qualité que ne possèdent pas les femmes de votre genre : elles savent se battre pour garder l'homme qu'elles aiment !

— Maintenant, tu devrais nous laisser, Anna, reprit Byrne en retenant son fou rire. Nous avons à parler, lady Haversham et moi.

Sans mot dire, lady Kingsley contourna prudemment Cristabel et se dirigea en hâte vers la porte.

— Tu peux ranger ce poignard, maintenant, à moins que tu ne comptes faire la tournée de mes anciennes maîtresses, conseilla Gavin en désignant l'éventail.

— J'avoue que c'est assez tentant, murmura-t-elle en s'exécutant néanmoins.

— Ne va pas croire que j'essayais...

— Je sais. J'ai tout entendu. Mais je ne suis pas venue pour ça, poursuivit-elle.

Il voulut la prendre dans ses bras, mais elle s'écarta.

— Arrête. Je suis venue te dire ce que j'ai appris.

— Pour le moment, je me moque éperdument de ces satanées lettres ! Écoute-moi...

— Lord Stokely sait que nous les cherchons.

— Ça ne m'étonne pas. Mais comment peux-tu en être sûre ?

En deux mots, elle lui raconta son entretien avec leur hôte, en passant prudemment sous silence tout ce qui pouvait l'irriter.

Il se mit quand même en colère.

— Il veut faire de toi sa maîtresse ? On va voir ça ! Il est temps que j'aille mettre les choses au point avec cette canaille !

— Oublie un instant les avances de Stokely, s'il te plaît. Apparemment, il aimerait m'avoir comme alliée. Il m'a demandé d'authentifier les lettres.

— C'est qu'il commence à douter de trouver un acheteur s'il n'a pas de preuve de l'authenticité des lettres. Tu sais ce que cela signifie ?

— Pas vraiment.

— Cela veut dire que nous avons un moyen de pression.

— Je ne te suis pas.

— Fais-moi confiance. Si nous ne pouvons pas aller jusqu'aux lettres, nous pouvons peut-être les faire venir à nous.

— Tu as une idée ?

— Oui ! s'exclama-t-il en l'enlaçant, après lui avoir ôté l'éventail des mains.

— Laquelle ?

— Je ne te le dirai pas, fit-il avec un sourire énigmatique.

— Parce que tu veux te les approprier !

— Essaie d'avoir confiance en moi, ma chérie. Tu croyais que je resterais insensible à tes arguments ?

— C'est bien l'impression que tu m'avais donnée ! lança-t-elle d'un ton de défi.

— C'est que tu ne connais pas ton pouvoir sur moi. J'ai réfléchi à tout ce que tu m'as dit hier soir. J'ai toujours voulu que justice soit rendue à ma mère, mais si la publication de ces lettres la fait souffrir, et si cela te fait souffrir aussi, pourquoi continuer ?

— Alors, tu es décidé à m'aider ? demanda prudemment Cristabel, qui commençait à reprendre espoir. Et à rendre les lettres au prince ?

— Je ferai tout ce que tu voudras, ma douce, même si cela ne m'enchante pas particulièrement.

— Oh, Gavin ! Merci, merci ! s'écria-t-elle en se jetant à son cou pour couvrir son visage de baisers.

Il se laissa faire avec beaucoup de bonne volonté, avant de s'écarter légèrement.

— Il y a quand même une petite condition.

— Laquelle ? s'inquiéta-t-elle.

— Il faut que tu acceptes de m'épouser.

Elle retint *in extremis* le « oui » enthousiaste qu'elle avait sur le bout de la langue. Elle s'était déjà jetée tête baissée dans le mariage une fois, il était préférable de mettre une ou deux choses au point avant de recommencer.

— Si je te comprends bien, je ne peux compter sur ton aide pour reprendre ces lettres et les rendre au régent que si j'accepte de t'épouser.

— Exactement.

— C'est du chantage, tu sais.

— Bien entendu, répliqua-t-il sans l'ombre d'un remords. Tu devrais savoir que je suis capable de tout.

— Donc, si je refuse de devenir ta femme, tu négocieras ces lettres pour ton compte et tu provoqueras la ruine de ma famille ?

— Absolument.

— Tu ne m'aiderais pas par simple bonté d'âme ?

— Je vais te confier un secret, chuchota-t-il à son oreille. Je n'ai aucune bonté d'âme.

— Et pourquoi veux-tu que je t'épouse, alors ? demanda-t-elle tandis qu'il laissait ses lèvres errer le long de son cou.

— Parce que tu en as envie, fit-il avec assurance.

— Je n'en suis pas si sûre, objecta-t-elle, vexée. Arrête ! Nous n'avons pas le temps ! protesta-t-elle comme il commençait à défaire les boutons de sa robe.

— Nous avons tout le temps nécessaire. Il faudra deux bonnes heures avant que la dernière équipe soit sélectionnée, et nous n'aurons besoin que de quelques instants avec Stokely, ce qui nous laisse tout loisir de... nous entendre sur les termes de notre accord.

Prestement, il fit glisser la robe sur l'épaule de Cristabel et pressa avec passion ses lèvres sur sa peau nue.

— De toute façon, je ne sortirai pas d'ici avant que tu aies accepté de m'épouser.

Elle poussa un soupir ravi quand il glissa la main sous son corsage pour s'emparer de son sein. Cela faisait si longtemps qu'il ne l'avait pas touchée, qu'il ne l'avait pas caressée, qu'il ne l'avait pas embrassée...

— Et si ton plan échoue et que nous devons repartir bredouilles ?

— Nous pourrons toujours négocier. Ne t'inquiète pas, ajouta-t-il en lui retirant sa robe, j'aurai ces lettres. Si tu acceptes mes conditions.

— Gavin, quelqu'un pourrait nous voir ! protesta-t-elle lorsqu'il commença à délacer son corset.

— Tu m'épouseras ? demanda-t-il en allant fermer la porte.

— Je me demande bien pourquoi j'accepterais. Épouser un vaurien de ton espèce, cela ruinerait ma réputation dans le monde.

Il s'esclaffa.

— Comme si cela t'importait !

— Et puis, moi aussi, j'ai mes conditions !

— Tu ne vas pas me demander de fermer mon club à cause de Haversham et de sa passion du jeu ? s'inquiéta-t-il en commençant à enlever ses vêtements.

— Non. Toi, tu n'irais jamais perdre une fortune aux cartes.

En voyant son soulagement, elle ne put s'empêcher de demander :

— Mais si je l'exigeais, tu le ferais ?

— Tu vas me faire tous les chantages possibles jusqu'à ce que je te supplie ?

— Après tout ce que tu m'as fait endurer ? Bien entendu !

Elle recula, mais se heurta à un pilier. En deux pas, il la rattrapa et acheva de lui enlever sa chemise.

— Je ferais n'importe quoi pour te garder dans ma vie, assura-t-il en s'agenouillant devant elle.

— N'importe quoi ?

— Absolument n'importe quoi !

Fiévreusement, il lui ôta sa culotte et enfouit sa bouche dans sa toison déjà humide.

— Je veux que tu m'appartiennes… Je veux prendre soin de toi, je veux que tu prennes soin de moi, murmura-t-il en refermant ses lèvres sur le bouton frémissant. Je veux avoir des enfants de toi.

— Oh, Gavin ! s'écria-t-elle en pressant sa tête contre elle. Et si je ne peux pas en avoir ?

— Cela n'a aucune importance. C'est toi que je veux.

— Moi seule, tu es sûr ? Tu es pourtant un adepte de la diversité, quand il s'agit de femmes.

Il leva la tête vers elle et plongea son regard dans le sien.

— Avoir connu un grand nombre de femmes m'a permis de savoir ce que je voulais, déclara-t-il solennellement. Et c'est toi que je veux. Toi seule ! Dès maintenant, et jusqu'à ce que la mort nous sépare.

— Plus de maîtresses ?

— Je n'en ai plus besoin, chérie. C'était pour m'entraîner en t'attendant.

Il enfouit sa bouche dans sa toison pour lui montrer à quel point il s'était bien entraîné.

— Gavin, gémit-elle, tandis que montait en elle cette souffrance délicieuse que lui seul savait apaiser, je t'en prie...

— Épouse-moi !

Il s'arrêta au bord des rivages enchantés qu'elle brûlait d'atteindre.

— Épouse-moi, Cristabel ! Deviens ma femme !

Il la souleva dans ses bras et l'étendit sur une banquette. Il n'avait pas encore dit tout ce qu'elle avait besoin d'entendre, mais elle n'osait pas lui demander plus. Il enleva son caleçon et s'agenouilla entre ses cuisses offertes.

— Je ne peux pas te promettre de te rendre heureuse, mais je te jure que je ferai tout pour ça, chuchota-t-il en la pénétrant avec fougue.

— Et s'il me faut un peu plus pour être heureuse ?

— Je t'aime, je t'aime de toute mon âme, souffla-t-il dans un râle en s'enfonçant en elle.

Pour Cristabel, le ciel s'entrouvrit. Elle se cambra pour mieux s'ouvrir à lui, pour qu'ils ne fassent plus qu'un, qu'ils s'unissent si totalement que rien ni personne ne pourrait plus jamais les séparer.

— Je t'aime, soupira-t-elle.

— Alors, épouse-moi, mon amour ! Épouse-moi ! répéta-t-il tandis que ses assauts se faisaient plus impérieux.

— Oh, Gavin, Gavin...

— Épouse-moi ! insista-t-il farouchement.

— Oui, oui ! cria-t-elle en le rejoignant dans l'extase, se laissant emporter dans ce tourbillon où ses derniers doutes allaient s'évanouir à jamais.

Ils restèrent longtemps enlacés, savourant leur bonheur, jusqu'à ce que se calment les battements de leurs cœurs affolés.

— Tu le pensais vraiment ? osa-t-elle enfin demander timidement.

— Je t'aime, déclara-t-il en plongeant son regard dans le sien. Je t'aime pour la façon dont tu te jettes dans ce que tu entreprends avec la fougue d'une armée en marche. Je t'aime pour ton honnêteté. Je t'aime pour avoir menacé Anna avec un poignard. Je t'aime parce que tu vois en moi autre chose qu'un bâtard, autre chose qu'un joueur sans scrupule, autre chose qu'un libertin sans cœur.

— Dis-moi la vérité, mon amour, murmura-t-elle en lui caressant la joue. Si j'avais refusé de t'épouser, est-ce que tu aurais quand même accepté de m'aider à reprendre les lettres ?

— Oui. Mais seulement pour me donner le temps de te convaincre, ajouta-t-il malicieusement.

— Tu mens ! C'est parce que tu as une conscience, finalement !

— Si c'est toi qui le dis ! Mais ne va pas t'imaginer que je vais me mettre à distribuer des remises de dettes au premier pleurnichard venu, ou…

Elle le fit taire d'un baiser. Lorsqu'il le lui rendit avec ardeur et que sa main s'égara de nouveau sur son sein, elle l'arrêta.

— Nous aurons tout le temps cette nuit. Dis-moi plutôt comment tu comptes t'y prendre pour retrouver les lettres.

— C'est bon, soupira-t-il. Mon plan n'est sans doute pas imparable, mais voilà ce que je pense…

23

Si votre amant est un joueur, vous pouvez vous attendre à tout.

Mémoires d'une maîtresse, anonyme

Gavin s'effaça pour laisser entrer Cristabel dans le bureau de Stokely en s'efforçant d'afficher une assurance qu'il était loin d'éprouver. S'il montrait le moindre signe d'inquiétude devant un adversaire qui le connaissait beaucoup trop bien à son goût, ils étaient perdus.

Il fallait absolument que son plan réussisse. Il croisa le regard inquiet de sa compagne, et son cœur se serra. Il ne pouvait pas la décevoir comme Haversham l'avait fait.

— Alors, Byrne, de quoi s'agit-il ? demanda le baron en leur désignant des sièges. Vous avez une proposition à me faire, m'avez-vous dit ?

— Je désire acheter les lettres de lady Haversham.

— Pourquoi voulez-vous que j'accepte votre argent alors que j'ai refusé celui de Prinny ?

— Parce que vous n'avez pas le choix. Si vous refusez, je rendrai les lettres inutilisables.

— Et comment ça ?

— Nous informerons la presse que de fausses lettres, insinuant que le régent a eu un enfant de Mme Fitzherbert, circulent actuellement. Lady Haversham certifiera que son mari les avait fait faire dans l'espoir de les vendre pour payer ses dettes. Et vous ne pourrez plus faire chanter Prinny.

— Vous n'oseriez pas ! s'écria Stokely en bondissant de sa chaise. Vous savez parfaitement que la seule évocation d'un enfant de Maria Fitzherbert provoquera un scandale. On fouillera le passé du général Lyon et de la marquise, et la vérité finira par éclater. Le prince ne vous laissera pas prendre un tel risque.

— Je me moque de ce que notre cher prince peut interdire ou autoriser, rétorqua sèchement Gavin. Personnellement, je serais ravi de lui barrer l'accès au trône.

— Je vois mal lady Haversham vous aider dans une conspiration qui entraînera fatalement la ruine de son père.

— Comme vous me l'avez vous-même fait remarquer, mon père a tout le temps de fuir à l'étranger, intervint Cristabel.

— Si sa carrière vous était indifférente, vous auriez accepté mon offre, aboya le baron.

Gavin lui aurait volontiers fait rentrer cette offre dans la gorge. Enfin, quand ils auraient réussi, Stokely paierait pour son audace.

— Vous ne laisserez jamais Byrne évoquer cet enfant en public. Vous tenez trop à la réputation de votre père, reprit Stokely à l'intention de Cristabel. Ces lettres ne sont pas à vendre, ni maintenant ni jamais ! lança-t-il en se dirigeant vers la porte.

— Dans ce cas, mon cher, je me vois dans l'obligation de vous demander raison de l'insulte que vous avez faite à lady Haversham.

Une fois mort, le baron ne pourrait plus rien publier.

— Gavin ! protesta la jeune femme, qu'il n'avait pas mise au courant de ses intentions, se doutant de sa réaction.

— Vous voulez vous battre pour l'honneur d'une putain ? Vous plaisantez !

Byrne bondit, mais la marquise s'accrocha à son bras.

— Peut-être qu'un autre genre de duel ferait moins peur à notre hôte ? suggéra-t-elle.

— Je vous écoute, fit lord Stokely en souriant.

— Pourquoi ne pas ajouter les lettres à l'enjeu du tournoi ? Si vous perdez, lady Kingsley et vous gardez la cagnotte, et vous nous donnez les lettres. Si vous gagnez, vous gardez tout.

Gavin sourit en son for intérieur. Le colonel Cristabel était décidément un grand stratège.

— Vous n'êtes même pas certains d'arriver en finale !

— Vous n'êtes pas encore qualifiés non plus, riposta Byrne.

— Nous sommes devant vous depuis le début !

— Justement, vous avez toutes les chances de gagner ! Bien entendu, si vous n'arrivez pas en finale, les lettres feront quand même partie du prix. Et si nous sommes vainqueurs, je vous abandonne également les mille livres que nous avons pariées. Réfléchissez. Vous garderez les mille livres et la cagnotte. C'est un joli lot de consolation.

— Mais cela revient pratiquement à vous vendre ces lettres, et je ne suis pas vendeur. Bien entendu, si l'affection de lady Haversham faisait partie du marché, je pourrais envisager…

— Il n'en est pas question ! gronda Byrne, bien décidé à le punir pour son culot dès que toute cette affaire serait terminée.

— Je suis cependant disposée à augmenter le prix, intervint Cristabel. Si vous gagnez, je certifierai l'authenticité des lettres. C'est ce que vous attendiez de moi, n'est-ce pas ?

— En partie, admit Stokely.

— Vous n'aurez pas plus !

— Mais qui me dit que vous tiendrez vos promesses ?

— Est-ce que vous m'avez déjà vu tricher ? fit Gavin.

— Il n'y a que le premier pas qui coûte.

— Si vous voulez, nous signerons un certificat authentifiant les lettres. Nous vous le donnerons si vous gagnez. Et si vous perdez, c'est vous qui nous donnerez les lettres.

Byrne devinait ce qui faisait hésiter le baron. Il n'était pas certain que Cristabel pourrait empêcher son amant de révéler à la presse le contenu des lettres. Après tout, jamais encore il n'avait vu une femme avoir autant d'emprise sur Byrne.

— Allons, Stokely, décidez-vous ! Vous avez le choix. Soit vous relevez le pari, soit vous prenez le risque de nous voir rentrer à Londres répandre des rumeurs qui rendront ces documents inutilisables. Que préférez-vous ?

Leur hôte les dévisagea l'un après l'autre, visiblement tenté.

— C'est entendu. Le vainqueur remporte les lettres.

Gavin retint un cri de triomphe. Maintenant, il ne leur restait plus qu'à gagner.

Lady Haversham n'en croyait pas ses yeux. Le cœur battant, elle contemplait le pli qu'ils venaient de remporter contre lady Hungate et son partenaire. Ils étaient qualifiés pour la finale. Peut-être la chance qui avait toujours fui Philip s'était-elle amassée sur sa tête à l'heure où elle en avait besoin.

— Vous avez vraiment une chance infernale, Byrne, remarqua Elizabeth.

— C'est vrai, ma chère, mais dans ce cas précis, il s'agissait d'abord d'habileté, rétorqua-t-il en regardant sa compagne.

— Vous avez sans doute raison, admit lady Hungate en leur souriant. Bonne chance pour la dernière étape. Quant à nous, poursuivit-elle à l'adresse de son partenaire, allons noyer notre déception dans l'alcool. Nous n'avons plus aucune raison de nous en priver, puisque la cagnotte nous échappe encore une fois.

— Vous avez terminé la partie ? demanda lord Stokely quand elle se leva.

Lui-même venait à peine de gagner avec lady Kingsley.

— À partir de maintenant, mon cher baron, nous sommes seuls en lice, lança Byrne.

— Désirez-vous commencer la partie tout de suite, ou souhaitez-vous prendre un moment de repos ? s'enquit leur hôte en s'approchant avec Anna.

— Que préférez-vous, ma chérie ? s'enquit Gavin.

— Je suis prête, affirma Cristabel.

— Avant de commencer, reprit-il, j'aimerais voir le prix.

— Je m'attendais à votre demande, fit leur hôte en jetant sur la table un petit paquet.

Byrne tendit la main pour s'en emparer, mais le baron l'arrêta d'un geste.

— Si vous gagnez, pas avant !

— Comment pouvons-nous être certains que ce sont les vraies ?

Lord Stokely interrogea la marquise du regard.

— Ce sont bien elles, murmura la jeune femme, la gorge sèche, les mains moites.

Elle aurait reconnu entre mille ce ruban fané et ce vélin jauni.

— Qu'est-ce que tout cela veut dire ? s'étonna lady Kingsley.

— Rien qui vaille la peine de vous tourmenter, ma chère, répliqua son partenaire. Contentez-vous de jouer pour gagner.

— C'est ce que je fais toujours !

— Nous pouvons commencer, suggéra Gavin.

— Juste un instant. M. Byrne porte un poignard attaché à la cheville. Voulez-vous l'en débarrasser ? demanda Stokely à deux laquais. Et appelez quelqu'un pour fouiller madame !

— Vous n'avez pas confiance en nous ? s'exclama Gavin d'un air innocent.

— Certainement pas ! Vous pouvez garder votre éventail, ajouta-t-il à l'adresse de Cristabel quand la femme de chambre le trouva. Vous risquez d'en avoir besoin quand nous vous battrons à plate couture et que vous serez sur le point de défaillir.

Lady Kingsley parut sur le point de faire une remarque, mais un regard éloquent de la marquise lui intima le silence, et elle eut la sagesse d'obéir.

— Maintenant, à mon tour de vous fouiller, déclara Byrne.

— Mais je suis un homme du monde ! Je ne porte pas de poignard ! protesta le baron, profondément offensé.

— Je suis certain que vous ne verrez aucun inconvénient à ce que je m'en assure.

À contrecœur, le maître de maison acquiesça.

— Nous jouons en trois manches, comme d'habitude ? demanda Byrne lorsqu'il fut satisfait.

— Bien entendu. Quand vous voudrez, mesdames.

Le cœur de Cristabel s'emballa. Ils avaient tant à perdre ! Les lettres, l'honneur et la carrière de son père, l'avenir de son couple. Si lord Stokely gagnait, la fureur du prince ne s'arrêterait peut-être pas au général Lyon et à sa fille. En lui demandant de l'épouser, Byrne s'était clairement rangé dans son camp.

Ils devaient gagner. À n'importe quel prix.

La main de Gavin saisit la sienne pour l'aider à s'asseoir, lui caressant furtivement les doigts. Éperdue, elle leva les yeux vers lui.

— Bonne chance, mon amour, chuchota-t-il tendrement avant de s'asseoir à son tour.

C'était suffisant pour que tout son courage lui revienne.

Elle s'efforça de se concentrer sur le jeu et de se rappeler chaque carte qui sortait. Au cours des éliminatoires, elle avait fait équipe avec lady Kingsley plusieurs fois, et une fois avec Stokely. Elle devait se remémorer leurs tactiques et leurs habitudes et les utiliser à son profit.

Ils perdirent la première manche, mais gagnèrent la deuxième. Ils étaient à égalité au milieu de la troisième lorsque le baron releva la tête.

— Avez-vous rapporté à Byrne notre petite conversation, lady Haversham ?

— Bien entendu.

— Et lui avez-vous parlé des caresses que nous avons échangées ?

— Un échange implique une réciprocité, lord Stokely. Si je me souviens bien, la seule caresse dont je vous aie gratifié n'était pas de celles dont on redemande.

Gavin s'esclaffa.

— Elle a frappé là où cela fait mal ? Méfiez-vous, Stokely, lady Haversham connaît tous les moyens de mettre un homme à genoux, y compris les plus radicaux.

Voyant qu'il ne pouvait faire perdre son calme à Byrne, leur adversaire se tut. Le jeu demandait d'ailleurs toute l'attention des deux équipes. Lady Kingsley et le baron menaient, mais de quelques points seulement, et ils ne parvenaient pas à creuser la distance.

Jusqu'à ce que Cristabel tire une main désastreuse.

Elle coula un regard vers Gavin en priant le Ciel qu'il en ait une meilleure, mais le visage de son partenaire était impénétrable, comme d'habitude.

Ils n'étaient qu'à quatre petits points de leurs adversaires, mais avec un jeu pareil, ils auraient aussi bien pu être menés de cent points. Elle sentit l'affolement s'emparer d'elle.

Soudain, les paroles de Byrne lors de la première leçon qu'il lui avait donnée lui revinrent en mémoire : « Quand vous perdez, vous ne devez pas prendre plus de risques que lorsque vous gagnez. Il faut jouer avec les cartes que vous avez. Toujours. »

Cette maxime en tête, elle ravala ses craintes et concentra toute son attention sur son jeu.

Lady Kingsley devait économiser ses carreaux, puisque c'était l'atout. Elle gardait donc sans doute les cartes importantes. Cristabel laissa passer un valet de trèfle qu'elle aurait pu prendre avec son deux de carreau et réprima un soupir de soulagement lorsque Gavin le ramassa avec son roi de trèfle.

Ils se comprenaient admirablement, comme un vieux couple, et remportèrent les deux plis suivants. C'est alors que la belle Anna décida de leur porter l'estocade en abattant sa reine de carreau. Que Cristabel couvrit avec sa seule bonne carte, celle qu'elle avait précieusement gardée jusqu'au dernier moment, son roi de carreau.

— Nous avons gagné, mon amour, lança Byrne avec un sourire radieux.

— Ce n'est pas possible ! s'écria la vicomtesse. J'étais certaine que lord Stokely avait le roi de carreau ! À votre façon de jouer...

— Ne vous inquiétez pas, ma chère, intervint le baron, étrangement calme. Nous avions conclu d'autres arrangements, et nous remportons la cagnotte. Voici leur prix.

Il leur jeta les lettres avec tant de nonchalance que le doute s'empara de Cristabel. Elle saisit le paquet et entreprit de les compter.

— Que se passe-t-il ? demanda Gavin, alarmé par son air furibond.

— Il en manque trois ! Et connaissant notre hôte, certainement les trois plus importantes !

— C'est pour cette raison que votre mari les a gardées, j'imagine. C'est tout ce que j'ai, affirma-t-il.

— Misérable tricheur ! s'écria-t-elle. Je vous conseille de nous remettre ces trois lettres, sinon...

— Sinon quoi ? Vous révélerez leur contenu au public, au risque de ruiner la carrière et l'honneur de votre père ? Allons donc ! Mais en tout cas, merci pour la cagnotte. Elle me sera fort utile pour faire ma cour à ma royale fiancée.

— Enfin, allez-vous m'expliquer de quoi il retourne ? intervint lady Kingsley.

— Rien d'important, ma chère, ne vous inquiétez pas.

Du coin de l'œil, Cristabel vit Gavin chercher machinalement le poignard qu'il n'avait plus. Leurs regards se croisèrent, et elle comprit immédiatement ce qu'il voulait.

Prestement, elle lança son éventail à travers la table.

Byrne s'en empara et, en un clin d'œil, il saisit lord Stokely par les cheveux.

— Les lettres, tout de suite ! ordonna-t-il en pressant la lame acérée sur la gorge du tricheur.

— Je ne les ai pas ! fit le baron d'une voix étranglée.

— À d'autres ! Où sont-elles ?

— Je n'en sais rien.

— Quel dommage ! Je vais être obligé de vous tuer pour vous empêcher de les utiliser.

— Vous n'oseriez pas, hoqueta Stokely, le front couvert de sueur. Si vous me tuez, vous finirez pendu !

— Vous croyez que Prinny ne graciera pas l'homme qui aura sauvé son trône ? Par ailleurs, si je vous tue, vous ne pourrez plus me donner les lettres manquantes, et elles risquent tomber dans de mauvaises mains...

— Exactement !

— Je vais donc être obligé de vous découper en morceaux jusqu'à ce que vous retrouviez la mémoire. Par quoi voulez-vous que je commence ? demanda-t-il en faisant remonter la lame.

— Vous ne feriez pas...

— Vous oubliez où j'ai grandi ? Vous n'imaginez pas ce qu'on apprend à Drury Lane ! Et puis, poursuivit-il en s'efforçant d'ignorer le regard horrifié des deux femmes, on vit très bien avec une seule oreille, vous savez. Et si la symétrie de votre visage vous tracasse, je peux très bien vous couper les deux.

— Ça suffit ! grogna le baron. Les autres lettres sont dans le coffre-fort, derrière vous ! Dans le manteau de la cheminée.

— Vous allez me montrer ça !

Byrne fit pivoter Stokely et le tira jusqu'à la cheminée.

Le baron appuya sur une moulure qui pivota, révélant un coffre.

— Dans la salle de jeu ! soupira Cristabel. Comme vous avez dû rire en nous voyant chercher partout alors qu'elles étaient sous notre nez !

— Ouvrez-le ! ordonna Gavin.

— Je croyais que tu savais ouvrir un coffre-fort ! s'écria Cristabel.

— La seule méthode que je connaisse, c'est d'obliger le propriétaire à l'ouvrir ! Et quand on a des arguments... ajouta-t-il en appuyant le poignard un peu plus fort.

Le coffre s'ouvrit sur l'argent de la cagnotte et les trois lettres manquantes.

— J'aime les gens qui paient leurs dettes, remarqua Byrne d'un ton badin.

Il s'empara des lettres, ignorant l'argent. Puis il rangea calmement le poignard et relâcha le baron.

— Merci beaucoup pour votre aimable hospitalité, Stokely, mais malheureusement, il est temps pour nous de prendre congé.

— Qu'allez-vous faire des lettres ? demanda leur hôte d'une voix nettement plus assurée.

Byrne ne l'entendait plus. Il se rendait enfin compte de ce qu'il avait en main. Le pouvoir ! Le pouvoir de faire ou défaire un roi. Le pouvoir de ruiner toutes les espérances du régent. Le pouvoir de venger sa mère...

— Donne-moi ces lettres, chuchota Cristabel à son oreille.

Sans répondre, il la considéra d'un air absent. Elle était blanche comme un linge.

— Gavin, je t'en prie, réfléchis à ce que tu fais !

— C'est cela, réfléchissez bien ! insista lord Stokely avec un sourire mauvais. Vous avez le moyen de détruire Prinny !

— Gavin pourrait se détruire lui-même, oui ! corrigea-t-elle.

C'était pour lui qu'elle s'inquiétait. Pas pour elle, pas pour son père, mais pour lui seul. Y avait-il jamais eu une seule personne au monde, à part sa mère, qui se soit souciée de lui avant tout ? D'un pas décidé, il se dirigea vers la cheminée.

— Tu es d'accord ?

— Oui, acquiesça-t-elle avec un sourire radieux.

Il jeta le paquet au feu. Lorsqu'il s'enflamma, il se sentit gagné par un profond sentiment de paix. Les flammes venaient mettre un point final aux tourments nés de l'incendie où il avait failli trouver la mort.

— Vous êtes complètement fou ! rugit Stokely. Vous savez ce que valent ces lettres ?

— Oui. C'est bien pour ça que je préfère les brûler. Tant qu'elles existeront, il y aura toujours une canaille pour essayer de les utiliser. Je ne veux prendre aucun risque, ajouta-t-il avec un clin d'œil à l'adresse de Cristabel.

Tout l'amour du monde rayonnait dans le sourire de la jeune femme, tout l'amour que pouvait offrir une amante, une fiancée, une épouse. Elle s'approcha et se hissa sur la pointe des pieds pour déposer un baiser sur ses lèvres.

— Viens, mon amour, il est grand temps de rentrer chez nous, murmura-t-elle en lui prenant la main.

Il ne lui demanda pas où, cela n'avait aucune importance. À partir de ce jour, chez lui, c'était là où elle se trouvait.

24

Il arrive qu'un homme épouse sa maîtresse, mais le fait est suffisamment rare pour rester dans les annales.

Mémoires d'une maîtresse, anonyme

Cristabel ne pouvait croire que deux semaines à peine s'étaient écoulées depuis le tournoi chez lord Stokely. Il s'était passé tant de choses ! Il y avait d'abord eu leur mariage, célébré à Bath dans l'intimité. À cette occasion, Mme Byrne avait rencontré pour la première fois les demi-frères de son fils et leurs épouses.

Elle avait ensuite rapporté au régent le résultat de sa mission, sans toutefois lui révéler que les précieuses lettres étaient parties en fumée. Pas plus que Gavin, elle ne faisait confiance au prince, et elle préférait attendre que son mari ait reçu la récompense promise.

Elle avait ensuite passé une semaine entière à organiser son déménagement de la maison des Haversham à celle de son nouvel époux. Et à se préparer pour la cérémonie du jour.

Elle se tourna vers Gavin, qui contemplait pensivement la Tamise au pied du palais de Westminster. Son cœur gonflé d'amour tressaillit en le regardant. Il était tellement adorable ! Le mariage lui allait bien.

— Visiblement, le régent ne m'accordera pas l'audience privée qu'il m'a promise, remarqua-t-il en la rejoignant. Je me doutais bien qu'il ne tiendrait pas parole.

Elle pouvait difficilement lui reprocher son scepticisme. La cérémonie au cours de laquelle il devait être anobli commençait dans une demi-heure à peine. Ses demi-frères avaient déjà gagné leurs places sur les bancs de la noblesse.

— Il va venir. Sinon, je serai obligée de me servir de ça, ajouta-t-elle en brandissant son éventail.

— Les crimes de lèse-majesté sont passibles de mort, mon amour. Je ne tiens pas à te voir pendue, dit-il en souriant pour la première fois de la journée.

— Le prince ne ferait pas pendre la femme de son fils !

— Un fils qu'il n'a jamais reconnu et qu'il ne reconnaîtra jamais ! Il m'accorde au moins ce titre de baron, c'est déjà ça.

Soudain, la porte à double battant s'ouvrit, et le prince de Galles fit son entrée. Il avait tenu parole, finalement.

Cristabel plongea dans une profonde révérence, mais Gavin ne bougea pas d'un pouce.

— Bonjour, monsieur Byrne. Lady Haversham...

— Madame Byrne, corrigea-t-elle fermement.

— J'ai appris votre mariage, mais je pensais que vous garderiez le nom de Haversham.

Il était permis aux veuves d'un rang élevé, lorsqu'elles se remariaient avec un roturier, de continuer à porter le titre de leur premier époux, ce que la plupart faisaient. Cristabel, quant à elle, avait été ravie d'abandonner le nom de Haversham.

— Bien entendu, reprit le régent, vous aurez bientôt un nouveau titre à porter, lady Byrne. Si vous n'avez pas changé d'avis sur le nom de la baronnie ? ajouta-t-il en se tournant vers Gavin.

— C'est le moins que je puisse faire pour rendre hommage à ma mère.

À l'évocation de Sally Byrne, le régent se raidit immédiatement.

— Votre mère... C'est sans doute la raison de cette audience privée à laquelle vous teniez tant ! Vous voulez utiliser ces lettres pour me faire chanter !

— Ces lettres n'existent plus, déclara Gavin. Je les ai brûlées.

— Votre Altesse souhaitait les voir disparaître, n'est-ce pas ? s'empressa de demander Cristabel.

— Oui, bien sûr, mais... Vous les avez vues brûler ?

— Oui, ainsi que lord Stokely et lady Kingsley, si vous désirez d'autres témoins.

— Est-ce que M. Byrne connaissait leur contenu lorsqu'il les a brûlées ? s'enquit le prince, incrédule.

— Oui, Votre Altesse. Pourtant, il les a fait disparaître.

— Je comprends maintenant pourquoi lord Stokely a fui à Paris, commenta le prince avec un sourire froid. Lorsque vous avez accepté de vous occuper de... cette affaire, vous m'avez demandé de vous recevoir en privé, monsieur Byrne. Pour quelle raison, je vous prie ?

— Parce que j'avais, et j'ai toujours, quelque chose à vous demander.

— Un titre ne vous suffit pas ?

— Mon mari souhaite que vous répariez le tort fait à sa mère, intervint Cristabel. Il s'est retrouvé seul, sans ami...

— Chut, mon amour ! dit tendrement Gavin en lui prenant la main. Vous devez des excuses à ma mère à plus d'un titre, continua-t-il, mais surtout pour l'avoir traitée de putain aux quatre coins de la ville. Elle ne méritait pas d'être insultée de la sorte, nous le savons l'un comme l'autre !

Il attendit en vain une réaction du régent, qui garda un silence obstiné.

— Je ne vous demande pas de faire une déclaration publique, reprit Gavin, je sais que ce serait politiquement malvenu, mais vis-à-vis de vos amis, de ceux qui lancent les potins, je tiens à ce que vous mettiez les choses au point.

— Cela ne me paraît pas impossible.

— Ensuite, poursuivit Gavin, je vous demande de tenir la promesse que vous lui aviez faite et de lui verser une pension tant qu'elle vivra. Je veux que vous repreniez les versements au moment où ils ont été interrompus et que l'arriéré soit payé en une fois.

— J'ai su par Draker que votre mère avait survécu à l'incendie. Il m'a dit qu'elle vivait très confortablement dans votre domaine de Bath. Je ne vois pas pourquoi elle aurait besoin de cette pension.

— C'est une question de principe ! répliqua sèchement Gavin. Je veux que cet argent soit versé à l'hôpital de St. Bartholomew, à une fondation Sally Byrne pour venir en aide aux femmes indigentes. C'est à St. Bartholomew que ma mère a été soignée, et la création de cette fondation montrera aux yeux du monde qu'elle n'a jamais été celle que vous avez prétendue.

— Entendu, soupira le régent. Autre chose ?

— Non.

— Si, Votre Altesse ! intervint Cristabel.

Puisque son mari était trop fier pour demander quoi que ce soit pour lui-même, elle allait s'en charger.

— Après le service que Gavin vous a rendu, le moins que vous puissiez faire, en privé du moins, c'est de reconnaître qu'il est votre fils.

— Cela n'a aucune importance, chérie…

— Si, mon amour. Je vous en prie, Altesse, implora-t-elle en se tournant vers le prince, qui observait la scène avec intérêt. Au moins une fois, reconnaissez qu'il est bien votre fils.

— Bien sûr que vous êtes mon fils. Il faudrait être aveugle pour en douter, soupira le prince de Galles. Et maintenant, nous n'évoquerons plus jamais le sujet.

— Bien sûr que non ! Ne vous inquiétez pas, j'ai vécu sans père jusqu'à ce jour, ce n'est pas maintenant que je vais en avoir besoin, rétorqua Gavin, qui n'allait pas manquer une telle occasion d'ennuyer l'auteur de ses jours.

Mais sa main, crispée sur celle de sa compagne, tremblait un peu, et sa voix était loin d'avoir son assurance habituelle. Il n'avait peut-être pas besoin d'un père, mais il était heureux de savoir qu'il en avait un.

— À propos de père, j'allais oublier ! s'exclama le régent en ouvrant une porte dérobée. Entrez, général ! Vous aviez raison, tout a été réglé honnêtement.

— Que voulez-vous dire ? s'inquiéta Cristabel, avant de courir se jeter dans les bras du nouvel arrivant. Papa ! Tu es rentré !

— Oui, ma chérie, je suis là.

Soudain, tandis que le général Lyon l'étreignait, tous les bouleversements qu'elle avait vécus ces derniers mois submergèrent la jeune femme, qui fondit en larmes.

— Allons, allons, ma petite Belle, depuis quand mon brave petit soldat se transforme-t-il en fontaine ?

— N'en veuillez pas à ma femme, dit sèchement Gavin. Elle s'est beaucoup inquiétée à votre sujet.

— Papa, sanglota Cristabel, je regrette tellement ! D'avoir trahi ta confiance, d'avoir parlé des lettres à Philip...

— Allons, allons, tu n'as rien à te reprocher. C'est ton idiot de père qui n'aurait jamais dû garder ces lettres. Son Altesse me l'a d'ailleurs bien fait comprendre.

— Vous n'allez pas vous en prendre à mon père ? s'exclama la jeune femme d'un ton belliqueux, en se retournant vers le prince.

— Pour avoir servi l'Angleterre et défendu la couronne ? Tout le pays se soulèverait si je m'en prenais à lui, surtout maintenant que tout va bien.

— Que vouliez-vous dire par « tout a été réglé honnêtement » ? s'inquiéta Gavin.

— Quand Son Altesse a appris que vous aviez épousé ma fille, expliqua le général Lyon, elle a pensé que vous l'aviez séduite pour qu'elle vous révèle le contenu des lettres et que vous l'aviez contrainte à s'associer avec vous pour en tirer profit. À peine débarqué à Douvres, j'ai accouru à Londres pour assister secrètement à votre entrevue et, si nécessaire, la convaincre de revenir à de meilleures dispositions.

— On voit que le régent ne connaît pas ma femme. Personne au monde ne peut la contraindre à quoi que ce soit.

— C'est exact, mais elle a trop bon cœur, répliqua le général avec un regard perçant à l'adresse de son tout nouveau gendre. Cela peut la conduire à accorder sa confiance à des personnes qui n'en sont pas dignes.

— Pas cette fois-ci, papa, intervint Cristabel en glissant sa main dans celle de son mari. Je sais que tu as des raisons de t'inquiéter, mais quand tu connaîtras Gavin, tu comprendras qu'il n'y a pas plus digne de foi que lui.

— Je ne laisserai personne faire du mal à votre fille, je vous le promets, dit solennellement Gavin. Et vous verrez que je serai un bon époux.

— Nous verrons bien, soupira le général Lyon, sceptique mais résigné.

— La cérémonie commence dans dix minutes, intervint le prince. Les dames ne sont pas admises dans la galerie, je vous demanderai donc d'attendre ici, chère madame.

— Je vais tenir compagnie à ma fille, lança le général. Nous avons tant à nous dire !

— Oui, acquiesça la jeune femme. Mais j'aimerais que tu m'accordes une minute avec mon mari avant le début de la cérémonie. Alors, mon Prince de la Débauche va devenir baron ? chuchota-t-elle à l'oreille de Gavin en rectifiant le nœud de sa cravate. Ta mère sera si contente !

— Comme me l'a fait remarquer un jour une femme des plus avisées, répliqua-t-il tendrement, tout ce que veut ma mère, c'est que je vive heureux.

— Et est-ce que tu l'es ?

— Je l'étais, jusqu'à ce que tu dises à ton père qu'il n'y avait personne qui soit plus digne de confiance que moi. Tu es sûre que je me montrerai à la hauteur ?

— Je vais y veiller, rassure-toi !

— Et comment comptes-tu t'y prendre ? En me tirant dessus ?

— En t'aimant de toutes mes forces !

— Je crois que c'est la meilleure façon, mon amour, murmura-t-il avant de lui donner un long baiser.

ÉPILOGUE

Londres, le 19 juillet 1821

Le mariage change un homme, et pas toujours pour le pire.

Mémoires d'une maîtresse, anonyme

Les coups de canon et l'explosion des pétards, qui avaient retenti tout l'après-midi, reprenaient de plus belle à l'approche du soir et du feu d'artifice qui devait clore les festivités. Gavin, absorbé dans son travail, n'entendit pas entrer son majordome, qui dut signaler sa présence par un discret toussotement.

— Les premiers invités viennent d'arriver, milord.

Cela faisait plus de cinq ans qu'il avait été anobli, mais il ne s'était pas encore habitué à s'entendre appeler « milord » ou « monsieur le baron ».

Il referma le gros livre de comptes et le rangea sur le côté de son bureau. Elle était loin, l'époque où il passait ses nuits et la plus grande partie de ses journées au *Cygne bleu*. Il avait pris un gérant, qui s'était révélé très compétent, et supervisait la bonne marche du club de chez lui.

— Dois-je informer milady de l'arrivée des invités, ou préférez-vous le faire vous-même ? poursuivit le majordome.

— Elle n'est pas encore descendue ?

— Non, milord. On l'a appelée à la nursery. Un problème urgent de Tweedledee, d'après ce que j'ai compris.

— Je vais aller la chercher. Voulez-vous expliquer à nos hôtes quelle importante affaire nous retient ? fit Gavin en souriant.

Tandis que le domestique redescendait au rez-de-chaussée, il prit le chemin de la nursery.

— Je vous l'ai déjà dit, votre père est trop occupé pour décider qui sera Tweedledum, expliquait posément Cristabel. Il viendra plus tard. Et si vous n'êtes pas sages, je vous nomme tous les deux Tweedledee.

— Si ce n'est pas papa qui le dit, ça ne compte pas ! rétorqua une voix enfantine.

Gavin, contenant son hilarité, s'arrêta sur le seuil. Comme d'habitude, leur fillette de quatre ans était à l'origine du drame. La petite Sarah avait hérité de la volonté et de l'intelligence de son père, mais elle tenait de sa mère, outre sa chevelure de jais, son tempérament impétueux. Le petit John, âgé de deux ans, trottinait sur les talons de sa sœur, toujours prêt à l'imiter.

Sa belle, son adorable Cristabel, son épouse bien-aimée, déployait d'inutiles efforts pour raisonner les deux enfants.

— Vous allez obéir à votre gouvernante ! Papa viendra vous voir après le dîner.

— Je suis là, intervint Gavin en avançant dans la pièce.

— Papa !

Les enfants se précipitèrent vers lui en criant de joie et s'agrippèrent à ses jambes. Comme chaque fois qu'il contemplait le visage radieux de ses enfants, Gavin sentit sa gorge se nouer.

— C'est moi Tweedledum, dis-le, papa, demanda Sarah.

— Non, c'est moi, supplia John.

— Si je vous nomme tous les deux Tweedledum, est-ce que vous arrêterez d'ennuyer votre mère ?

Il n'aurait jamais dû leur lire cette comptine. Mais comment imaginer qu'ils en feraient la compétition du siècle ?

— On ne peut pas être tous les deux Tweedledum, protesta la petite. C'est le tour de John de faire Tweedledee. La dernière fois, c'était moi !

Immédiatement, le visage du petit garçon se plissa, et ses lèvres commencèrent à trembler.

— C'est John Tweedledum, pas Sarah !

— Ce n'est pas juste ! hurla sa sœur.

— Écoutez-moi bien ! Sarah sera Tweedledum pendant une heure, et ensuite, ce sera le tour de John. C'est entendu ?

La fillette acquiesça solennellement, ce qui entraîna immédiatement l'adhésion de son petit frère.

— Jane ? appela Gavin.

— Je suis désolée que les enfants vous aient dérangés, milady et vous, dit la gouvernante, qui paraissait aussi fatiguée qu'excédée. Mlle Sarah s'est échappée pour aller chercher milady pendant que je m'occupais de M. John.

— Cela ne fait rien. Je connais le tempérament indépendant de ma fille.

— Je me demande de qui elle le tient, murmura Cristabel.

— De sa mère, bien entendu, rétorqua Gavin. Et si tu te moques de moi, c'est toi qui feras Tweedledee !

— Ce n'est pas possible ! protesta Sarah. Maman, c'est maman.

— Jane, je vous délègue le pouvoir de nommer Tweedledee et Tweedledum pour la soirée. Si jamais les enfants vous ennuient, vous avez toute latitude de les nommer tous les deux Tweedledee, jusqu'à ce qu'ils se conduisent convenablement.

— Très bien, milord.

— Et si j'apprends que l'un de vous n'a pas été sage, déclara-t-il d'un ton qui se voulait sévère, je le dirai à votre grand-mère et à votre grand-père, qui seront très fâchés d'apprendre que leurs petits-enfants ne savent pas se tenir. Il est temps d'aller rejoindre nos invités, ma chérie, ajouta-t-il en offrant son bras à Cristabel.

— Le dire à leurs grands-parents ! Comme si cela servait à quelque chose ! ironisa la jeune femme tandis qu'ils descendaient l'escalier. Ils gâtent les enfants encore plus que toi.

— Tous les enfants ont besoin d'être gâtés de temps en temps.

— Oui, de temps en temps. Pas tout le temps !

— En tout cas, j'aimerais bien savoir pourquoi Tweedledee est le méchant et Tweedledum le bon. Dans la comptine, les deux sont interchangeables.

— Mais ce sont des enfants, ils ont leur propre logique, répondit Cristabel avec un sourire. Sarah a décidé que le nom Tweedledum rappelait le battement d'un tambour et les récits de bataille de son grand-père, tandis que Tweedledee faisait penser au chant d'un oiseau, ce qui est, selon elle, « bêta ».

— Et bien entendu, si Sarah le dit, John est du même avis.

Soudain, Gavin attira sa femme dans un recoin au tournant de l'escalier pour l'embrasser avec passion.

— À quoi dois-je ce baiser ? s'enquit-elle.

— C'est pour te remercier. De m'avoir épousé. De m'avoir donné ces deux enfants merveilleux. D'avoir cru en moi...

Elle lui rendit son baiser, et la caresse de cette bouche si douce, si sensuelle alluma en lui une flamme dévorante. Il s'écarta, les joues en feu, le souffle court.

— Tu es sûre que nous devons descendre tout de suite ? chuchota-t-il. Ils peuvent attendre un peu.

— Ne me tente pas, supplia-t-elle en le poussant dans l'escalier. Tu te souviens des plaisanteries de tes frères la dernière fois que nous les avons fait attendre ? « Vous vous êtes perdus en route ? Nous allons vous offrir un plan du rez-de-chaussée ! »

Il éclata de rire en l'entendant imiter à merveille Iversley.

— Tu as raison. Mes frères font des plaisanteries ridicules.

— Tu n'es pas en reste !

— Il ne faut pas nous prendre au sérieux, tu le sais bien. Tout ce que nous voulons, c'est faire rougir les dames.

— Oui, je sais. Vous n'êtes que des vauriens dissipés.

Elle avait beau dire, il savait bien qu'elle avait en lui une confiance totale. Jamais elle ne s'était conduite comme la femme envahissante et jalouse qu'elle avait menacé d'être. Et, curieusement, cette confiance qu'elle lui témoignait ne faisait qu'augmenter la volonté de Gavin de ne pas la décevoir.

— C'est pour cela que nous ne sommes jamais ennuyeux, chuchota-t-il en l'embrassant sur l'oreille.

— Tu ne regrettes jamais ta vie passée ?

— Tu veux dire, mes longues nuits solitaires au milieu de joueurs avinés, les tournois chez Stokely où je ne pouvais pas me permettre une seconde d'inattention, mes maîtresses toujours à pleurer pour m'extorquer un bijou ou un cadeau ?

— Cela veut dire non, si je comprends bien ?

— Un non franc et définitif ! Ne doute jamais un seul instant de mon amour pour toi et pour nos enfants, ajouta-t-il en la retenant sur le seuil du salon.

— Je n'en ai jamais douté. Maintenant, dépêchons-nous. Je ne tiens pas à essuyer les boutades de nos invités.

— C'est le prix à payer pour m'avoir épousé. Je leur ai si souvent répété que je ne me marierais jamais qu'ils vont encore s'en donner à cœur joie pendant quelques années.

Il ne se trompait pas. Ce fut Draker qui ouvrit le feu.

— Tu sais, l'ardeur amoureuse est censée décroître après le mariage, pas le contraire !

— Parle pour toi, rétorqua Gavin en lui offrant une coupe de champagne.

— Et c'est reparti, soupira Cristabel.

Une nouvelle canonnade les interrompit.

— Cela dure depuis ce matin, remarqua Iversley. Cela fait des années que Prinny est au pouvoir, mais un étranger ne s'en douterait jamais.

— Tu as assisté au couronnement ? demanda Byrne à Draker.

— Oui. La reine en a fait un fiasco complet.

— Une chose est sûre : avec notre cher Prinny, on ne s'ennuie jamais !

— Avec ses fils non plus, ironisa Cristabel.

— Exactement, approuva Gavin en lui tendant une coupe. Ce soir en particulier, nous nous devons de porter un toast…

— À la Fraternité des bâtards royaux ! s'écria Alexandre.

Tous renchérirent, y compris les dames.

En portant sa coupe à ses lèvres, Gavin contempla ces deux hommes qui étaient devenus pour lui de véritables frères, et leurs épouses aimantes, qui se seraient jetées au feu pour leurs maris. Comme sa mère…

Comme sa femme.

— Et à notre nouveau roi, lança-t-il en plongeant son regard dans les yeux débordants d'amour de Cristabel. Longue vie à George IV !

Note de l'auteur

La rumeur veut que le roi George IV et Maria Fitzherbert aient effectivement eu un enfant, James Ord, qui fut élevé d'abord en Espagne, puis en Amérique, par un capitaine de vaisseau et sa femme. On raconte que James Ord, devenu adulte, écrivit à Mme Fitzherbert pour lui demander s'il était son fils et qu'elle ne lui répondit jamais.

Et elle eut certainement raison, puisque la légitimité de son mariage avec le prince de Galles avait toujours été contestée. Si elle avait reconnu James Ord comme son fils, l'accès du prince au trône aurait été remis en question, et l'Angleterre ne pouvait pas se permettre une nouvelle crise de succession.

À l'époque où se déroule mon histoire, la princesse Charlotte avait effectivement rompu ses fiançailles avec le prince d'Orange, mais le projet de mariage avec Léopold de Saxe-Cobourg, qu'elle épousa en 1816, était déjà bien avancé, et la perspective d'épouser lord Stokely ne lui aurait certainement pas plu du tout !

AVENTURES
&PASSIONS

Retrouvez les romans de la collection en magasin :

Le 1er septembre :
L'enchanteresse perverse ☙ Meagan McKinney (n° 3239)
Prince charmant ☙ Julie Garwood (n° 4087)
La vengeance d'un lord ☙ Jillian Hunter (n° 8119)

Le 15 septembre :
Chère Pénélope ☙ Sharon Ihle (n° 8120)
Une nuit avec un prince ☙ Sabrina Jeffries (n° 8121)

Découvrez les prochaines nouveautés de la collection :

Le 2 octobre :
Les frères Malory –7 Voleuse de cœur ☙ Johanna Lindsey (n° 8150)
Jeremy Malory veut se venger d'un joueur invétéré, et pour cela il a besoin d'un voleur. Il trouve Danny et l'engage. Mais Danny n'est pas vraiment un garçon : sous son déguisement se cachent les traits d'une attirante jeune femme... Le charme de Danny viendra-t-il à bout de Jeremy, l'éternel séducteur ?

Un baiser dans la nuit ☙ Wendy Lindstrom (n° 8201)
Le shérif Duke attrape un petit voleur et le ramène à ses parents. Quelle n'est pas sa surprise de tomber sur Faith, la sœur du jeune garçon... et très jolie femme ? Duke ne tarde pas à être séduit, mais Faith et sa famille cachent un lourd secret...

Nouveau ! 2 rendez-vous mensuels aux alentours du 1er et du 15 de chaque mois.

Le 18 octobre :

Tentations Mary Reed McCall (n° 8151)

Lorsque Richard rentre en Angleterre, c'est pour apprendre que sa femme est devenue folle. Et c'est la douce Meg qui s'occupe d'elle et gère le domaine. Quand la femme de Richard meurt, Meg doit partir. Pas question! Comment Richard pourrait-il vivre sans sa gentillesse et sa tendresse ?

Les sœurs Meridew –2 Première valse Anne Gracie (n° 8160)

Sebastian Reyne cherche une épouse, mais plus qu'une femme, c'est une mère pour ses sœurs qu'il veut. Lady Elinore sera donc parfaite : certes, elle est un peu austère, mais elle s'occupe d'orphelins. C'est alors que la pétillante Hope fait irruption dans sa vie et bouscule toutes ses idées...

Si vous aimez Aventures & Passions, laissez-vous tenter par :

Passion intense

Quand l'amour vous plonge dans un monde de sensualité

Le 15 septembre :

Fantaisies du mardi soir Lisa Beth Kovetz (n° 8126)

Quatre femmes : Margot, passionnée par le sexe, Aimée, la future mère, Brooke, qui attend de fonder une famille, et Lux, l'aguicheuse. Elles n'ont pas le même âge, pas le même statut, pourtant elles se réunissent une fois par semaine pour lire les nouvelles érotiques dont elles sont les auteurs. Et la poésie se met alors au service de la sensualité...

8121

Composition Nord Compo
Achevé d'imprimer en France (La Flèche)
par Brodard et Taupin
le 16 août 2006. 36980
Dépôt légal août 2006. ISBN 2-290-35423-6

Éditions J'ai lu
87, quai Panhard-et-Levassor, 75013 Paris
Diffusion France et étranger : Flammarion